rororo

Sophie Kendrick lebte in verschiedenen europäischen Ländern, unter anderem in Großbritannien, wo sie Englische Literatur studierte und über die Schwestern Brontë forschte. Sie arbeitete in einer Agentur für Buchprojekte und als Ghostwriterin, bevor sie ihren ersten eigenen Roman schrieb.

Presse- und amazon-Stimmen zu
«Das Gesicht meines Mörders»:

«Ein fesselnder Psychothriller über den Identitätsverlust, der mit einer Amnesie einhergeht. Die Verknüpfung der Geschichte mit der deutsch-deutschen Vergangenheit tut ein Übriges, um die Spannung zu steigern und sie in einer überraschenden Auflösung gipfeln zu lassen.» *Westfälische Nachrichten*

«Ein faszinierender Psychotrip mit toll gezeichneten Figuren und vor allem einem furiosen Ende. Das – so viel sei versprochen – dürfte auch die versiertesten Leseratten atemlos zurücklassen.» *Sonntag Express*

«Einer der spannendsten Kriminalromane, die ich in letzter Zeit gelesen habe. Mit einer völlig unerwarteten Auflösung. Wow!»

«Tolles Debüt, spannende Geschichte mit überraschenden Wendungen.»

«So was von spannend!»

«Absolutes Lese-Suchtpotenzial!»

«Bestes Buch.»

«Mega.»

Sophie Kendrick

MEIN TOD IN DEINEN AUGEN

Thriller

Rowohlt Taschenbuch Verlag

Originalausgabe
Veröffentlicht im Rowohlt Taschenbuch Verlag,
Reinbek bei Hamburg, März 2019

Redaktion Tobias Schumacher-Hernández
Umschlaggestaltung bürosüd, München
Umschlagabbildung plainpicture / Markus Tollhopf
Satz Pinkuin Satz und Datentechnik, Berlin
Druck und Bindung CPI books GmbH, Leck, Germany
ISBN 978 3 499 29160 9

MEIN TOD
IN DEINEN AUGEN

Montag, 10. August 1987

Es regnete schon seit den Morgenstunden, genau wie gestern und vorgestern, doch das machte ihm nichts aus. Im Gegenteil, bei diesem Wetter hatte er den Wald und die Klippen für sich allein. Wenn es so schüttete, ging niemand dort spazieren und störte ihn.

Er vergewisserte sich, dass das Fernglas gut eingepackt war, sodass es nicht nass wurde. Es war das schwere alte von Opa aus dem Krieg mit dem Adleremblem auf der eckigen, abgewetzten Ledertasche. Damit durfte Mutti ihn nicht erwischen, sonst würde es Ärger geben. Rasch setzte er die Schirmmütze auf und rannte die Treppe hinunter.

Auf der Straße begegnete ihm keine Menschenseele, und nur wenige Autos fuhren vorbei. Ein Wagen hielt an, der Fahrer kurbelte das Fenster herunter und fragte, ob er ihn mitnehmen solle, bei dem Wetter würde er sich ja den Tod holen, doch er schüttelte stumm den Kopf und lief weiter.

Endlich erreichte er den Weg, der sich im Bogen um die Landzunge mit der steil abfallenden Küste wand. Jedes Mal, wenn er zwischen die Stämme der alten Buchen trat, fühlte es sich an, als würde er die Schwelle zu einem magischen Reich überschreiten. Früher hatte er oft gespielt, er wäre der Waldkönig, und alle Lebewesen, die hier wohnten, wären seine Untertanen. Inzwischen war er zu alt für solche Spiele, schließlich war er im Frühjahr zehn geworden. Nach den Ferien würde er in die Mittelstufe kommen, und an Gnome und Feen glaubte er längst nicht mehr. Auch wenn die Bäume manchmal unheimlich tuschelten und wisperten.

Im Wald war der Regen nicht so stark, doch vollkommenen Schutz bot das Laubdach nicht. Überall zweigten kleine Trampelpfade vom Hauptweg ab und führten bis ans Steilufer. Er ignorierte sie alle, denn er hatte seinen eigenen, geheimen Pfad, den niemand außer ihm kannte. Endlich erreichte er die Stelle und blieb unschlüssig stehen. Inzwischen war er völlig durchnässt, und die Kälte ließ ihn frösteln. Heute Morgen hatte das Thermometer an der Hauswand nur elf Grad angezeigt, und auch mittags war es kaum auf fünfzehn Grad geklettert. Alle stöhnten über den verregneten Sommer, über überschwemmte Felder und Hagel, der die Ernte zerstörte. So schlimm sei es seit Jahrzehnten nicht gewesen, jammerte Mutti jedes Mal, wenn sie aus dem Fenster schaute.

Zögernd blickte er auf den knorrigen Baumstamm, der den Zugang zu seinem geheimen Pfad verbarg. Er hatte seinem Vater versprochen, nicht in die Nähe des Abgrunds zu gehen. Das war lebensgefährlich, vor allem bei solchem Wetter. Wenn die Erde vom Regen aufgeweicht war, konnte leicht ein Stück Steilküste abbrechen und ins Meer stürzen.

Er wollte Vati keinesfalls enttäuschen, sein Versprechen war ihm heilig. Schließlich war sein Vater sein großes

Vorbild. Er war Leutnant bei der Volkspolizei, sorgte für Recht und Ordnung im Dorf.

Wenn er groß war, wollte er auch Polizist werden. Manchmal tat er jetzt schon so, beobachtete die Nachbarn und die Feriengäste mit dem Fernglas und achtete darauf, dass sie nichts Verbotenes taten. Leider hatte er noch nie jemanden bei einer Straftat erwischt. Dabei hätte er zu gern einmal einen richtigen Verbrecher gefangen.

Wenn er schon keine Ganoven jagen konnte, dann wollte er wenigstens nach Schiffen Ausschau halten. Er liebte es, auf der Klippe zu sitzen, weit weg vom Abgrund natürlich, und den Blick über das Meer schweifen zu lassen, Schiffe in der Ferne ziehen zu sehen und sich vorzustellen, wohin sie wohl unterwegs waren. Er wusste, dass das nächste Land, das man von hier erreichen konnte, eine Insel war, die Bornholm hieß und zu Dänemark gehörte.

Bei so starkem Regen war die Sicht natürlich viel zu schlecht, da gab es keine Schiffe zu entdecken. Außerdem dämmerte es bereits, dabei war es höchstens halb sieben. Oder war es doch schon später?

Er musste darauf achten, vor Einbruch der Dunkelheit zu Hause zu sein. Das Schlimmste wäre, wenn ihn einer der Grenzsoldaten aufgreifen würde, die nachts an der Küste patrouillierten. Manchmal sah er die Suchscheinwerfer über das Wasser huschen, wenn er aus dem Fenster schaute. Dann stellte er sich vor, einer der Männer zu sein, die die Küste sicherten, und träumte davon, lieber zur Grenzbrigade zu gehen statt zur Polizei.

Mit einem Blick über die Schulter vergewisserte er sich,

dass die Luft rein war, und bog auf den Pfad ab. Er würde nur eben kurz zum Versteck laufen, das aus einem Loch in einem Baumstumpf bestand, das er mit Gestrüpp und Tannenzweigen getarnt hatte. Dort würde er nachsehen, ob all seine Schätze noch an Ort und Stelle waren, das Messer, die Schnur, die Dose mit besonders schönen Muscheln und Feuersteinen, und dann nach Hause zurückkehren.

Als er das Versteck erreichte, zerrte eine Bö an seiner Mütze und er musste sie festhalten. Hier auf der Nordseite der Landzunge blies der Wind immer etwas stärker, und der Baumstumpf lag an einer Stelle, wo der schützende Wald nicht bis dicht ans Steilufer reichte.

Plötzlich hörte er über das Heulen des Windes hinweg ein merkwürdiges Geräusch. Es klang wie das Winseln eines Hundes, nur lauter.

Erschrocken hielt er inne. Was war das?

Er horchte, doch bis auf den Wind war nichts zu vernehmen.

Gerade als er sich abwenden und durch das Gestrüpp zu seinem Versteck kriechen wollte, hörte er wieder das Winseln, schwach und hell, als würde es auf dem Wind reiten. Irgendwer musste ganz in der Nähe sein. Vielleicht verbarg sich ein verwundetes Tier im Unterholz. Aber das Wimmern schien von vorne zu kommen, von dort, wo nichts war außer der Steilküste und dem Meer.

Er klemmte die Mütze zwischen die Beine, damit sie nicht über den Abgrund geweht wurde, nahm das Fernglas aus der Tasche und blickte hindurch. Nichts war zu sehen außer grauem, aufgewühltem Wasser mit weiß schäumenden Wogen.

Er musste näher an die Klippe.

Aber er durfte nicht, er hatte es versprochen. Andererseits war es ein Notfall. Vielleicht war jemand abgestürzt und brauchte Hilfe.

Er schob die Mütze in den Hosenbund und machte ein paar vorsichtige Schritte auf den Abgrund zu. Spähte nach unten. Nichts.

Noch einmal hob er das Fernglas vor die Augen, beschirmte es mit der linken Hand, damit das Glas nicht nass wurde. Regen peitschte ihm ins Gesicht, seine Zähne klapperten vor Kälte, dennoch ließ er seinen Blick geduldig über das Wasser und die Klippen rechts und links von ihm schweifen.

Und da entdeckte er es.

LÜGEN

Einunddreißig Jahre später
Samstag, 15. September

Wenn ich im Zug sitze, das Gesicht dem Fenster zugewandt, Kopfhörer im Ohr, das Smartphone in der Hand, sehe ich vermutlich aus wie eine beliebige Frau auf Reisen.

Aber ich bin keine beliebige Frau.

Denn sosehr ich auch den Blick auf die Landschaft vor dem Zugfenster hefte, ich kann sie mir höchstens vorstellen, kann Erinnerungen wachrufen an den Anblick von vorbeifliegenden Häusern mit kleinen Vorgärten und von goldenen Weizenfeldern, die sich sacht im Wind wiegen.

Sehen kann ich sie nicht.

Meine Erblindung war die zweite große Katastrophe meines Lebens. Die erste war der Tod meiner Familie. Meine Mutter, mein Vater und mein kleiner Bruder starben bei einem Unfall, als ich sieben Jahre alt war, aber daran denke ich selten zurück. Es ist so lange her, dass ich mich kaum an mein Leben davor erinnere. Ich habe mich mit meinem Schicksal arrangiert, oder, besser gesagt, ich hatte mich arrangiert, bis ich vor einem Jahr beim Joggen im Park von einem maskierten Mann überfallen wurde, der vorher schon einige andere Frauen vergewaltigt hatte. Ich konnte den Angreifer abwehren, schaffte es, ihm zu entwischen, bevor er mir Schlimmeres antun konnte.

Ich dachte, ich wäre davongekommen.

Falsch gedacht.

Wenige Wochen nach dem Überfall merkte ich zum ersten Mal, dass ich auf einem Auge nur noch verschwommen sehen konnte. Kurz darauf folgte das zweite. Von da an ging es rapide bergab mit meiner Sehkraft. Innerhalb von einem Monat erkannte ich nur noch Schatten, konnte mit Mühe Tag und Nacht auseinanderhalten. Zwei Monate nach dem Überfall sah ich gar nichts mehr. Nicht schwarz, nicht weiß, nur ein großes farbloses Nichts. Und dabei ist es geblieben.

Manchmal glaube ich, das Aufleuchten eines Lichtes wahrzunehmen oder eine Bewegung neben mir, und die Hoffnung jagt mir einen Adrenalinstoß durch die Adern. Doch ich weiß, dass es lediglich meine Einbildung ist, die mir einen grausamen Streich spielt. Es ist das Aufblitzen der Erinnerung daran, wie es sich anfühlt, etwas zu sehen, nicht der Anblick selbst.

Die Ärzte haben mich auf den Kopf gestellt, Dutzende Male meine Augen untersucht. Es gibt keine körperliche Ursache für mein Erblinden. Ich leide unter dissoziativer Blindheit infolge eines schweren Traumas. Mit anderen Worten: Der Schock hat mir das Augenlicht geraubt.

Anfangs war ich völlig am Boden zerstört, so sehr, dass ich in einer einsamen Winternacht sogar versuchte, mir das Leben zu nehmen. Diese düstere Phase ist vorüber. Aber wütend und frustriert bin ich noch immer.

Warum musste ausgerechnet mir so etwas passieren? Warum habe ich nach dem Überfall nicht einfach Albträume bekommen, oder Panikattacken wie andere Opfer von Gewalt? Es wäre mir sogar lieber gewesen, der Mistkerl hätte mir die Augen ausgestochen, dann hätte ich wenigstens einen guten Grund, nichts zu sehen. So kommt es mir vor, als wäre ich selbst schuld. Nicht umsonst nennt man meine Erkrankung auch hysterische Blindheit.

Um nicht weiter zu grübeln, schalte ich noch einmal die Aufzeichnung an. Bis Stralsund sind es noch drei Stunden, in denen ich genauso gut etwas Nützliches tun kann. Meine Finger gleiten über das Display des Smartphones, ich lausche den Anweisungen der Stimme in meinem Ohr, bis ich an der richtigen Stelle bin, und konzentriere mich.

«Auf dem Bild dominieren die Farben Schwarz und Rot.»

Es ist merkwürdig, meine eigene Stimme aus einer Zeit zu hören, als ich noch sehen konnte, als ich dachte, das Schlimmste, was mir je im Leben passieren könnte, läge längst hinter mir.

«Es zeigt vier menschliche Gestalten, eine im Zentrum, zwei auf der linken Seite, und eine kleine am rechten unteren Bildrand. Die Darstellungsweise lässt auf ein Kind als Urheber des Bildes schließen, das nicht älter als fünf oder sechs ist. Allerdings ist dieses Kind offenbar schwer traumatisiert, weshalb ein Entwicklungsrückstand vorliegen könnte. Das tatsächliche Alter könnte also auch bei sieben oder acht Jahren liegen.»

Seufzend unterbreche ich die Aufnahme. Wenn ich mich anstrenge, kann ich mir das Bild ins Gedächtnis rufen.

Nicht in allen Details, aber doch in seiner Wirkung, die mir sofort wieder einen Schauder über den Rücken jagt, wie im Sommer vor etwas mehr als einem Jahr, als ich es zum ersten Mal sah. Gideon Mahler, ein Kindertherapeut aus einem kleinen Dorf auf Rügen, hatte es mir damals geschickt mit der Bitte um eine Einschätzung.

Ich bin eine renommierte Expertin für Kinderzeichnungen, werde oft als Gutachterin vor Gericht engagiert. Zumindest war das bis vor einem Jahr so. Seit meiner Erblindung hat mich niemand mehr um meine Einschätzung gebeten. Eine blinde Gutachterin würde von der Gegenseite im Handumdrehen demontiert werden. Dabei gibt es durchaus Möglichkeiten für mich, die Bilder zu «sehen».

Ich hatte damals gerade mit meiner Analyse der Zeichnung begonnen und mit Gideon mehrmals E-Mails geschrieben, um Näheres über den Fall zu erfahren, als der Angriff im Park mich aus der Bahn warf. Nachdem ich bemerkt hatte, dass meine Sehkraft nachließ, teilte ich ihm mit, dass er sich eine andere Expertin suchen müsse, ebenso wie einem halben Dutzend anderer Auftraggeber, deren Anliegen ich nicht mehr bearbeiten konnte. Seither hatte ich nichts von ihm gehört.

Ich hatte nicht ernsthaft erwartet, je wieder in meinem Beruf zu arbeiten, bis Gideon vergangene Woche anrief. Er hätte noch mehr Zeichnungen von dem mysteriösen Jungen gefunden, der offenbar ein Patient seines Vorgängers war, und er mache sich ernsthafte Sorgen. Ich erklärte ihm meine Situation, doch er schien sich nicht daran zu stören, jedenfalls bestand er darauf, dass ich zu ihm komme. Wir würden schon einen Weg finden, die Bilder gemeinsam zu interpretieren.

Erst sagte ich ab. Nicht, weil ich Angst hatte, der Aufgabe nicht gewachsen zu sein. Auch wenn das durchaus eine Rolle spielte. Aber es ist vor allem der Ort, der mir Furcht einflößt. Seit meiner Kindheit war ich nicht mehr auf Rügen, genauer gesagt, seit ich sieben Jahre alt war. Denn genau dort, auf dieser Insel, in dem Dorf, wo Gideon lebt, verlor ich vor über dreißig Jahren meine Familie.

Ein Geräusch neben mir reißt mich aus meinen Gedanken. Ich fahre zusammen, mache eine abrupte Bewegung mit der Hand, stoße an etwas Hartes, zucke erschrocken zurück.

«Mensch, können Sie nicht aufpassen?», fährt mich eine Frauenstimme wütend an. «Sehen Sie nicht, dass ich einen Kaffeebecher in der Hand halte? Wie soll ich die Flecken denn wieder rauskriegen?»

Unwillkürlich versteife ich mich.

Ein Mann tuschelt, ich verstehe nur einzelne Worte. *Blind. Peinlich.*

Ich spüre, wie alle mich anstarren. Unsichtbare Blicke brennen auf meiner Haut wie Feuer. Mir bricht der Schweiß aus, mein Atem wird flach.

Kaum nehme ich wahr, wie die Frau und der Mann weitergehen, wie ein schriller Pfiff ertönt und der Zug sich in Bewegung setzt. Erst jetzt wird mir klar, dass wir an einem Bahnhof gehalten haben und dass neue Fahrgäste zugestiegen sein müssen.

Es dauert ein paar Minuten, bis die Starre sich löst und ich imstande bin, mich zu rühren. Vorsichtig fahre ich mit den Fingern über meinen linken Ärmel. Vielleicht habe ich auch Kaffee abgekriegt. Nichts wäre mir unangenehmer, als die ganze Zeit mit Flecken auf der Bluse herumzulaufen, ohne es zu ahnen.

«Alles sauber», kommt eine Stimme vom Sitz gegenüber. Freundlich, warm und mit einem heraushörbaren Lächeln darin. «Die dumme Pute hat sich nur selbst bekleckert.»

«Danke», murmele ich und senke den Blick.

Verlegen aktiviere ich erneut die Aufzeichnung, doch die Worte rauschen durch meinen Kopf, ohne dass ich ihren Sinn aufnehme. Das gleichmäßige Ruckeln des Zuges macht mich schläfrig. Ich habe kaum ein Auge zugemacht in der vergangenen Nacht, vor lauter Nervosität immer wieder nach meinen Sachen getastet, dem gepackten Koffer, der Handtasche mit den Unterlagen, der Jacke, den Schuhen.

Ich nicke ein und träume von einer Wiese auf einer Waldlichtung, wo ich mit meiner besten Freundin Siri im piksenden Gras liege und Ketten aus Gänseblümchen bastele. Es ist ein friedlicher Ort, die Sonne scheint, Vögel singen, Insekten schwirren durch die Luft. Plötzlich tritt ein maskierter Mann auf die Lichtung und schwenkt ein Beil. Siri und ich versuchen, seinen Schlägen auszuweichen, aber der Angreifer ist überall gleichzeitig, wir können ihm nicht entkommen. Irgendwann fließt mir Blut in die Augen, ich weiß nicht, ob es Siris ist oder mein eigenes. Jedenfalls kann ich nichts mehr sehen, taste hilflos herum, voller Todesangst, weil ich jeden Augenblick damit rechne, dass das Beil mir den Schädel spaltet.

Als ich aufwache, bin ich zunächst orientierungslos.

«Noch etwa eine halbe Stunde bis Stralsund», sagt die Stimme von vorhin.

«Ich habe wohl ziemlich lange geschlafen.» Verlegen streiche ich mir die Haare aus der Stirn. Hoffentlich sehe ich nicht total zerzaust aus.

«Kann man so sagen.» Mein Gegenüber räuspert sich. «Ich heiße übrigens Marc. Marc Jessen.»

«Jennifer Lark.»

Ich versuche, mir den Mann vorzustellen. Das mache ich immer, wenn ich jemanden kennenlerne. Ich zeichne im Kopf ein Bild von ihm, damit er mehr ist als eine körperlose Stimme im Raum. Menschen, die von Geburt an blind sind, machen das bestimmt nicht, sie erschließen ihre Umwelt anhand von Geräuschen und Gerüchen. Oder dem, was sie ertasten. Aber ich denke und empfinde noch immer in Kategorien von Sehenden, ich ordne die Welt nach Farben und Formen, obwohl ich sie nicht mehr wahrnehme.

Marc Jessen stelle ich mir in Anzug und Krawatte vor. Er ist ein paar Jahre älter als ich, hat leicht schütteres Haar und einen kleinen Bauchansatz, den er durch die Sitzhaltung zu kaschieren versucht.

«Sind Sie auf dem Weg nach Rügen?», fragt er.

«Ja. Beruflich.»

«Ich auch. Ich bin IT-Spezialist und besuche einen Kunden.»

«Ich bin … Therapeutin. Und Gutachterin vor Gericht.»

«Klingt spannend. Waren Sie schon einmal auf Rügen?»

Die Frage erwischt mich eiskalt. Meine Hände verkrampfen sich.

«Entschuldigen Sie, ich wollte Ihnen nicht zu nahe treten. Ich bin auf Rügen aufgewachsen, und ich dachte, falls Sie einen Tipp brauchen …»

«Danke», erwidere ich steif. «Aber ich werde wohl eher keine Zeit für Ausflüge haben.»

Eine Weile schweigen wir.

«Ich bin übrigens knapp vierzig», sagt er dann unvermittelt, «habe braune Haare und braune Augen, bin etwas über eins achtzig groß und trage Hemd, Jeans und Sakko. Nur der Fairness halber, damit Sie wissen, mit was für einem Typ Sie es zu tun haben.»

Unwillkürlich muss ich lächeln. «Kurze oder lange Haare?»

«Kurz. Und einen ziemlich coolen Dreitagebart.»

Ich korrigiere das Bild in meinem Kopf, tausche Anzughose gegen Jeans, schütteres Haar gegen Dreitagebart. «Hören Sie auf, ich kriege schwache Knie.»

«Das war die Absicht.» Er lacht leise.

«Sie sind ja überhaupt nicht von sich eingenommen.»

«Alles Show, in Wirklichkeit bin ich furchtbar schüchtern.» Er erzählt mir, wie er als Junge immer allein in der Ecke des Schulhofs stand, weil niemand mit ihm spielen wollte, wie er als Jugendlicher so einsam war, dass er seine Nächte vor dem PC verbrachte, weshalb er heute so viel über Computer weiß, dass er seinen Lebensunterhalt damit verdienen kann.

Ich kaufe ihm den armen Außenseiter nicht ab, dafür wirkt er viel zu selbstbewusst, finde seine Geschichte jedoch irgendwie charmant. Und als der Zug in den Bahnhof von Stralsund einfährt, erscheint es mir wie die selbstverständlichste Sache der Welt, dass Marc mich beim Arm nimmt und mich zu dem Bahnsteig führt, wo der Regionalexpress nach Rügen abfährt.

Die Fahrt von Stralsund nach Bergen dauert dreißig Minuten. Marc erzählt von verrückten Erlebnissen mit Kunden und stellt keine einzige dämliche Frage über meine Blindheit. Nur einmal will er wissen, ob ich das ungefähre Alter eines Menschen an der Stimme erkennen kann.

«Leider nicht», erwidere ich.

«Sie haben keinen siebten Sinn, keinen besonderen Instinkt?»

«Blinde haben keine besonderen Fähigkeiten. Das ist leider nur im Kino so. Ich muss mit den Sinnen klarkommen, die mir geblieben sind.»

Das ist nur zum Teil wahr. Ich habe einen extrem feinen Geruchssinn, auch jetzt in diesem Moment rieche ich nicht nur die Polster des Zuges, sondern auch Marcs Aftershave und sprödes, altes Leder, vielleicht von einer Tasche oder einer Jacke. Aber diese spezielle Gabe hat nichts mit dem Verlust meines Augenlichts zu tun, ich hatte sie schon als kleines Kind, weshalb ich immer besonders pingelig beim Essen war. Obst, das nur einen Hauch überreif ist, bereitet mir Übelkeit, genauso wie Fisch, wenn er nicht ganz frisch gefangen wurde.

Ich erwarte weitere Fragen, doch Marc wechselt das Thema, erzählt mir, was er draußen vor dem Fenster sieht, durch was für eine Landschaft wir gerade fahren, und zwar so lebhaft, dass ich sie vor mir sehe. Dankbar lausche ich ihm und freue mich über die Bilder, die in meinem Kopf entstehen.

Viel zu schnell sind wir am Ziel. Gideon erwartet mich am Bahnhof von Bergen, wo auch Marc aussteigt. Ich stelle die beiden einander vor, sie begrüßen sich knapp, dann drückt Marc meine Hand und verschwindet. Ich presse die Finger um die Visitenkarte, die er mir zugesteckt hat und auf der die Schrift so eingeprägt ist, dass ich die Handynummer ertasten kann.

«Schön, dass wir uns endlich persönlich kennenlernen», sagt Gideon und greift nach meinem Arm.

Er riecht nicht nach Aftershave, sondern nach Holzfeuer und frischer Luft. Unwillkürlich muss ich über den Kontrast zwischen dem gewandten Städter und dem einfachen Naturburschen schmunzeln, obwohl ich natürlich weiß, dass das so nicht zutrifft.

Gideon führt mich zu einem Parkplatz, verstaut meinen Koffer im Wagen und hilft mir beim Einsteigen. Wenn ich die Karte der Insel richtig im Kopf habe, dürfte die Fahrt zu seinem Wohnort etwa eine halbe Stunde dauern. Ich lehne mich im Sitz zurück und stelle mir Gideon am Steuer vor. Im Gegensatz zu Marc weiß ich aus eigener Anschauung, wie er aussieht. Als er mich im vergangenen

Jahr kontaktiert hat, habe ich ihn gegoogelt und mir das Foto auf seiner Website angesehen. Er ist drei Jahre älter als ich, wirkt aber jünger, blond, blauäugig und jungenhaft, so als hätte er sich geweigert, erwachsen zu werden. Dabei hat das Schicksal auch ihm übel mitgespielt. Er ist seit zwei Jahren Witwer, zieht seinen siebenjährigen Sohn Finn allein groß.

«Wo genau wohnst du?», frage ich, während Gideon den Wagen über unsichtbare Straßen steuert. «Mitten im Ort oder eher außerhalb?»

«Mein Haus steht direkt am Waldrand. Es gibt keine unmittelbaren Nachbarn. Ich hoffe, das ist okay für dich. Du bist jedenfalls nicht allein, ich bin den ganzen Tag daheim, weil ich meine Patienten dort empfange.»

Mir ist nicht ganz wohl bei dem Gedanken, dass ich quasi im Haus gefangen bin, weil ich nicht ohne weiteres zu Fuß wegkomme. Andererseits bleibe ich ja nur ein paar Tage. «Ein bisschen Kontrastprogramm zu Berlin wird mir guttun», sage ich deshalb.

«Ich habe dir die Gartenlaube hergerichtet, ganz wie du wolltest», fährt Gideon fort. «Wenn du doch lieber bei uns im Haus wohnen möchtest, ist das aber auch kein Problem.»

«Gartenlaube klingt wunderbar.»

Ursprünglich wollte ich mich in einem Hotel einquartieren, weil ich meinen unbeholfenen Alltag nicht gern mit fremden Menschen teile, doch als Gideon mir von der Laube mit eigenem Bad erzählte, fand ich die Vorstellung reizvoll, in meinem eigenen kleinen Häuschen zu wohnen.

Endlich höre ich Schotter unter den Rädern knirschen, der Wagen rollt in eine Einfahrt. Kühler Wind schlägt mir entgegen, als ich die Beifahrertür öffne. Es riecht nach Wald und salziger Seeluft. Irgendwo schreit eine Möwe. Für den Bruchteil einer Sekunde blitzt eine Erinnerung auf. Ich dränge sie weg, bevor das Bild scharf wird.

Gideon führt mich zu der Gartenlaube und erklärt mir, wo das Bett steht und wo die Tür zum Bad ist, dann drückt er mir den Schlüssel in die Hand und lässt mich allein, verspricht, mich in einer halben Stunde zum Abendessen ins Haus zu holen.

Als er weg ist, atme ich erleichtert auf. Seit Monaten war ich nicht mehr so viele Stunden am Stück in der Gesellschaft anderer Menschen, und ich bin total erschöpft. Obwohl ich mich am liebsten aufs Bett legen und ausruhen würde, ziehe ich nur meine Jacke aus, diktiere eine SMS, dass ich gut angekommen bin, an meine Freundin Siri in mein Smartphone und mache mich daran, mein vorübergehendes Zuhause gründlich zu erkunden. Das habe ich mir angewöhnt, damit ich im Zweifelsfall nicht völlig orientierungslos bin. Erst wenn ich verinnerlicht habe, wo Fenster und Türen, wo das Bad und wo die Steckdosen sind, fühle ich mich halbwegs sicher.

Ich taste mich an den Wänden entlang, beginne gegenüber der Eingangstür, wo ich auf einen zweitürigen Schrank und eine Kommode mit drei Schubladen stoße, in der zusätzliche Handtücher und Bettwäsche liegen. In der nächsten Wand befindet sich das Fenster, es gibt kleine Scheibengardinen und Vorhänge aus schwerem Stoff.

Neben dem Fenster ist eine Garderobe, an der einige leere Bügel und ein Schirm hängen. Die dritte Wand ist kahl, bis auf die Eingangstür aus massivem Holz, und in der letzten Wand ertaste ich die Tür zum Bad neben dem Bett.

Das Bad ist winzig. Es gibt eine Dusche mit Vorhang, eine Toilette und ein kleines Waschbecken. Das taschentuchgroße Fenster ist gekippt, das Glas geriffelt, also vermutlich blickdicht.

Als ich mir das Gesicht mit kaltem Wasser benetze, um die Müdigkeit zu vertreiben, fege ich ein Glas vom Beckenrand. Es zersplittert auf den Fliesen, und schlagartig überrollen mich Wut und Enttäuschung. Tränen schießen mir in die Augen.

«Dumme Kuh!», beschimpfe ich mich selbst, setze mich auf den Toilettendeckel und frage mich, wieso ich mir diese blöde Reise überhaupt angetan habe.

Gideon hat ein ganzes Blech Pizza zubereitet, jede Ecke anders belegt. Eigentlich sollten sein Sohn und dessen Freund mit uns essen, doch die beiden haben es sich anders überlegt. Also sind wir beide mit der riesigen Pizza allein.

Nach dem Heulkrampf im Bad ist meine Stimmung gedämpft. Ich habe die großen Scherben vorsichtig aufgesammelt, für den Rest müsste ich Gideon um Handfeger und Schaufel bitten. Aber das ist mir unangenehm. Wenn ich noch sehen könnte, hätte es mir vermutlich kaum etwas ausgemacht, gleich bei meiner Ankunft etwas kaputt zu machen, das passiert eben. So jedoch hat das kleine Missgeschick eine ganz andere Bedeutung.

«Du bist bestimmt müde von der langen Zugfahrt», sagt Gideon.

«Ein wenig.» Ich habe meinen Teller kaum angerührt. Es fällt mir noch immer schwer, in Gegenwart von Fremden zu essen. Ich fühle mich beobachtet, habe Angst davor, mich zu bekleckern, ohne es zu bemerken.

«Dann möchtest du dich vermutlich sofort zurückziehen.»

«Nein.» Ich schreie das Wort fast. Mir graut vor der langen Nacht, in der ich vermutlich wieder kaum schlafen werde, an einem fremden Ort, in einem fremden Bett, mit fremden Geräuschen hinter der dünnen Bretterwand. Mit einem Mal verspüre ich den Drang, meinen Aufenthalt hier schnell hinter mich zu bringen. Ich habe ein Rückfahrticket für Freitag, also in sechs Tagen, aber vielleicht sind wir ja früher fertig.

«Ich würde gern mit den Bildern anfangen.» Ich räuspere mich. «Falls du nichts anderes vorhast.»

«Natürlich habe ich nichts anderes vor», erwidert er. «Wir können den Wein in mein Arbeitszimmer mitnehmen.»

Ich folge ihm in eine Art Wintergarten, durch dessen Scheiben man, wie er mir versichert, den Waldrand mit der Gartenlaube davor sieht. Für eine Sekunde ist mir die Vorstellung unangenehm, dass er hier am Fenster stehen und mich beobachten könnte, auch wenn er aus dieser Entfernung bestimmt keine Details durch das kleine Fenster der Laube erkennen kann.

Gideon schichtet Holzscheite im Kamin auf und macht Feuer, obwohl es kein besonders kühler Abend ist. Das

Knistern und die Wärme beruhigen mich, der Anflug von Panik eben am Küchentisch kommt mir mit einem Mal lächerlich vor.

«Erzähl mir zuerst noch einmal alles, was du über den Jungen weißt», bitte ich ihn, nachdem ich in einem Korbsessel Platz genommen habe.

«Das ist leider nicht viel», sagt Gideon.

Ich höre, wie er Papiere raschelnd zur Seite legt und seinen Stuhl vom Schreibtisch weg in meine Richtung dreht. Ich stelle mir ein riesiges altes Monstrum aus schwerem dunklen Holz vor, das direkt vor der Fensterscheibe steht, sodass er beim Arbeiten hinausschauen kann. Der Stuhl ist ebenfalls aus Holz, das Leder, mit dem er überzogen ist, spröde und rissig.

«Er war ein Patient deines Vorgängers», helfe ich ihm auf die Sprünge.

«Ja. Dr. Fahrenbach kam ziemlich unerwartet vor zwei Jahren ums Leben. Ich wohnte damals in Bergen, und meine Frau … Lisa, sie war wenige Monate zuvor ebenfalls gestorben.»

Er holt hörbar Luft.

«Jedenfalls sah ich es als Chance für einen Neuanfang, kaufte dieses Haus hier und übernahm einen Großteil seiner Patienten. Im Nachhinein betrachtet, habe ich wohl ziemlich überstürzt gehandelt, meinen Sohn zu früh nach dem Verlust der Mutter entwurzelt. Ich wollte weg, raus aus dem Haus, in dem ich mit Lisa glücklich gewesen war. Aber für Finn war das eine weitere Traumatisierung. Inzwischen hat er sich jedoch gut eingelebt.»

«Das war bestimmt alles nicht leicht», sage ich, weil mir nichts Besseres einfällt. Ich weiß, dass seine Frau Krebs hatte, und kann nur ahnen, wie schlimm es sein muss, seinem Partner beim langsamen Sterben zuzusehen, ohne helfen zu können.

«Schon okay. Ich bin drüber hinweg. Und Finn auch. Meistens jedenfalls.» Ich höre, wie er nach seinem Weinglas greift und einen Schluck nimmt. «Jedenfalls dauerte es Monate, bis ich mich hier eingelebt und mir einen Überblick über die Akten verschafft hatte. Zumal die meisten Patienten sich von allein meldeten. So fiel mir die dünne Mappe erst im darauffolgenden Jahr auf. Sie lag ganz unten im Fach mit den aktuellen Patienten, doch es war nichts darin, bis auf das Bild und eine rätselhafte Notiz.»

«Was denn für eine Notiz? Die hast du gar nicht erwähnt, als du mich im vergangenen Jahr kontaktiert hast.»

«Ich wollte dich nicht beeinflussen. Sie hätte dir auch nicht bei der Interpretation des Bildes geholfen.»

«Und wie lautet sie?»

«Es sind nur vier Worte: ‹Dringend mit Gerrit sprechen›. Und drei Ausrufezeichen. Der Zettel war mit einer Büroklammer an der Zeichnung befestigt.»

«Wer ist Gerrit?»

«Das habe ich noch nicht herausgefunden. Dafür habe ich beim Sortieren der alten Akten weitere Zeichnungen entdeckt, die eindeutig von demselben Jungen stammen. Sie lagen lose in einem Karton, sind wahrscheinlich aus einem Ordner herausgerutscht.»

«Wieso bist du eigentlich so sicher, dass es ein Junge

ist, der die Bilder gemalt hat? Waren doch noch weitere Informationen in der Mappe?»

«Du warst doch diejenige, die gesagt hat, dass das Bild höchstwahrscheinlich von einem Jungen im Vorschulalter gemalt wurde.»

«Hm.» Ich habe den Verdacht, dass Gideon mir etwas verschweigt. Aber warum sollte er das tun? Er wollte unbedingt, dass ich komme und die Bilder analysiere. Bestimmt bin ich überempfindlich. Dies ist mein erster richtiger Job, wenn man es so bezeichnen kann, seit ich erblindet bin. Es ist ein vorsichtiger Schritt zurück ins Leben, zwar nicht in mein altes Leben, dahin führt kein Weg zurück, aber doch in eins, in dem ich nicht nur eine Last für mich selbst und alle Menschen um mich herum bin.

Gideon schenkt Wein nach. «Ich bin dabei, die Sachen von Dr. Fahrenbach durchzusehen. Leider habe ich bei meinem Einzug alle Unterlagen, die älter als ein Jahr waren, einfach in Kartons gepackt und im Schuppen neben dem Haus verstaut, ohne sie irgendwie zu sortieren. Also muss ich alles Stück für Stück sichten. Ungefähr die Hälfte habe ich durch, ich bin sicher, dass ich bald auf die Akte stoße.»

«Und wenn es gar keine gibt? Vielleicht war das Kind nur dieses eine Mal in Behandlung. Oder jemand anders hat Dr. Fahrenbach das Bild gezeigt, so wie du mir.»

«Du vergisst die vier weiteren Bilder, die ich gefunden habe.»

«Was macht dich so sicher, dass sie von demselben Jungen stammen?»

«Wenn du sie sehen könntest …» Er räuspert sich. «Entschuldige, das war blöd von mir.»

«Schon okay.» Wieder durchzuckt mich die Frage, warum Gideon die Zeichnungen ausgerechnet einer blinden Expertin zeigen wollte. Ich schiebe sie weg, versuche, mich auf die Arbeit zu konzentrieren. «Beschreib sie mir.»

Der Stuhl dreht sich knarrend, dann raschelt Papier.

«Ich habe die Blätter nebeneinander vor mir auf dem Schreibtisch liegen», sagt Gideon.

Ich höre ihn schlucken, bin nicht sicher, ob er trinkt oder der Anblick der Bilder ihn so verstört.

«Gut, dann mal los. Alle fünf Blätter sind ausschließlich in den Farben Rot und Schwarz bemalt», beginnt er. «Und alle haben dieselbe Figur im Zentrum, wenn auch jedes Mal in leicht veränderter Form. Ein Wesen, halb Kind, halb Monster, mit spitzen Zähnen und klauenartigen Händen.»

Zehn Minuten später verstehe ich, warum Gideon so besorgt ist. Das Bild, das er mir im vergangenen Jahr geschickt hat, ist verstörend genug gewesen, hat tief in die Gefühlswelt eines schwer traumatisierten Kindes blicken lassen.

Die neuen jedoch sind ungleich schlimmer. Wer auch immer diese Bilder gemalt hat, muss Furchtbares erlebt haben. Und er hat sein Leid in brutale Gewaltphantasien verwandelt, die er jederzeit in die Tat umsetzen kann. Dieses Kind, wo immer es steckt, ist eine tickende Zeitbombe.

Sonntag, 16. September

Am nächsten Morgen werde ich von einem lauten Knall geweckt. Kurz darauf knallt es wieder, und ich erkenne, dass irgendwer eine Autotür zugeworfen hat. Erleichtert schlage ich die Decke zurück. Wider Erwarten habe ich tief geschlafen. Vermutlich war ich einfach zu erschöpft, um lange zu grübeln.

Am Gesang der Vögel draußen im Garten erkenne ich, dass die Nacht vorbei ist. Ich taste mich zum Fenster und ziehe die Vorhänge ein Stück zurück. Warmes Sonnenlicht fällt auf mein Gesicht.

Unter der Dusche kommen mir die Bilder wieder in den Sinn. Der unbekannte Junge hat jedes Mal das gleiche Motiv gemalt, allerdings in Variationen. Im Zentrum ist immer eine Gestalt, mit der er sich offenbar selbst darstellt. Er hat sich als hässliches Monster mit einer Art zackiger Krone auf dem Kopf gemalt. In seinem Gesicht dominiert der riesige Mund voller spitzer Zähne, die Augen sind zu Schlitzen zusammengezogen. Beides steht für starke Aggressionen.

Auf dem Bild, das Gideon mir vor einem Jahr geschickt hat und das ich für das erste der Serie halte, hat dieser Monsterjunge keine Hände und keine Füße. Eine Selbstdarstellung ohne Hände ist ein Symbol dafür, dass der Zeichner sich handlungsunfähig und wehrlos fühlt. Er kann die Wut, die ihm ins Gesicht gemalt ist, nicht nach außen kehren, sie brodelt in seinem Innern. Und ohne Füße kann er sich nicht vom Fleck bewegen, kann er der schrecklichen Situation nicht entfliehen.

In den weiteren Bildern werden aus den Händen erst spitze Klauen, dann scherenartige Waffen. Die Füße stecken nun in schweren, mit Dornen bewehrten Stiefeln. Die anderen Gestalten, die auf dem ersten Bild noch an den Rändern zu sehen waren und die möglicherweise seine Familie darstellen sollen, sind auf den letzten Bildern verschwunden. Aus dem traumatisierten Jungen, der sich von seiner Familie nicht verstanden fühlt, ist ein isolierter Einzelkämpfer geworden, der die ganze Welt zum Feind hat.

Ich drehe das Wasser ab und greife nach dem Handtuch, das ich bereitgelegt habe. All diese Spekulationen führen zu nichts, solange ich nicht mehr über das Kind weiß. Es ist unseriös, ein Bild zu analysieren, ohne die Lebensumstände des Zeichners zu kennen, ebenso wie den Kontext, in dem das Bild entstanden ist. Ich müsste wissen, ob der Junge zum Beispiel von dem Therapeuten gebeten wurde, sich selbst zu malen, oder ob er das Monster auf Papier bannen sollte, das nachts unter seinem Bett liegt.

Es könnte auch sein, dass der Junge die Bilder gemalt hat, nachdem er heimlich eine Nacht mit der Horrorfilmsammlung seines großen Bruders verbracht hat. Dann wären sie lediglich ein Versuch, Eindrücke zu verarbeiten, mit denen sein junges Gehirn völlig überfordert war.

Oder der Junge hat mit einem anderen Kind gemeinsam am Tisch gesessen und dessen Bilder kopiert. Auch das kommt häufig vor.

Ich wickle mir das Handtuch um und steige in meine Hausschuhe. Scherben knirschen unter den Sohlen, die Reste des Glases. Heute werde ich Gideon um Handfeger und Schaufel bitten, egal wie blöd ich mir dabei vorkomme. Vorsichtig greife ich nach der Zahnpastatube und drücke mir einen Streifen auf den Zeigefinger, den ich dann auf die Bürste streiche. So stelle ich sicher, dass nicht die Hälfte von dem Zeug im Waschbecken landet.

Während ich mir die Zähne putze, überkommt mich plötzlich das Gefühl, nicht allein im Raum zu sein. Seit ich blind bin, geschieht das häufig. Aber manchmal ist das Unbehagen besonders intensiv.

Früher, als ich noch ganz klein war, hat meine Oma mir von einer Schreckensgestalt aus ihrer fränkischen Heimat erzählt, dem Nachtgiger. Das ist ein Monster, das nachts durch die Straßen streift und Kinder fängt und frisst. Bei ihren Geschichten sind mir immer wohlige Schauder über den Rücken gelaufen, denn ich lag sicher in meinem Bett, und der Nachtgiger dringt niemals in Häuser ein. Dabei stellte ich ihn mir als schwarze Gestalt mit wehendem Umhang vor, die mit langen Schritten durch verwinkelte nächtliche Gassen hastet, eine Laterne in der Hand, um die Kinder aufzuspüren, die sich in Hauseingängen und Nischen versteckt haben.

Nach dem Tod meiner Eltern und als auch meine Oma längst gestorben war, wandelte ich den Nachtgiger in meiner Phantasie in meinen Beschützer um. Er war jetzt mein Leibwächter, mein mächtiger Schatten, der alles Böse von mir fernhielt. Vor allem in den Wochen im Heim, bevor ich adoptiert wurde, klammerte ich mich an diese Vorstellung. Da war der Nachtgiger so real für mich, dass ich ihn sogar zu sehen glaubte.

Irgendwann brauchte ich ihn dann nicht mehr, denn meine neuen Eltern beschützten mich nun. Er zog sich in die Schatten zurück, und ich vergaß ihn.

Bis zum vergangenen Herbst. Da tauchte er eines Tages wieder auf, ganz unvermittelt stand er vor mir, als ich schon fast nichts mehr sehen konnte, und verkündete, dass er zurückgekommen sei, weil ich erneut seine Hilfe bräuchte.

Allerdings hatte der Nachtgiger seit meiner Kindheit sein Aussehen verändert. Er war nicht mehr der schwarze Hüne ohne Gesicht, sondern hatte auffällige Ähnlichkeit mit dem Monster auf dem Kinderbild, das ich wenige Wochen zuvor so intensiv studiert hatte. Seither begleitet der Nachtgiger mich in neuer Gestalt, taucht manchmal auf, wenn ich nicht damit rechne, und noch immer bin ich nicht sicher, ob er mich wirklich beschützen will oder nur auf den richtigen Moment wartet, um mir den Rest zu geben.

Gestern habe ich mit Gideon vereinbart, dass er schnellstmöglich die alten Akten durchgeht. Irgendwo müssen weitere Informationen über den Jungen stecken. Außerdem will er noch einmal versuchen herauszufinden, wer diese oder dieser mysteriöse Gerrit ist. Es könnte sich um den

Vater des Jungen handeln. Oder um eine Lehrerin. Oder um eine Kollegin, die Fahrenbach zu Rate ziehen wollte.

Wieder frage ich mich, warum Gideon so sehr an dem Fall interessiert ist. Wahrscheinlich ist dieses Kind schwer gestört und potenziell gefährlich. Aber das allein scheint mir als Beweggrund nicht auszureichen. Er ist nicht Gideons Patient, Gideon kennt ihn nicht einmal. Oder doch?

Ich habe den Verdacht, dass Gideon weiß, wer der Junge ist, und es absichtlich verschweigt. Aber warum sollte er das tun?

Als ich das Haus durch die Hintertür betrete, empfängt mich der Duft von Kaffee. Ich folge ihm in die Küche. Schwach nehme ich unter dem Kaffeearoma den Geruch nach überreifem Obst wahr und nach der riesigen Pizza, deren Reste noch irgendwo stehen müssen. Und da ist noch etwas, das ich nicht einordnen kann, etwas Fremdes, das mich instinktiv wachsam werden lässt.

Kaum habe ich einen Schritt in den Raum gemacht, ertönt ein kratzendes Geräusch, als würde ein Stuhl über den Boden schaben, und im gleichen Augenblick höre ich jemanden atmen.

«Gideon?»

Keine Antwort.

Doch ich bin sicher, dass jemand in der Küche ist. Mein Herz schlägt schneller, ich unterdrücke die aufsteigende Panik, die Erinnerungen an das Gebüsch im Park, wo der Angreifer mir aufgelauert hat.

«Wer ist da?», frage ich in die unheimliche Stille. Ganz

gelingt es mir nicht, das Zittern in meiner Stimme zu unterdrücken.

«Papa ist nicht da.»

«Oh.» Erleichtert reibe ich mir die schweißfeuchten Finger an der Hose trocken. «Du musst Finn sein. Ich bin Jenny.»

Ich strecke die Hand aus, doch niemand ergreift sie.

«Dein Vater hat mir erzählt, dass du bei deinem Freund schlafen wolltest», sage ich in die Richtung, aus der die Stimme kam. «Deshalb habe ich nicht mit dir gerechnet. Du hast mir einen ganz schönen Schreck eingejagt.»

«Muss nur meine Sportsachen holen.» Er rührt sich nicht von der Stelle. Die Stille hat etwas Feindseliges.

«Es riecht nach Kaffee», breche ich das Schweigen. «Könntest du mir sagen, wo er steht? Ich hätte gern eine Tasse.»

«Nein.»

Ich schlucke. «Okay, dann muss ich sie wohl selbst finden.»

Stück für Stück taste ich mich an der Arbeitsplatte entlang. Ich erspüre den Herd, die Spüle, dann eine Arbeitsfläche, auf der ein Toaster und ein Wasserkocher stehen. Schließlich stoße ich auf die Kaffeemaschine, die Kanne steht auf der Wärmplatte und ist heiß.

«Gefunden!», rufe ich. «Jetzt noch eine Tasse.» Ich strecke die Arme nach oben, in der Hoffnung, auf Oberschränke zu stoßen. «Könntest du nicht wenigstens ‹heiß› und ‹kalt› sagen, Finn?», bitte ich ihn, in der Hoffnung, dass ein Spiel das Eis bricht.

«Nein!»

Ich taste mich weiter, frage mich dabei, warum Finn so aggressiv ist, ob es an mir liegt, an meiner Blindheit, die ihn verunsichert, oder ob er sich allen Fremden gegenüber so abweisend verhält. Ich würde ihn gern fragen, was sein Vater ihm über mich erzählt hat, aber ich fürchte, dass ich keine Antwort bekommen würde.

Ich muss daran denken, wie ich mich gefühlt habe, kurz nachdem ich meine Eltern verloren hatte. Ich weiß noch, wie unausstehlich ich mich verhalten, wie ich alles und jeden gehasst habe. Ich habe bei jedem noch so nichtigen Anlass rumgeschrien, teures Porzellan zerschlagen und die Wände im Wohnzimmer bekritzelt wie ein Kleinkind. Ich habe alles versucht, um meine Adoptiveltern zu provozieren. Um sie dazu zu bringen, mich zu strafen, mich zu schlagen, mich wieder zurückzugeben, um mir selbst zu beweisen, dass mich niemand auf der Welt liebte, jetzt, wo meine Mama, mein Papa und mein kleiner Bruder tot waren.

Meine Adoptiveltern kannten mich schon seit meiner Geburt. Sie waren mit meinen Eltern befreundet gewesen, und ich mit ihrer Tochter Siri. Vielleicht haben sie deshalb meine Wutanfälle stoisch hingenommen, mich nicht aufgegeben, zu mir gestanden, bis es irgendwann besser wurde.

«Willst du mir nicht doch helfen, Finn?», versuche ich es noch einmal. «Du kennst dich hier viel besser aus als ich.»

«Nein! Du sollst abhauen!»

Es klirrt laut, als etwas auf dem gefliesten Boden zerschellt. Die Tasse, vermute ich, die Gideon für mich bereitgestellt hat.

«Verschwinde!», schreit Finn mich an. «Ich will nicht, dass du hier bist!»

Dann stapfen Schritte über den Boden, eine Tür knallt, und Stille senkt sich über das Haus.

Als Gideon wenige Minuten später hereinkommt und den Duft von frischen Brötchen mitbringt, findet er mich am Küchentisch vor. Ich habe nach längerem Suchen die Hakenleiste an der Wand aufgespürt, wo die Kaffeebecher aufgehängt sind, und mir einen eingeschenkt.

«Morgen, Jenny», sagt er fröhlich. Schritte knirschen über die Scherben. «Oh, ein kleines Missgeschick?»

«Eher ein Wutanfall.» Ich habe die Spuren von Finns Ausbruch absichtlich nicht beseitigt.

«Was ist geschehen?»

Gideon legt die knisternde Brötchentüte auf dem Tisch ab.

«Dein Sohn ist offenbar nicht besonders glücklich darüber, dass ich euch besuche.»

«Finn war hier?»

Ich höre die Sorge in seiner Stimme.

«Er wollte seine Sportsachen holen. Und dann kam ich.»

«Er hat die Tasse runtergeworfen?»

«Bevor er mich aufgefordert hat, sofort zu verschwinden.»

Gideon nimmt neben mir Platz und stöhnt. «Es tut

mir leid. Ich dachte, bei dir würde er nicht so ein Theater machen.»

«Heißt das, er hat so etwas schon öfter getan?»

«Jedes Mal, wenn ich eine Frau mit nach Hause bringe. Auch wenn es nur eine neue Putzhilfe ist.» Er seufzt. «Ich habe vor einigen Monaten den Fehler gemacht, darüber zu reden, wie schön es wäre, wenn er eine neue Mama bekäme. Ich dachte, es würde uns beiden guttun.»

«Und jetzt sieht er in jeder Frau eine Bedrohung für seine tote Mutter.»

«Ich hätte es wissen müssen, schließlich bin ich Therapeut. Aber wenn es um einen selbst geht, versagt das beste Fachwissen ja bekanntlich.»

Das Frühstück verläuft in gedrückter Stimmung. Obwohl ich ausgehungert sein müsste, weil ich gestern fast nichts gegessen habe, kriege ich kaum einen Bissen herunter. Als wir fertig sind, schlägt Gideon vor, einen Besuch zu machen. Er hat die ehemalige Sprechstundenhilfe von Dr. Fahrenbach ausfindig gemacht.

Wir machen uns zu Fuß auf den Weg zum Haus von Christa Steele, und ich bin froh darüber. Wenn ich mit dem Auto mitgenommen werde, verliere ich immer jegliche Orientierung, zu Fuß kann ich zumindest ungefähr die Strecke nachvollziehen, die wir zurücklegen.

Wir spazieren den sandigen Weg entlang, an dem Gideons Haus liegt. Die Luft riecht nach Laub und Regen, ich spüre keine Sonne auf meiner Haut, der Himmel muss sich zugezogen haben. Nach einer Weile biegen wir links ab. Es geht leicht bergab, bis wir auf eine asphaltierte Straße stoßen.

Schließlich erreichen wir das Haus der ehemaligen Sprechstundenhilfe. Zur Tür geht es drei Stufen hinauf, sie wird aufgerissen, noch bevor wir klingeln.

«Dr. Mahler, wie schön, Sie zu sehen.» Die Stimme klingt jung, ich hätte sie auf um die dreißig geschätzt, wenn ich nicht gewusst hätte, dass Christa Steele Anfang fünfzig ist.

«Hallo Frau Steele», sagt Gideon. «Schön, dass Sie sich am Sonntag Zeit für uns nehmen. Das ist meine Kollegin Jennifer Lark.»

«Guten Tag, Frau Lark. Kommen Sie doch rein.»

Ich nehme an, dass Gideon sie vorbereitet hat, denn es folgt keine verlegene Pause, in der ich eine ausgestreckte Hand ignoriere oder ein Lächeln nicht erwidere.

Viele Menschen, die von Geburt an blind sind, haben Schwierigkeiten mit den kleinen Alltagsgesten, weil sie sie nie durch Nachahmung erlernen konnten. Ich weiß zwar, wie man nickt oder interessiert guckt, aber auch mir fällt es schwer, ins Nichts hineinzulächeln, selbst wenn ich weiß, dass dort irgendwo jemand ist, der es sieht und vielleicht zurücklächelt.

Wir werden ins Wohnzimmer geführt, und als Christa Steele in der Küche verschwindet, um Kaffee aufzubrühen, flüstere ich: «Wie sieht sie aus?»

«Frau Steele?», fragt Gideon zurück.

«Ja.»

Ich muss daran denken, wie Marc Jessen mir eine Beschreibung von sich selbst geliefert hat, ohne dass ich ihn darum bitten musste. Vielleicht war es nur Eitelkeit, aber das glaube ich nicht. Er war so offen und unbefangen, als hätte er Erfahrung im Umgang mit Blinden.

«Typ Schulsekretärin», raunt Gideon mir ins Ohr. «Kinnlange blondierte Haare, sympathisch, aber altmodisch. Sieht älter aus, als sie ist.»

Sekunden später kehrt Steele begleitet von lautem Klirren ins Wohnzimmer zurück. Gideon hilft ihr, die Tassen auf dem Tisch zu verteilen. Ich habe eigentlich schon genug Kaffee für einen Vormittag getrunken, doch ich nippe artig an der Tasse, die Gideon mir in die Hand drückt, während er unserer Gastgeberin den Grund für unseren Besuch erläutert.

«Dr. Fahrenbach war ein anständiger Mann, ein guter Arzt, dem das Wohl der Kinder immer das Wichtigste war», verkündet Christa Steele, und der defensive Ton, mit dem sie das sagt, lässt mich aufhorchen.

«Es gibt ja Leute, die nach der Wende schlimme Dinge behauptet haben», fährt sie fort. «Aber die wollten alle nur davon ablenken, dass sie selbst Dreck am Stecken hatten.»

«Es geht uns eigentlich nur um diesen einen Fall», versucht Gideon zu beschwichtigen. «Vielleicht erinnern Sie sich. Wir suchen den Jungen, der dieses Bild gemalt hat.»

Papier raschelt.

«Das habe ich noch nie gesehen.»

«Ganz sicher nicht? Es gibt eine ganze Serie, immer das gleiche Motiv mit kleinen Veränderungen.»

«Dr. Fahrenbach hat mich selbstverständlich nicht in seine Fälle eingeweiht», erklärt Steele spitz. Ich stelle mir vor, wie sie das akkurat geschnittene Haar hinter das Ohr streicht und die Hände auf ihrem Rock ablegt. «Ich habe nur die Termine für ihn verwaltet und die Abrechnungen gemacht.»

«Haben Sie nicht auch die Patienten empfangen?»

«Ja. Selbstverständlich.»

«Da sind Ihnen doch bestimmt einige ans Herz gewachsen.»

«Oh ja. Manche schon.»

Ich höre ein Rascheln, dann wieder Gideons Stimme. «Schauen Sie es sich noch einmal an. Sind Sie sicher, dass Sie es noch nie gesehen haben?»

Schweigen breitet sich im Raum aus. Ich würde viel darum geben zu sehen, was zwischen Gideon und der Frau vor sich geht. Doch alles, was ich wahrnehme, ist das Knistern in der Luft und der gedämpfte Schrei eines Raubvogels draußen über den Klippen.

«Nein, tut mir leid», sagt Steele schließlich. «Ich habe dieses Bild noch nie gesehen. Dr. Fahrenbach hat in all den Jahrzehnten Hunderte von Kindern behandelt. Da kann man sich keinen einzelnen Fall merken.»

Anders als Gideon, der reiner Kindertherapeut ist, hat Fahrenbach als Psychiater und Kinderarzt praktiziert. Er hat wahrscheinlich alles vom Schnupfen bis zur schweren Psychose gesehen.

Mir fällt wieder ein, wie defensiv Christa Steele am Anfang des Gesprächs war. «Sie haben angedeutet, dass es nach der Wende Unterstellungen gab», sage ich. «Was hat man ihm denn vorgeworfen?»

«Das hat wohl kaum etwas mit dem Patienten zu tun, den Sie suchen.»

«Aber wenn Sie doch –»

«Ich denke, das genügt», unterbricht sie mich. «Wenn Sie mehr wissen wollen, fragen Sie am besten Ihren Kollegen. Der weiß genau, wovon ich rede. Aber glauben Sie nicht alles, was behauptet wird.»

Ich bin noch immer wütend. Auf dem Heimweg hat Gideon mir erzählt, dass er von den Anschuldigungen gegen seinen Vorgänger wusste. Rolf Fahrenbach stand unter Missbrauchsverdacht. Angeblich hatte er etwas mit einer Fünfzehnjährigen, die von ihm schwanger wurde und eine Abtreibung hatte. Die Geschichte liegt Jahrzehnte zurück, er selbst war damals Anfang dreißig.

Offenbar gab es keine Beweise gegen ihn, zumindest keine, die ausgereicht hätten, ihm die Approbation zu entziehen, denn Fahrenbach praktizierte ja bis zu seinem Tod vor zwei Jahren weiter.

So oder so hätte Gideon mir davon erzählen müssen, auch wenn dieser Vorfall nichts mit dem Jungen zu tun hat, der die Bilder gemalt hat. Es verrät etwas über seinen Therapeuten. Auch das kann wichtig sein. Außerdem hat er mich vor Christa Steele bloßgestellt. Ich komme mir noch immer total blöd vor, weil ich sie so bedrängt habe.

Gideon hat sich damit herausgeredet, dass er keine Gerüchte wiederholen wollte, deren Wahrheitsgehalt er nicht beurteilen kann. Aber so richtig habe ich ihm das nicht abgekauft. Mein Gefühl hat mich jedenfalls nicht getrogen, er hat mir nicht alles erzählt, was er weiß.

Als wir am Haus ankommen, murmle ich, dass ich müde bin und mich ausruhen möchte.

«Bist du noch sauer?», fragt er.

«Wie würdest du dich denn an meiner Stelle fühlen?», gebe ich zurück.

«Es tut mir leid. Ich habe mir nichts dabei gedacht, denn ich glaube nicht, dass Fahrenbachs Beziehung mit einer Minderjährigen etwas mit diesem Jungen zu tun hat. Deshalb hielt ich es auch nicht für nötig, dir von den Gerüchten zu erzählen.»

«Hast du mir noch mehr verschwiegen?»

«Nein. Natürlich nicht.» Er klingt schuldbewusst.

«Noch eine Lüge, und ich reise ab.» Ich taste nach dem Gartentörchen, doch ich erwische es nicht.

Gideon greift nach meinem Arm und öffnet es für mich.

Ich mache mich von ihm los. «Ich komme allein klar.»

«Selbstverständlich.» Ich höre, wie er die Haustür aufschließt, folge ihm ins Innere, taste mich den Flur entlang.

«Soll ich uns einen Kaffee machen?», fragt er.

«Nein, ich brauche jetzt erst mal etwas Ruhe.»

«Verstehe. Soll ich dich zur Laube begleiten?»

«Nein.» Ich hasse meine Hilflosigkeit.

«Dann bis später. Finn hat sich Spaghetti zum Mittagessen gewünscht. Ich hoffe, das ist okay für dich.»

Ich stapfe ohne eine Antwort durch die Hintertür, nutze meinen Stock, um nicht vom Weg abzukommen und in den Beeten zu landen. Dabei habe ich das Gefühl, beobachtet zu werden.

Von Gideon.

Von dem Mann, der mich überfallen hat.

Vom Nachtgiger.

Die Laube ist nicht abgeschlossen, dabei hätte ich schwören können, dass ich heute Morgen den Schlüssel benutzt habe. Ich taste mich vorsichtig über die Schwelle. Noch bevor ich ganz drinnen bin, pralle ich gegen ein Hindernis. Ich verliere das Gleichgewicht, rudere mit den Armen, suche nach Halt. Doch da ist nichts.

Samt Hindernis stürze ich krachend zu Boden.

Sekundenlang bleibe ich reglos liegen. Ich bin mit dem Kopf an das Bett geschlagen, etwas Scharfkantiges hat meinen Arm aufgekratzt, außerdem habe ich mir den Knöchel schmerzhaft verdreht.

Ich stöhne, richte mich langsam auf.

Nachdem ich sicher bin, dass ich, bis auf den Kratzer am Arm, nirgendwo blute, taste ich vorsichtig meine Umgebung ab.

Ein Gestell aus Metall liegt neben mir auf dem Boden, offenbar eine Art Kleiderständer. An den Stangen sind verschiedene Gegenstände mit Schnüren befestigt. Eine Rosenschere, eine Schippe, eine Harke. Das ganze Gestell ist mit scharfkantigen Gartengeräten behängt. Jemand wollte mich gezielt zu Fall bringen. Und er wollte, dass ich mir dabei weh tue.

Ein Verdacht schießt mir durch den Kopf: Finn!

Der Junge will, dass ich verschwinde, und er meint es

offenbar ernst. Ich stöhne laut, schiebe den Gedanken als absurd weg. Aber er lässt sich nicht abschütteln, und eine andere Erklärung fällt mir nicht ein. Niemand sonst weiß, dass ich in der Laube übernachte. Und niemand sonst hat eine Veranlassung, mir eine so gefährliche und zugleich kindische Falle zu stellen.

Außerdem hat der Junge Übung darin, die Frauenbekanntschaften seines Vaters zu vergraulen, und er besitzt offenbar auch die nötige Skrupellosigkeit. Ich denke daran, wie abweisend er heute Morgen in der Küche war, wie er mich ohne jedes Mitgefühl nach dem Kaffee und einer Tasse hat suchen lassen.

Mit zusammengebissenen Zähnen stehe ich auf, taste noch einmal meinen Körper nach Verletzungen ab. Dann richte ich vorsichtig das Gestell auf und schiebe es in die Ecke, damit ich nicht noch einmal darüber fallen kann.

Als ich ins Bad humpele, um die Schwellung auf meiner Stirn zu kühlen, kommt mir ein Gedanke, und blankes Entsetzen packt mich.

Montag, 17. September

Als ich am nächsten Morgen aufwache, tut mir jeder einzelne Knochen im Körper weh. Aufzustehen ist ein Martyrium, doch nach einer heißen Dusche und ein paar Dehnübungen fühle ich mich etwas besser.

Ich habe mir gestern das Essen von Gideon in die Laube bringen lassen und den Rest des Tages dort verbracht. Offenbar habe ich ein blaues Auge und eine fette Beule auf der Stirn, denn er hat entsetzt gefragt, was passiert sei, als er das Tablett auf dem Bett abstellte.

Ich habe nichts von der Falle erzählt. Den Ständer mit den Gartengeräten hatte ich vorher hinter der Laube versteckt. Ich will der Sache selbst auf den Grund gehen, meinen Verdacht auf eigene Faust überprüfen.

Heute Vormittag ist es ideal, denn ich bin allein auf dem Grundstück. Finn ist in der Schule, und Gideon muss etwas in Stralsund besorgen. Er wird mindestens zwei Stunden weg sein. Er hat angeboten, mich mitzunehmen, doch ich habe dankend abgelehnt. Ich habe eigene Pläne.

In der Küche steht alles fürs Frühstück auf dem Tisch für mich bereit. Ich bin besonders aufmerksam, doch keine böse Überraschung erwartet mich. Obwohl ich keinen Appetit habe, zwinge ich mich dazu, eine Scheibe Brot mit

Käse zu essen. Als ich fertig bin, mache ich mich daran, das Haus zu erkunden.

Im Erdgeschoss gibt es neben der Küche und dem Arbeitszimmer im Wintergarten noch ein Wohnzimmer und eine Gästetoilette. Nachdem ich in keinem der Räume auf etwas Interessantes gestoßen bin, steige ich in die erste Etage. Am Treppenabsatz drücke ich einmal auf meine Armbanduhr und lasse mir die Zeit ansagen. Gerade erst halb zehn. Kein Grund zur Eile.

Von der kleinen Diele gehen vier Türen ab. Die erste öffnet sich zu einem Badezimmer, das mich nicht sonderlich interessiert. Die nächste führt in einen Raum, der eine Kombination aus Gästezimmer und Abstellkammer darstellt. An der linken Wand ertaste ich ein Bett mit einer Tagesdecke darauf, unter dem Fenster einen kleinen Schreibtisch. An der rechten Wand steht ein Bügelbrett, auf dem sich frisch gewaschene Wäsche stapelt. Es gibt keinen Schrank, nur eine Kommode, in deren Schubladen ich Laken, Handtücher und dergleichen unter meinen Fingern spüre.

Als Nächstes stoße ich auf Gideons Schlafzimmer, was ich nicht nur an den Kleidungsstücken erkenne, die auf einem Stuhl bereitliegen, sondern auch an dem erdigen Geruch, den ich mit Gideon verbinde.

Ich ertaste ein französisches Bett, einen Kleiderschrank und eine Kommode. Auf dem Nachttisch liegen ein Taschenbuch und eine Packung Tabletten. Das Buch ist ein Krimi von James Lee Burke, was ich anhand der geprägten Buchstaben erkenne. Die Tablettenpackung enthält ein leichtes Schlafmittel, wie der Code in Braille-Schrift mir verrät.

Ich trete durch die letzte Tür und bin in Finns Zimmer. Hier bewege ich mich besonders vorsichtig, nicht nur, weil Kinder immer jede Menge Kram auf dem Boden herumliegen haben, sondern auch, weil ich mit einer weiteren Falle rechne.

Sicherlich hat Finn sich gewundert, dass ich ihn nicht bei seinem Vater verpetzt habe. Also erwartet er höchstwahrscheinlich, dass ich mich selbst um ihn kümmern werde. Gut möglich, dass er sein Zimmer irgendwie für den Fall präpariert hat, dass ich es durchsuchen will.

Doch ich stoße auf kein vorbereitetes Hindernis. Entweder ist Finn doch nicht so abgebrüht, wie ich glaube, oder er hält mich für dümmer, als ich bin.

Ich arbeite mich zu seinem Schreibtisch vor, der voller Krimskrams liegt. Bücher, Hefte, kleine Plastikfiguren, ein Klebestift, ein Päckchen Batterien. Jetzt kommt es darauf an, das Richtige zu finden. In der Ecke stoße ich auf einen Stapel Papier. Die Blätter sind auf der linken Seite gelocht, also handelt es sich vermutlich um Arbeitsmaterial für die Schule. Nicht das, was ich suche.

Ich taste in dem Fach unter der Schreibtischplatte herum und finde zwischen Stiften, Bonbonpapieren und Spielzeugautos zwei weitere Blätter. Behutsam fahre ich über die Oberfläche und erspüre die glatteren Bereiche, wo Flächen dick mit Wachsmalkreide ausgemalt wurden. Genau danach habe ich gesucht. Mein Herz schlägt schneller.

Ich lege die Blätter nebeneinander auf den Schreibtisch und nehme den Farbscanner aus der Hosentasche. Siri hat mir das Gerät geschenkt, zur Vermeidung modischer Entgleisungen beim Shoppen, wie sie sich ausgedrückt hat. Allerdings war ich seit dem Überfall kein einziges Mal ohne sie in der Stadt zum Einkaufen, und das nicht nur, weil ich Angst hatte, eine Bluse auszusuchen, die mir nicht steht.

Der Mann, der mich überfallen hat, läuft noch immer frei herum. Bestimmt hat er längst sein nächstes Opfer im Visier, aber sicher sein kann ich nicht. Es wäre ebenso gut möglich, dass er beenden will, was er im Park angefangen hat. Schließlich bin ich das einzige Opfer, das ihm entkommen ist, bevor er seine Tat zu Ende bringen konnte.

Allein die Vorstellung, dass er mich beobachtet, dass er mir dabei zusieht, wie ich in einem Café sitze oder in einem Geschäft ein Paar Schuhe anprobiere, dass er sich daran weidet, dass er mir so nahe kommen kann, wie er will, ohne zu riskieren, dass ich ihn als meinen Peiniger identifiziere, versetzt mich in Panik.

Ich richte das Gerät auf eins der Blätter.

«Rot», sagt die elektronische Stimme.

Ich schnappe nach Luft, zwinge mich, ruhig zu bleiben. Langsam bewege ich den Scanner über die beiden Bilder.

Rot. Schwarz. Schwarz. Schwarz. Rot.

Ich ziehe mein Handy hervor und mache mehrere Fotos, die hoffentlich nicht verwackelt sind oder das falsche Stück Schreibtisch zeigen, dann lege ich die Bilder zurück in das Fach.

Leider gibt es kein elektronisches Gerät, das Formen und Konturen beschreibt, sodass ich herausfinden könnte, welche Motive auf den Bildern dargestellt sind. Dafür brauche ich die Hilfe eines anderen Menschen. Und ich weiß auch schon, wen ich darum bitten werde.

«Hier ist Jennifer Lark, aus dem Zug, Sie erinnern sich?»

«Jennifer? Ja, natürlich.»

«Ich wollte nur …» Mit einem Mal kommt mir meine Idee doch nicht so großartig vor. Wie bin ich nur darauf gekommen, einen quasi wildfremden Mann mit meinen Problemen zu behelligen? Natürlich kenne ich die Antwort, und sie hat nichts mit den Bildern zu tun. Ich möchte ihn wiedertreffen. Allein die Erinnerung an seine warme Stimme, an die behutsame Berührung, als er mich über den Bahnsteig zum Anschlusszug geführt hat, lässt mich unwillkürlich lächeln.

«Wie schön, dass Sie anrufen. Geht es Ihnen gut?»

Er klingt aufrichtig. Trotzdem bin ich mir nicht sicher, ob er nur höflich ist oder sich wirklich freut.

«Ja. Alles bestens. Ich … ich möchte Sie um einen Gefallen bitten.»

«Ich helfe gern, wenn ich kann. Worum geht es denn?»

«Das kann ich Ihnen schlecht am Telefon erklären. Hätten Sie vielleicht Zeit, einen Kaffee mit mir zu trinken?» Mein Herz schlägt plötzlich ganz wild. Ich habe ihm erzählt, in welchem Ort Gideon wohnt, aber ich habe keine Ahnung, wo er abgestiegen ist. Vielleicht ist er hundert Kilometer weit weg. Unter normalen Umständen würde ich mich nicht so aufdrängen. Aber im Augenblick ist nichts in meinem Leben normal.

«Ja, sehr gern. Ich kenne ein wunderschönes Strandcafé. Dort könnten wir sogar ein Stück am Wasser entlang spazieren gehen, wenn Sie Lust haben.»

«Klingt wunderbar.»

«Ich könnte Sie in einer halben Stunde abholen. Sie müssen mir nur Ihre Adresse verraten.»

Ich zögere. Keinesfalls möchte ich, dass Gideon genau in dem Moment nach Hause kommt, wenn ich mit Marc Jessen davonspaziere. Nicht weil ich ihm Rechenschaft darüber schuldig bin, mit wem ich einen Kaffee trinke, sondern weil ich ein schlechtes Gewissen habe. Ich war heimlich in seinem Schlafzimmer, habe Schubladen geöffnet und in den privaten Sachen von ihm und seinem Sohn herumgeschnüffelt. Dazu hatte ich kein Recht. Und jetzt will ich auch noch einen Wildfremden ins Vertrauen ziehen.

«Was ist los, Jenny? Wollen Sie mir nicht verraten, wo Sie sind?»

«Nein, das ist es nicht.» Ich überlege. Den Weg zu Christa Steele müsste ich wiederfinden. «Kommen Sie zu der Straße, die von der Kirche in Richtung Strand führt. Ich bin vermutlich nicht zu übersehen.»

«Gut», sagt er mit einem leisen Lachen. «Dann bis gleich.»

Plötzlich kommt mir eine halbe Stunde viel zu kurz vor. Ich eile zurück in die Laube, packe meine Handtasche, überlege, ob ich die Jeans gegen einen Rock tauschen soll, entscheide, dass dafür nicht genug Zeit ist. Stattdessen lege ich behutsam ein wenig Make-up auf und benutze mein Lieblingsparfüm. Dann schnappe ich mir den Stock und laufe los, zurück zum Haus und durch die Vordertür auf den Sandweg.

Anfangs geht alles gut. Doch dann finde ich die Einmündung nicht, wo es hinuntergeht zu der befestigten Straße. Zweimal lande ich in einer Einfahrt, was ich erst merke, als ich vor einem Garagentor stehe.

Endlich entdecke ich die richtige Stelle. Ein lautes Hupen ertönt, als ich auf die Straße stoße, und für einen Moment glaube ich erschrocken, dass es Gideon ist, der gerade nach Hause kommt.

Ein Wagen hält neben mir, das Fenster wird heruntergelassen. «Steigen Sie ein, Jennifer.»

«Marc? Woher haben Sie den Wagen?»

Wieder dieses unwiderstehliche Lachen. «Von meinem Kunden geborgt.»

Ich taste nach dem Türgriff und steige ein.

«Du lieber Himmel, was ist passiert?» Seine Stimme klingt mit einem Mal todernst.

«Was denn?»

«Ihr Auge.»

«Ach so.» Verlegen taste ich nach der schmerzenden Stelle. Ich hatte gehofft, dass das Make-up den Bluterguss kaschieren würde. «Ein fremdes Haus, da kommt so was vor.»

«Muss ziemlich weh getan haben.»

«Halb so wild.» Es ist mir unangenehm, dass das Gespräch sich so lange um mein Handicap dreht. «Wohin fahren wir überhaupt?»

«In ein kleines Örtchen, in dem nicht so viel Rummel herrscht wie in den Seebädern. Es gibt nur das eine Strandcafé, ansonsten ist nicht viel los.»

Er lässt das Fenster hochfahren und gibt Gas. Ich lehne den Kopf zurück, schließe die Augen und versuche an nichts zu denken, einfach so zu tun, als wäre ich eine ganz normale Frau, die mit einem ganz normalen Mann einen Ausflug ans Meer macht. Es ist ein schönes Gefühl, doch es ist viel zu schnell vorüber, als der Wagen hält und Marc den Motor ausstellt.

Sand knirscht unter meinen Füßen, als wir aussteigen. Wir beschließen, zuerst spazieren zu gehen, ziehen Schuhe und Socken aus, krempeln die Hosenbeine hoch und laufen los.

Der Sand ist kühl und kitzelt unter den Sohlen. Als die erste kalte Welle meine nackten Füße erfasst, schreie ich vor Schreck auf.

Seite an Seite spazieren wir am Wasser entlang. Wenn eine größere Welle kommt, zieht Marc mich behutsam vom Wasser weg, ansonsten setze ich einfach einen Fuß vor den anderen und fühle mich so unbeschwert wie seit Monaten nicht mehr.

Der Sand, der Duft nach Meer und das Wellenrauschen, all das erinnert mich an meinen ersten Urlaub im Süden. Ich muss dreizehn oder vierzehn gewesen sein, als meine Adoptiveltern mit Siri und mir nach Mallorca geflogen sind. Siri fand es total aufregend zu fliegen, und ich konnte nicht genug bekommen vom duftenden, sonnengewärmten Meer. Seit dem Tod meiner Familie war ich nicht mehr an der Küste gewesen, ich hatte ganz vergessen, wie sehr ich das Meer immer geliebt hatte.

Ich habe keine Ahnung, ob meine Adoptiveltern aus Rücksicht auf mich bis dahin keinen Strandurlaub gemacht hatten oder ob es sich aus anderen Gründen nicht ergeben hatte. Vielleicht hatten sie einfach nicht das Geld dafür gehabt. Oder sie hatten erst lernen müssen, sich in einer Welt ohne Mauer zurechtzufinden. Jedenfalls sah ich das Meer in jenem Sommer zum ersten Mal wieder. Der Anblick hat mich umgehauen. Ich hätte stundenlang einfach nur am türkisblauen Wasser entlangspazieren können.

Heute fühlt es sich ganz ähnlich an. Obwohl ich die endlose glitzernde Weite und die schäumenden Wellen nicht sehe, sondern nur rieche, höre und unter meinen Füßen spüre, bin ich vollkommen euphorisch.

Erst als Marc und ich mit vom Wind zerzausten Haaren das Café betreten, fällt mir der Anlass für unser Treffen wieder ein. Wir bestellen Kaffee, und dann ziehe ich mein Handy aus der Tasche.

«Ich wollte Sie um einen Gefallen bitten.»

«Ich dachte mir schon, dass Sie nicht einfach nur angerufen haben, weil Sie mich so sympathisch fanden.»

Bestürzt halte ich mitten in der Bewegung inne. «Ich wollte nicht …»

«Schon gut. Sollte ein Scherz sein. Also, worum geht es?»

Ich öffne die Fotos auf meinem Smartphone. «Ich

möchte, dass Sie mir sagen, was auf diesen Bildern zu sehen ist.»

«Hat das mit Ihrer Arbeit zu tun?»

«Ja.» Immerhin ist das nur halb gelogen.

«Und Ihr Kollege? Sollten Sie das nicht mit ihm besprechen?»

Ich presse die Lippen zusammen.

«Okay, geht mich ja nichts an. Geben Sie her.» Er nimmt mir das Handy aus den Fingern. «Was wollen Sie wissen?»

In dem Augenblick klingelt das Telefon in seiner Hand.

Er gibt es mir zurück. «Da möchten Sie bestimmt rangehen.»

«Jenny, ist alles in Ordnung?» Gideon.

«Ich habe dir einen Zettel hingelegt. Hast du ihn nicht gesehen?»

«Doch. Du bist spazieren. Geht es dir gut? Wenn ich dich irgendwo abholen soll, sag Bescheid.»

«Alles bestens, ich komme klar.»

«Dann sehen wir uns zum Essen?»

«Ja.»

«Gut. Ich dachte schon, du wärst abgereist, weil du noch immer wütend bist.» Er zögert. «Wenn du wieder da bist, möchte ich dir etwas erklären.»

Eine Stunde später setzt Marc mich vor Gideons Haus ab, nicht ohne mir das Versprechen abzunehmen, noch einmal mit ihm am Meer spazieren zu gehen, bevor er wieder abreist. Erst als der Wagen langsam davonrollt, fällt mir auf, dass ich ihn gar nicht gefragt habe, an welchem Strand wir überhaupt waren.

Am liebsten würde ich mich wieder in der Gartenlaube verkriechen, doch das wäre feige. Ich schäme mich noch immer für meinen Irrtum. Ich habe geglaubt, Finn hätte die schrecklichen Bilder gemalt, er wäre der verstörte Junge, um den Gideon sich sorgt. Es hätte erklärt, warum es Gideon so wichtig ist zu verstehen, was die Bilder bedeuten, es hätte auch seine Lügen erklärt, oder besser gesagt sein Versäumnis, mir die ganze Wahrheit über seinen Vorgänger zu erzählen. Denn dann hätte Rolf Fahrenbach gar nichts mit den Bildern zu tun gehabt.

Aber ich habe mich getäuscht. Ganz ausschließen kann ich natürlich noch immer nicht, dass Finn der traumatisierte Junge ist, doch die Bilder, die ich in seinem Zimmer fotografiert habe, bestätigen den Verdacht nicht.

Was Marc mir beschrieben hat, war das rot-schwarze Logo eines örtlichen Sportvereins. Offenbar ist Finn dort Mitglied in der Fußballmannschaft. Und der Junge, der sich mit solcher Hingabe mit seinem Verein identifiziert, dass er das Logo in seiner Freizeit malt, ist höchstwahrscheinlich nicht zugleich der Urheber der Monsterbilder. Das passt einfach nicht zusammen.

Auf der Türschwelle stoße ich beinahe mit Gideon zusammen. Hat er vor dem Haus auf mich gewartet?

«Oh, verzeih», murmle ich erschrocken. «Ich habe dich nicht bemerkt.»

«Komm rein.» Seine Stimme klingt kalt.

Für einen Sekundenbruchteil denke ich, dass er beobachtet hat, wie Marc mich zum Abschied in den Arm genommen hat, und dass er eifersüchtig ist. Dann schelte ich mich eine Närrin.

«Du wolltest mir etwas erklären», sage ich, um einen unbeschwerten Tonfall bemüht.

«Nein. *Du* musst *mir* etwas erklären.» Noch immer diese Grabesstimme.

Er geht voraus in sein Arbeitszimmer, ohne auf mich zu warten. Ich taste mich hinterher, verwirrt, verunsichert. Vor dem Schreibtisch bleibe ich stehen. Ich fröstele. Der Raum ist kühl, kein Feuer brennt im Kamin.

Ein Gegenstand knallt auf die Tischplatte, erschrocken fahre ich zusammen.

«Was ist das?», fragt Gideon.

Noch bevor ich die Hände ausgestreckt und danach getastet habe, weiß ich, was es ist. Verdammt! Wie konnte ich nur so nachlässig sein!

Ich greife nach dem Gerät. «Das ist ein Farbscanner. Aber ich nehme an, das ist nicht das, was du wissen wolltest.»

«Richtig. Mich würde interessieren, wie der Scanner in Finns Zimmer gekommen ist. Bespitzelst du uns?»

«Ich habe mich ein bisschen im Haus umgeschaut.» Meine Lüge klingt so erbärmlich, wie ich mich fühle. «Einfach so, aus Neugier. Ich habe mir nichts dabei gedacht.»

«Ich hätte dich gern herumgeführt. Du hättest nur ein Wort zu sagen brauchen.»

«Ich weiß.»

«Hast du etwas Bestimmtes gesucht?»

Obwohl ich Gideons Blick nicht sehen kann, senke ich den Kopf. Ich möchte vor Scham im Boden versinken. Fieberhaft suche ich nach einer Rechtfertigung, nach irgendeiner halbwegs glaubwürdigen Erklärung. Doch dann entscheide ich, dass in diesem Fall nur die Wahrheit hilft. Schließlich habe ich Finns Zimmer ja nicht vollkommen grundlos durchsucht.

«Ich … ich hatte den Verdacht», beginne ich stockend, «dass es einen bestimmten Grund dafür gibt, dass du mir nur so wenig über den Jungen erzählen kannst, der die Bilder gemalt hat.»

Ein Stuhl kracht polternd zu Boden. Gideon muss aufgesprungen sein. Ich habe nicht einmal bemerkt, wie er sich hingesetzt hat.

«Du denkst, die Bilder sind von meinem Sohn?»

«Nicht mehr.»

«Ich fasse es nicht. Du spionierst meinem Kind hinterher, weil du es für psychisch gestört hältst. Du glaubst, dass ich dir Bilder von ihm untergejubelt habe, weil ich mir nicht anders zu helfen weiß, weil ich nur in dieser verklausulierten Form um Hilfe bitten kann. Ist es das? Für wie durchgeknallt hältst du mich eigentlich?»

Ich umfasse den Scanner und trete zwei Schritte zurück. «Es tut mir leid, dass ich deinen Sohn zu Unrecht verdächtigt habe. Ehrlich. Das war ein Fehler. Aber es geschah nicht ganz ohne Grund.» Ich tippe an mein blaues Auge. «Das hier habe ich ihm zu verdanken. Frag ihn danach. Oder sieh hinter der Laube nach. Da steht die Falle, die er für mich konstruiert hat. Ich weiß, dass du nicht offen zu mir bist. Du hast mich von Anfang an belogen, nicht nur in Bezug auf deinen Vorgänger. Ich dachte, ich hätte den Grund für deine Lügen herausgefunden. Ich gebe zu, ich habe mich geirrt.»

Gideon erwidert nichts.

Ich habe keine Ahnung, ob er noch immer wütend ist oder bestürzt über das, was ich ihm über Finn erzählt habe. So oder so will ich nur noch weg. Ich greife hinter mich, taste nach der Türklinke.

«Es war eine bescheuerte Idee herzukommen. Ich packe jetzt meine Sachen und bitte Marc, mich zum Bahnhof zu bringen. Irgendeinen Zug nach Berlin kriege ich bestimmt noch.»

«Marc? Was für ein Marc? Ist das der Typ vom Bahnhof?» Er schnaubt verächtlich. «Ihr seid euch ja schnell nähergekommen.»

«Ich glaube nicht, dass dich das etwas angeht. Leb wohl, Gideon.»

«Du willst also wegrennen, ja? Ist das deine Standardlösung für alle Probleme?»

«Was weißt du denn darüber, wie ich meine Probleme löse?» Ich bin fassungslos vor Wut. «Was weißt du überhaupt über mich? Du kennst mich doch gar nicht. Du hast keine Ahnung von meinem Leben!»

«Doch, das habe ich», sagt er, und seine Stimme klingt plötzlich seltsam belegt. «Oder glaubst du, ich weiß nicht, wer du bist? Ich bin hier aufgewachsen, Jenny. Ich erinnere mich sehr gut an jenen Sommer. Und ich weiß, was damals geschehen ist.»

SCHATTEN

Dienstag, 18. September

Mein Schädel dröhnt, als würde sich jemand mit einem Vorschlaghammer darin austoben. Benommen taste ich nach meinem Handy. Es kann unmöglich schon halb acht sein. Ich fühle mich, als wäre ich eben erst eingeschlafen.

In Wahrheit habe ich die halbe Nacht wach gelegen, mich herumgewälzt und versucht die Erinnerungen zu verscheuchen, die aus den Tiefen meines Gedächtnisses heraufgestiegen sind, um mich heimzusuchen.

Vergeblich.

Ich bin gestern Nachmittag nicht abgereist, obwohl alles in mir nach Flucht geschrien hat. Doch der Schock über das, was Gideon gesagt hat, hat mich handlungsunfähig gemacht. Benommen bin ich zur Laube getaumelt, habe mich aufs Bett geworfen und in Selbstmitleid geschwelgt.

Irgendwann hat Gideon geklopft. Als ich nicht reagierte, kam er ungebeten herein, Finn im Schlepptau. Beide haben sich stammelnd bei mir entschuldigt. Finn bestimmt nicht ganz freiwillig. Doch Gideon habe ich seine Zerknirschtheit abgenommen.

Ich habe mir angehört, was sie zu sagen hatten, und sie dann wieder fortgeschickt. Später hat Gideon mir noch etwas zu essen gebracht, einen liebevoll angerichteten Teller mit belegten Broten, Gurken, Tomaten und Radieschen. Und dazu einen Becher heißen Tee.

«Kann ich noch irgendwas für dich tun?», fragte er. Die Sorge in seiner Stimme war nicht zu überhören.

«Ja. Lass mich in Ruhe.»

«Ruf einfach an, wenn du etwas brauchst. Jederzeit, auch mitten in der Nacht.»

Ich erwiderte nichts, wandte mich demonstrativ ab.

«Als ich dich kontaktiert habe, war mir nicht bewusst, dass ich dich kenne», erklärte er ungefragt. «Ich wollte deine Expertise, weil du als die Beste auf deinem Gebiet giltst. Aus keinem anderen Grund. Erst viel später ist mir klargeworden, wer du bist.»

Ich weiß nicht, ob ich ihm glauben soll. Mein Vertrauen ist zu sehr erschüttert. Er hat mich kein einziges Mal direkt angelogen, doch er scheint ein Meister darin zu sein, die Wahrheit durch Auslassung zu verzerren.

Vielleicht ist es aber auch etwas ganz anderes. Ich fühle mich ihm ausgeliefert, weil er meine verwundbare Stelle kennt. Es gibt nur sehr wenige Menschen, die über meine Vergangenheit Bescheid wissen. Ich will nicht, dass sie mein Leben bestimmt. Außerdem geht sie niemanden etwas an.

Ich quäle mich aus dem Bett, schlucke zwei Kopfschmerztabletten und tapse unter die Dusche. Ich muss eine Entscheidung treffen. Entweder bleibe ich, helfe Gideon mit den Bildern und halte aus, dass der Aufenthalt alte Wunden aufreißt, oder ich fahre nach Hause und versuche, die ganze Sache zu vergessen. Ich fürchte allerdings, dass es dafür schon zu spät ist. Die Büchse der Pandora ist offen, daran würde auch eine überstürzte Flucht nach Berlin nichts ändern.

Trotzdem möchte ich mich absichern. Ich kenne Gideon kaum, und ich habe keine Ahnung, aus welchem Grund er mich wirklich hergebeten hat. Geht es tatsächlich um diesen mysteriösen Patienten seines Vorgängers? Oder ist der nur vorgeschoben, will er eigentlich etwas ganz anderes von mir? Was könnte das sein?

Fest steht, dass ich mehr über Gideon in Erfahrung bringen, dass ich wissen will, mit wem ich es zu tun habe. Deshalb schicke ich Marc noch in mein Handtuch gewickelt eine SMS.

Können Sie etwas für mich recherchieren?

Die Antwort kommt prompt, nach weniger als zwei Minuten. *Was wollen Sie wissen?*

Alles, was Sie über meinen Kollegen herausfinden können. Er heißt Gideon Mahler.

Okay. Ich melde mich.

Keine Rückfragen, kein Kommentar.

Ich lege das Handy auf dem Nachttisch ab und ziehe mich an. Als ich eine Bluse aussuche, bin ich plötzlich unsicher. Ich weiß nicht mehr, welche Farbe sie hat. Normalerweise erkenne ich alle meine Kleidungsstücke an bestimmten Merkmalen, am Schnitt, an der Form der Knöpfe, an den Nähten. Ich weiß, wie sie aussehen und wie sie zusammenpassen. Aber bei dieser Bluse will es mir einfach nicht einfallen. Ich verliere die Erinnerung daran, wie die Dinge aussehen, ganz langsam, aber unumkehrbar.

Frustriert hole ich den Farbscanner hervor. Der spielt verrückt, nennt verschiedene Farben hintereinander. Türkis, grau, weiß, blau, indigo. Also muss es die gestreifte Bluse sein. Ich fahre über den Stoff, hoffe, dass nicht zu viele Knitterfalten vom Koffer darin sind, und ziehe sie an.

Dann trage ich eine besonders dicke Schicht Make-up auf, vor allem um meine Augen. Falls ich heute rausgehe, möchte ich keinesfalls mitleidig angestarrt werden, auch wenn ich selbst es gar nicht mitbekommen würde. Wenn ich ehrlich bin, ist das allerdings nicht der einzige Grund. Ich hoffe, dass ich Marc wiedertreffe. Schließlich muss er mir Bericht erstatten, wenn er etwas herausgefunden hat.

Endlich bin ich fertig, trete vor die Laube und atme die frische klare Luft, die nach Salz und Meer und feuchter Erde riecht. Der Geruch lässt Erinnerungsfetzen am Rand meines ewig dunklen Gesichtsfeldes auftauchen. Es sind verschwommene Bilder, mehr nicht. Ein gelber Spielzeugeimer voller Krebse, ein Muster aus Muscheln im Sand. Ich dränge die Bilder nicht zurück, wie ich es sonst immer mache. Vielleicht wird es Zeit, sich der Vergangenheit zu stellen. Wie schrecklich sie auch sein mag.

Schrecklicher jedenfalls, als Gideon ahnt. Er weiß von dem Unglück, bei dem meine Familie gestorben ist. So wie viele andere. Diese Information ist nicht geheim. Aber er weiß nicht, was damals wirklich geschah. Er hat keine Ahnung, dass es meine Schuld war.

Ich habe meine Familie auf dem Gewissen.

Ich habe einen dicken Kloß im Hals, als ich das Haus betrete. Gideon begrüßt mich, als wäre nichts geschehen, ich wünsche ihm verlegen einen guten Morgen. Finn ist noch zu Hause, er hat heute später Schule und hockt in der Küche über einer vergessenen Hausaufgabe, wie Gideon mir erklärt. Ich setze mich zu ihm, lasse mir einen Kaffee reichen.

«Wie viel ist drei plus zwölf?», fragt Finn.

«Das musst du selbst ausrechnen», antwortet Gideon von der Spüle her.

«Aber das geht so schwer.»

Ich tippe die Zahl fünfzehn in mein Handy und schiebe es Finn unauffällig hin, hoffe, dass Gideon nicht in unsere Richtung schaut.

«Ah, hab's schon», ruft Finn. «Fünfzehn. Ist doch babyleicht.»

«Siehst du», sagt Gideon. Ich höre ihn mit einer Plastikdose klappern, er ist offensichtlich damit beschäftigt, Finns Pausenbrote zu verpacken.

«Aber dreizehn plus sieben ist echt schwer», stöhnt Finn.

Das Handy berührt meine Fingerspitzen. Ich grinse verschwörerisch und tippe zwanzig ein.

Keine fünf Minuten später haben Finn und ich mit vereinten Kräften die Hausaufgaben gelöst, und er muss aufbrechen. Er wird von der Mutter seines Freundes mitgenommen, der Wagen wartet bereits vor dem Haus.

«Tschüss, Papa», sagt Finn, während er die Schulsachen in die Tasche wirft. «Tschüss, Jenny.»

Sekunden später knallt die Haustür zu.

«Ich habe gestern ein ernstes Wort mit ihm geredet», erklärt Gideon, als er sich zu mir setzt. «Scheint gewirkt zu haben.»

«Muss wohl so sein», bestätige ich und schiebe das Handy in die Hosentasche.

Eine halbe Stunde später steige ich zu Gideon in den Wagen. Während er den Motor anlässt, denke ich beschämt an die SMS, die ich Marc nach dem Duschen geschickt habe. Jetzt möchte ich meine Bitte am liebsten wieder zurücknehmen. Wie komme ich dazu, Gideon nachzuspionieren? Was geht mich sein Leben an? Warum misstraue ich ihm?

Mich in Finns Zimmer umzusehen, in seinen Sachen zu kramen und seine Bilder zu fotografieren war schon schlimm genug. Jetzt habe ich definitiv eine Grenze überschritten. Und noch dazu einen völlig Fremden hineingezogen, dem ich einzig und allein aus dem Grund vertraue, dass er im Zug nett zu mir war.

Der Wagen hält, die Fahrt hat keine fünf Minuten gedauert.

«Sollen wir?», fragt Gideon.

Ich habe ihn gebeten, mich zum Grab meiner Familie zu bringen. Meine Eltern und mein Bruder sind damals hier auf Rügen beerdigt worden. In den mehr als dreißig Jahren, die inzwischen vergangen sind, war ich nicht ein einziges Mal an ihrem Grab, ich wusste nicht einmal, auf welchem Friedhof sie liegen. Um das zu erfahren, musste ich meine Adoptivmutter anrufen.

«Ja.» Mein Herz schlägt ein bisschen schneller, aber ich bin fest entschlossen.

Gideon führt mich durch ein schmales Tor, das leise quietscht, und dann zielstrebig einen unebenen Weg entlang. Ich habe den Eindruck, dass er nicht zum ersten Mal hier ist und genau weiß, wohin wir müssen. Vermutlich kennen die meisten Einheimischen das Grab und die tragische Geschichte der Familie, die dort beerdigt wurde.

Schließlich bleibt er stehen. «Wir sind da.»

Ich taste nach dem Stein, zeichne mit den Fingern die Namen nach, die untereinander eingemeißelt sind.

Marina Lark
Alexander Lark
Thomas Lark

Niemand hat meinen kleinen Bruder je Thomas genannt. Er hieß Tommy.

Noch einmal fahre ich mit den Fingerspitzen über die Buchstaben. Dann über die restliche Fläche des Steins. Aber da ist sonst nichts. Keine Daten. Keine weiteren Informationen. Nichts als die drei Namen.

«Wie sieht das Grab aus?», frage ich.

«Einfach, aber gepflegt. Immergrüne Bepflanzung, ein Rosenstrauch hinter dem Stein. Jemand scheint sich regelmäßig darum zu kümmern.»

«Meine Adoptiveltern», erkläre ich. «Sie haben jemanden mit der Pflege beauftragt.»

Wir setzen uns auf eine Bank. Auf der nahen Straße fahren in regelmäßigen Abständen Autos vorbei, doch ansonsten ist es still.

«Wie ist es dir ergangen, nachdem … nach dem Tod deiner Eltern?», fragt Gideon.

«Ich hatte Glück.» Das Wort erscheint mir unpassend in diesem Zusammenhang, aber es entspricht der Wahrheit. «Ich kam für wenige Monate ins Heim, dann wurde ich von den Eltern meiner besten Freundin adoptiert. Siri und ich waren wie Schwestern, schon vor dem Unglück. Wir haben oft gegenüber Fremden behauptet, wir wären zweieiige Zwillinge. Wir sehen uns ähnlich, haben beide kastanienbraune Haare und die gleiche Gesichtsform. Der einzige Unterschied sind die Augen, Siris sind braun, meine grün.»

Und meine sind völlig nutzlos.

«Siris Eltern waren wirklich gut zu mir. Sie haben mich genauso behandelt wie ihre leibliche Tochter, und sie haben mich beschützt, als ich als Jugendliche ein paar dumme Dinge angestellt habe. Ich bin ihnen sehr dankbar.»

Eine Weile sitzen wir einfach so da. Ich frage mich, warum ich nicht schon vor Jahren hier war. Warum es so lange gedauert hat, bis ich den Mut aufbrachte.

Ich weiß natürlich, dass es die Schuld ist, der ich mich nicht stellen wollte. Auch wenn mein Verstand mir sagt, dass ich ein Kind war und es nicht besser wusste. Ich wollte niemandem schaden, ich war einfach nicht in der Lage, die Konsequenzen meines Handelns abzusehen. Trotzdem muss ich mit der Bürde leben, dass mein Verhalten die Kette von Ereignissen ausgelöst hat, die meiner Familie den Tod brachte.

Und da hilft es wenig, mir zu sagen, dass es eigentlich

Tommy war, der angefangen hat. Er war erst fünf und noch viel weniger schuld als ich an dem, was passierte. Auch wenn ich mir das noch so gern einreden würde.

Tommy war von seiner Geburt an der Liebling meiner Eltern. Sosehr ich mich bemühte, ihnen zu gefallen, ich konnte es ihnen nie recht machen. Selbst wenn ich beste Noten aus der Schule heimbrachte, mich bei den Jungpionieren hervortat, ihnen schien es nie gut genug zu sein. Tommy brauchte nur seine Schuhe allein anzuziehen oder ein völlig schief gefaltetes Papierflugzeug zu präsentieren, und meine Eltern brachen in verzückte Schreie aus.

Dabei war Tommy ein verschlagenes Miststück. Wenn meine Eltern nicht hinsahen, piesackte er mich, wo er nur konnte. Er beschmierte meine Bilder, zerstörte die Puppenstube, die ich aus Stöcken und Muscheln gebaut hatte, und trat mich beim Essen unter dem Tisch.

Wenn ich mich wehrte, heulte er los, als hätte ich versucht, ihn umzubringen. Dann stürzten meine Eltern herbei und schalten mich. Ich wäre doch die Ältere, ich müsse nachsichtig sein mit dem Kleinen. Nie ist er ausgeschimpft worden, egal was er mir angetan hat. Manchmal habe ich ihn gehasst.

An jenem Tag bemalte Tommy das Gesicht meiner Lieblingspuppe. Ich war so zornig, dass ich mich auf ihn stürzte und auf ihn einprügelte wie eine Furie. In jedem Schlag ballte sich die angestaute Wut von Jahren.

Tommy schrie um Hilfe, doch meine Eltern waren einkaufen gegangen. Also flüchtete er vor meinen Schlägen nach draußen in den Regen.

Ich sah ihn nie wieder.

Als meine Eltern zurückkehrten, beichtete ich ihnen, was geschehen war. Sie nahmen mein gestammeltes Geständnis mit versteinerten Mienen auf und stürzten sofort aus dem Haus, um Tommy zu suchen. Ich wollte ihnen helfen, doch ich musste in der Ferienwohnung ausharren, die aus zwei winzigen Zimmern unter dem Dach bestand, die eine einheimische Familie an uns vermietet hatte. Ich wartete und wartete. Die Dämmerung brach herein, und noch immer waren meine Eltern und Tommy nicht zurückgekehrt.

Ich erinnere mich nicht mehr, wie lange ich am Fenster stand, nach draußen starrte und verzweifelt auf ein Lebenszeichen hoffte. Und auch nicht daran, wann ich schließlich erfuhr, was passiert war. Oder von wem.

Ich kenne nur die Fakten: Meine Eltern fanden Tommy auf einer Klippe über dem Meer. Es war ein verregneter Sommer gewesen, und auch an jenem Tag hatte es wie aus Eimern gegossen. Der Boden war aufgeweicht, es hatte bereits mehrere kleinere Erdrutsche gegeben.

Als meine Eltern zu Tommy rannten, glücklich, ihn endlich gefunden zu haben, brach ein Stück aus der Steilküste, und alle drei stürzten zusammen mit den Erdmassen in die Tiefe. Ihre Leichen wurden noch in derselben Nacht aus dem Meer geborgen.

Als Gideon mich anspricht, fühlt es sich an, als würde ich aus einem Albtraum erwachen.

«Ist dir kalt, Jenny?», fragt er. «Du zitterst. Komm, lass

uns nach Hause fahren.» Er drückt mir ein Taschentuch in die Hand. «Ich schätze, das waren genug düstere Erinnerungen für einen Tag.»

Erst da bemerke ich, dass mein Gesicht tränennass ist. «Wie lange sitzen wir denn schon hier?»

«Bestimmt zwanzig Minuten.»

«Ich war in Gedanken, ich habe gar nicht gemerkt, wie die Zeit vergangen ist.» Ich tupfe mir die Augen und stehe auf. Meine Beine sind etwas wackelig, deshalb wehre ich mich nicht, als Gideon behutsam den Arm um mich legt.

Wir setzen uns in Bewegung. Der Wind hat aufgefrischt, und ich merke, wie durchgefroren ich bin.

Gideon streicht mir über den Rücken. «Wie wäre es mit einem heißen Kakao?»

«Gute Idee.»

Wir schlendern zurück zum Ausgang. Mit jedem Schritt fühle ich mich leichter. Als würde die Trauer nicht mehr ganz so arg auf meine Schultern drücken, als hätte ich einen Teil der tonnenschweren Last abgeworfen, die ich seit über dreißig Jahren mit mir herumschleppe.

«Danke, dass du mit mir hergefahren bist.»

«Ich hoffe, es war nicht zu bedrückend für dich.»

«Nein, im Gegenteil, es hat gutgetan. Ich hatte ja nie die Gelegenheit, mich zu verabschieden.»

«Du warst nicht auf der Beerdigung?»

«Ich kann mich zumindest nicht daran erinnern.»

«Das heißt, deine Familie war einfach von einem Tag auf den anderen aus deinem Leben verschwunden? Wie schrecklich.» Er nimmt seinen Arm von meiner Schulter. «Vorsicht, hier kommt das Tor.»

Es knarrt leise. Gideon schiebt mich behutsam vorwärts. Nachdem er das Tor hinter uns zugemacht hat, fasst er nach meiner Hand.

«Das Auto steht gleich hier vorn», sagt er. «Und … das ist ja seltsam.»

«Was ist los?», frage ich.

«Das Auto.»

«Was ist damit?»

«Warte hier.» Gideon lässt meine Hand los und bewegt sich auf den Wagen zu. «Jemand hat Blumen unter den Scheibenwischer geklemmt.»

Abrupter Schmerz durchzuckt mich, als hätte mir jemand in den Magen geboxt. Unwillkürlich krümme ich mich. «Was für Blumen?», flüstere ich heiser.

«Keine Ahnung. Ich kenne mich leider nicht so gut mit Pflanzen aus.»

«Weiße Blüten?», frage ich.

«Stimmt.» Er klingt überrascht.

Wortlos strecke ich die Hand aus.

Ich höre ein Klacken, als Gideon den Scheibenwischer aufklappt. Dann drückt er mir die Stängel in die Hand.

Mit klopfendem Herzen halte ich sie mir an die Nase. Kein Zweifel. Den Duft würde ich immer und überall wiedererkennen. Das Lieblingsparfüm meiner Mutter. Sie besaß einen winzigen Flakon, den sie nur zu besonderen Anlässen öffnete. Manchmal ließ sie mich daran schnuppern. Noch heute habe ich sofort das kleine Glasfläschchen mit den goldenen Buchstaben auf dem Etikett vor Augen, das auf der Kommode im Schlafzimmer stand, wann immer ich den Duft dieser Blumen rieche.

«Maiglöckchen», sage ich mit zitternder Stimme.

Mir ist mit einem Mal schwindelig. Aber nicht, weil der Duft mich an meine Mutter erinnert. Was mich vor Angst benommen macht, liegt nicht dreißig Jahre zurück, sondern nur ein einziges.

Ich sitze auf Gideons Wohnzimmersofa und wärme meine Finger an der heißen Kakaotasse. Auch in diesem Raum gibt es einen Kamin, und Gideon hat ein knisterndes Feuer entzündet, damit ich mich nicht erkälte.

Eben habe ich Marc eine Nachricht geschickt; ich möchte nicht mehr, dass er Gideon nachspioniert. Es war eine dumme Idee. Noch hat Marc nicht geantwortet. Hoffentlich hat er nicht bereits angefangen!

Gideon kommt ins Zimmer und lässt sich mir gegenüber nieder, wo, wenn ich mich richtig erinnere, ein altmodischer Ohrensessel steht. «Möchtest du darüber reden?»

Gideon weiß ohnehin, was im vergangenen Jahr passiert ist, also kann ich ihm auch den Rest erzählen. «Der Mann, der mich überfallen hat, hat mir vorher regelmäßig Blumen geschickt. Immer die gleichen.»

«Maiglöckchen?»

«Genau.»

«Er hat dich gestalkt? Und er wurde noch nicht gefasst?»

«Nein. Den anderen Frauen hat er auch Blumen geschickt, glaube ich. Von einer zumindest weiß ich es sicher, bei ihr waren es Rosen.»

«Das ist ungewöhnlich.»

«Vielleicht ist er Botaniker.» Ich schneide eine Grimasse.

«Oder es geht um irgendeine krude Symbolik. Jedenfalls solltest du mit der Polizei reden.»

«Ich rufe nachher die Kommissarin in Berlin an, die meinen Fall bearbeitet. Ihr muss ich nicht die ganze Geschichte von vorne erzählen.»

«Wenn du möchtest, kannst du hier im Haus schlafen.» Er klingt aufrichtig besorgt. «Ich räume mein Schlafzimmer, kein Problem.»

Einerseits ist mir tatsächlich etwas mulmig zumute bei dem Gedanken, allein in der Laube am Waldrand zu übernachten, andererseits brauche ich den Rückzugsort. Und mein eigenes Bad. Sonst verwechsle ich die Zahnbürsten und die Handtücher oder schmeiße wieder versehentlich etwas auf den Boden.

«Ich überlege es mir. Danke für das Angebot.» Ich nippe an meinem Kakao, genieße das süße Gefühl auf der Zunge, dann greife ich mit der freien Hand nach meinem Smartphone und taste mich durch das Menü.

«Keine neuen Nachrichten», sagt die Stimme.

«Erwartest du einen Anruf?», fragt Gideon.

«Nein, nur eine dumme Angewohnheit.»

«Was möchtest du jetzt tun?»

«Bring die Bilder her.»

«Das meinte ich nicht.»

«Ich weiß. Aber ich würde wirklich gern noch einmal mit dir darüber reden.»

«Okay.» Er verschwindet, taucht kurz darauf wieder auf und platziert die Blätter raschelnd vor mir auf dem Tisch.

«Leg sie in der Reihenfolge hin, die wir am Samstag festgelegt haben», bitte ich ihn. «Und dann beschreib mir nur das, was sich von Bild zu Bild verändert.»

«In Ordnung.» Er setzt sich wieder hin. «Hast du das erste Bild noch im Kopf?»

«Ja.»

«Dann komme ich direkt zu Bild zwei. Hier sind die beiden Gestalten verschwunden, die ganz links am Rand hinter der Trennlinie gezeichnet waren, ansonsten sehe ich kaum Unterschiede. Ach ja, es gibt Andeutungen von Händen und Füßen an der Figur im Zentrum, spitz und klobig.»

Ich speichere die Informationen in meinem Gedächtnis ab. «Gut, weiter.»

«Auf dem nächsten Bild ist ein Schlitz in der Zackenkrone der Figur, so als hätte ihr jemand den Schädel gespalten. Die kleine Gestalt in der rechten unteren Bildecke ist noch immer da, aber so dick mit Schwarz übermalt, dass man sie kaum sieht.»

«Hände und Füße?»

«Ähnlich wie bei Bild zwei.»

«Und dieses dreieckige Gebilde links neben der zentralen Figur?»

«Auch noch da.»

«Okay. Nächstes Bild.»

«Die Hände sind zu Messern geworden, die klobigen Füße haben gefährliche Spitzen bekommen. Ob die Gestalt in der rechten Ecke noch da ist, kann ich nicht erkennen, dieser Teil des Bildes ist komplett schwarz ausgemalt.» Er räuspert sich. «Dann zu Bild fünf, es ist das letzte. Hier gibt es nur noch den Monsterjungen und das Dreieck. Viel Schwarz, wenig Rot, vor allem um den Kopf des Jungen herum.»

«Seine Wut», murmle ich. «Die Hände und Füße?»

«Die Hände sehen ein bisschen aus wie aufgeklappte Schweizer Taschenmesser. Sägen, Scheren, Messer. Und an den Füßen sind spitze Dornen.»

«Der Schädel ist noch immer gespalten?»

«Der Riss geht bis ins Gesicht. Die Zähne sind spitz, die Augen zu Schlitzen zusammengezogen, genau wie auf allen Bildern.»

«Keine Spur mehr von den drei anderen Gestalten?»

«Nichts. Aber viel schwarze Farbe, wo sie auf früheren Bildern waren.»

«Und das Dreieck?»

«Unverändert.»

Ich schüttele den Kopf. «Wenn ich nur wüsste, was dieses Gebilde zu bedeuten hat! Alles andere kann ich recht gut interpretieren. Das Monster in der Mitte ist ein Selbstporträt des Jungen. Die Veränderung der Hände und Füße zeigt eine Entwicklung von absoluter Wehrlosigkeit hin zu großer Aggression. Der gespaltene Schädel steht für seinen Schmerz. Die drei anderen Figuren sollen bestimmt seine Familie darstellen. Links die beiden Eltern, durch eine Linie von ihm getrennt, also aus irgendeinem Grund unerreichbar für ihn. Die rechte Gestalt könnte ein Geschwisterkind sein. Dass es so klein in die Ecke gemalt ist, könnte bedeuten, dass es sich um ein Baby handelt, vielleicht sogar um ein noch ungeborenes Kind. Auf jeden Fall will der Junge von diesem anderen Kind nichts wissen. Er übermalt es, um es nicht zu sehen. Das alles ergibt einen Sinn, ist fast wie aus dem Lehrbuch.» Ich taste nach dem Tisch, um die Kakaotasse abzustellen. «Natürlich immer vorausgesetzt, es gibt keine andere Erklärung für diese Zeichnungen. Steht auf keinem der Bilder ein Datum? Lässt sich irgendwie erkennen, in welchem zeitlichen Abstand sie gemalt wurden?»

«Nein, es gibt nirgendwo Informationen, keinen Namen, kein Datum, absolut nichts. Allerdings ist das erste Bild auf anderem Papier gemalt. Und vermutlich auch mit anderen Stiften, der Rotton weicht ein wenig von dem der übrigen Bilder ab.»

«Also gibt es vermutlich zumindest zwischen dem ersten Bild und den übrigen einen zeitlichen Abstand. Das spricht eher nicht dafür, dass der Junge sie irgendwo abgemalt hat.»

«Ich werde heute Abend weiter nach der Akte suchen», sagt Gideon. «Ich habe die Kartons, die ich mir noch nicht vorgenommen habe, schon in meinem Arbeitszimmer bereitgestellt.»

«Wenn ich nur wüsste, was dieses Dreieck symbolisiert», sage ich.

«Vielleicht die Einheit von Vater, Mutter und Kind, bevor das Baby als Störfaktor hinzugekommen ist?», schlägt Gideon vor.

«Möglich. Aber warum malt er es dann noch immer, auch als er seine Eltern längst aus dem Bild verbannt hat?»

Erst als ich abends in meine Laube zurückkehre und noch einmal mein Handy überprüfe, merke ich, dass Marc mir schon vor Stunden eine Antwort geschickt hat. Er schreibt, dass er mich dringend sprechen muss.

Ich bin vollkommen erschöpft und spiele mit dem Gedanken, ihn erst morgen zurückzurufen. Doch ich bin zu neugierig. Mal ganz abgesehen von der Aussicht darauf, seine Stimme zu hören.

Bevor ich Marcs Nummer eingebe, kontrolliere ich jedoch, ob Fenster und Tür gut verschlossen sind und nirgendwo in der Laube eine unangenehme Überraschung auf mich wartet. Ich habe beschlossen, die Nacht hier zu verbringen, obwohl Gideon mir dringend davon abgeraten hat. Er war nicht besonders glücklich darüber, und ich musste ihm versprechen, hinter mir abzuschließen und das Handy griffbereit neben das Bett zu legen.

Bevor ich mich auf den Weg in die Laube gemacht habe, hat er mich kurz in den Arm genommen. «Pass gut auf dich auf, Jenny. Und wenn du dich nicht wohlfühlst, ruf einfach an. Dann hole ich dich ins Haus.»

Als ich mich von ihm losmachte, hörte ich ein Knacken auf der Treppe hinter ihm. Ich bin sicher, dass Finn dort stand und uns beobachtete. Er war beim Abendessen auffällig einsilbig. Er wäre mich gern los, lieber heute als morgen. Daran hat auch meine heimliche Hilfe bei den Hausaufgaben nichts geändert.

Trotzdem bin ich inzwischen davon überzeugt, dass der Kleiderständer mit den Gartenwerkzeugen nur ein dummer Jungenstreich war. Finn wusste nicht, wie gefährlich seine Falle war, er wollte mir nicht ernsthaft schaden. Er wollte mich einfach nur aus seinem Zuhause vertreiben.

Ich setze mich aufs Bett und lausche dem Freizeichen. Es dauert lange, bis Marc abhebt, und ich fürchte, dass ich ihn geweckt habe.

«Ja?» Er klingt außer Atem.

«Jennifer Lark hier.»

«Oh, hallo!»

«Ich hoffe, ich störe nicht.»

«Ganz im Gegenteil.»

«Ich sollte Sie zurückrufen. Sie haben meine Nachricht erhalten, oder? Ich möchte doch nicht, dass Sie Nachforschungen über Gideon anstellen. Es war eine dämliche Idee.»

«Dann möchten Sie also nicht wissen, was ich herausgefunden habe?»

Ich zögere.

«Ich denke, dass es Sie interessieren wird, Jennifer.»

Verdammt, verdammt! Ich knete meine Unterlippe, ich will das nicht tun.

«Jennifer? Sind Sie noch dran?»

«Ja.»

«Und?»

«Okay. Erzählen Sie es mir.»

«Nicht am Telefon.»

«Warum nicht?»

«Das werden Sie verstehen, wenn ich es Ihnen gesagt habe.»

Irritiert stehe ich auf und gehe im Zimmer hin und her, zwei Schritte, wenden, zwei Schritte. Nicht mehr, damit ich nicht versehentlich irgendwo anstoße.

«Es ist wirklich wichtig, Jennifer. Soll ich Sie morgen Vormittag abholen? Wir könnten gemeinsam zu Mittag essen, ich lade Sie ein.»

Die Vorstellung, Zeit mit Marc zu verbringen, lässt meinen Bauch kribbeln. Das war es doch, was ich wollte. Andererseits bin ich froh, dass Gideon und ich uns zusammengerauft haben, und ich möchte den Frieden nicht gefährden. Schon gar nicht mit irgendeinem intimen Geheimnis über ihn, das mich überhaupt nichts angeht.

Schließlich siegt die Neugier. «Also gut. Holen Sie mich um zwölf ab.»

«Abgemacht. Dann bis morgen, Jennifer. Sie dürfen gespannt sein, ich habe eine Überraschung für Sie.»

Mittwoch, 19. September

Alles wankt und schaukelt unter mir, als ich auf die Planken trete, und mir bricht der Schweiß aus. Panisch kralle ich mich an der Reling fest.

«Es ist okay, Ihnen kann nichts passieren», sagt Marc mit warmer Stimme, und ich möchte ihm gern glauben. Er hat darauf bestanden, dass ich eine Schwimmweste anziehe, und sich persönlich versichert, dass sie gut sitzt. Vorsichtig macht er meine Hände los und führt mich zu einer Bank. «Sie müssen einfach nur hier sitzen und Wind und Sonne auf der Haut genießen.»

Leichter gesagt als getan. Marc ist mit mir nach Ralswiek gefahren, einem kleinen Ort direkt am Bodden, wo er für eine Stunde ein Motorboot gemietet hat, und hat mir an Bord geholfen, noch bevor ich wusste, wie mir geschah. Als er mir etwas ganz Besonderes versprochen hat, bevor wir essen gehen, habe ich mir alles Mögliche vorgestellt. Ein Konzert. Einen Spaziergang. Aber keine Bootsfahrt. Noch dazu in einem so kleinen, wackeligen Gefährt.

Ich klammere mich an die Sitzbank, als ich höre, wie Marc den Motor startet.

«Wir bleiben im Bodden», ruft er über das Dröhnen hinweg, «fahren nicht aufs offene Meer, okay?»

Ich versuche ein Lächeln, doch so richtig gelingt es mir nicht.

Der Motor tuckert, das Boot setzt sich in Bewegung, ganz sanft und federleicht gleitet es über das Wasser. Es dauert einige Minuten, dann entspanne ich mich ein wenig und lockere meine Hände, auch wenn ich die Bank nicht loslasse. Ich lehne mich zurück, die Sonne und der Wind im Gesicht fühlen sich an, als würde ich fliegen.

«Und?», fragt Marc.

«Wunderbar», gebe ich zu. «Aber auch ein bisschen gruselig.»

Er lacht, gibt Gas, und wir fahren schneller.

Erschrocken kralle ich mich erneut an der Bank fest.

«Lassen Sie los, Jennifer, genießen Sie die Fahrt!»

Ich versuche es, und für eine Weile gelingt es mir sogar. Ich strecke die Arme aus, schließe die Augen und vergesse, mit welch atemberaubender Geschwindigkeit wir über das Wasser jagen. Einmal dreht Marc eine Kurve, und mir spritzt Gischt ins Gesicht. Ich kreische auf, aber mehr vor Vergnügen als vor Angst.

«Ich fand Boote schon als kleiner Junge aufregend», ruft Marc über den Lärm des Motors hinweg. «Die Freiheit, die unendliche Weite des Meeres. Sobald ich alt genug war, habe ich meinen Bootsführerschein gemacht.»

«Hat aber auch etwas Einschüchterndes, diese Weite», gebe ich zu bedenken. «Man kann leicht darin verlorengehen.»

Marc lacht. «Ich lasse mich nicht so leicht einschüchtern.»

«Das glaube ich sofort.»

Das Boot macht einen Satz über eine Welle, der Aufprall ist hart, ich schreie vor Schreck.

«Keine Sorge, Jenny, ist halb so wild.»

Ich merke, dass ich tatsächlich keine Angst habe, dass ich Marc vertraue. Mehr und mehr genieße ich den Ritt über die Wellen, fühle mich frei wie lange nicht mehr. Als Marc irgendwann das Tempo drosselt und wir wieder anlegen, bin ich sogar ein bisschen enttäuscht.

Meine Arme und Beine sind zitterig, als ich auf den Steg klettere, so sehr habe ich sie angespannt. Trotzdem bin ich total euphorisch, fast so, als hätte ich das Boot selbst gesteuert.

Wir bleiben in Ralswiek, Marc führt mich zu einem Fischrestaurant, das nur wenige Meter von der Anlegestelle entfernt ist.

Nachdem wir bestellt haben, lässt sich das unvermeidliche Gespräch nicht länger aufschieben.

«Also, worüber wollten Sie nicht am Telefon mit mir reden?», frage ich.

Marc räuspert sich. «Da Sie mir keinen konkreten Auftrag erteilt haben, habe ich einfach mal geschaut, was ich finde. Mein Plan war, mich chronologisch rückwärts vorzuarbeiten.»

«Klingt, als würden Sie das nicht zum ersten Mal machen.»

«Ich habe, so könnte man es ausdrücken, eine gewisse Routine im Finden von Informationen.»

«Sind Sie so etwas wie ein Hacker?»

«Hacker klingt so böse und illegal. Aber im Prinzip ist das richtig, ja.» Etwas klirrt, es hört sich an, als würde Marc mit dem Besteck herumspielen. «Ich teste Softwaresysteme von Firmen auf Schwächen, hacke mich im Auftrag der Chefs in die Firmencomputer oder Steuerungszentrale, um einen möglichen wunden Punkt zu finden.»

«Verstehe.»

«Also, wollen Sie wissen, worauf ich gestoßen bin?»

«Ja.» Ich knete nervös die Finger.

«Hat Ihr Kollege Ihnen erzählt, dass er im vergangenen Jahr mehrmals in Berlin war?»

«Nein, das hat er nicht erwähnt. Aber warum sollte er das auch tun?»

«Seit wann kennen Sie sich?»

«Er hat mich im Juli vergangenen Jahres kontaktiert. Im August hatte ich … ähm … den Unfall, bei dem ich erblindet bin.» Ich tippe mir an die Augen.

«Ich verstehe», sagt Marc mit gepresster Stimme. «Es tut mir sehr leid.»

«Kurz darauf habe ich den Kontakt abgebrochen, denn ich konnte ihm nicht mehr helfen. Gideon wollte ein Gutachten von mir. Ich bin Expertin für Kinderzeichnungen … war es zumindest.»

«Und jetzt hat er sich wieder bei Ihnen gemeldet?»

«Vor zwei Wochen, ja.»

«Da war er ebenfalls in Berlin.»

«Nein, unmöglich. Dann hätten wir uns doch dort treffen können.» Ich reibe mir die Stirn. «Er hat gesagt, dass er nur selten von Rügen wegkommt, weil er sich um seinen Sohn kümmern muss.»

«Immerhin hat er es in den letzten anderthalb Jahren auf acht Berlinaufenthalte gebracht.»

«Er war achtmal in Berlin? Wissen Sie, was er dort gemacht hat?»

«Leider nein. Ich weiß nur, dass er immer in demselben Hotel abgestiegen ist, einem kleinen Haus auf der Kantstraße in Charlottenburg.»

Ich schlucke. Die Kantstraße ist nur fünf Minuten von meiner Wohnung in der Schillerstraße entfernt. Mir ist plötzlich übel, ich presse die Hände auf den Magen. «Ich wohne ganz in der Nähe», flüstere ich.

«Ich weiß», sagt er leise. «Ich habe nachgesehen, nachdem ich auf die vielen Berlinreisen Ihres Kollegen gestoßen bin. Ich wusste ja nicht, welchen Verdacht Sie hatten, also habe ich nur mal auf den Busch geklopft.» Er räuspert sich. «Verstehen Sie jetzt, warum ich wollte, dass Sie nicht allein sind, wenn Sie das erfahren?»

Ich habe keine Ahnung, wie viel Marc noch über mich herausgefunden hat, doch das ist mir im Augenblick egal. Mich beschäftigt nur eine Frage: Warum hat Gideon seine Reisen mit keiner Silbe erwähnt, geschweige denn, dass er jedes Mal ganz in meiner Nähe war?

«Ich brauche die genauen Daten», sage ich.

«Ich habe eine Liste gemacht, soll ich sie vorlesen?»

«Nennen Sie mir nur die Eckdaten, und dann mailen Sie mir die Liste, bitte!»

«Also, er war im Mai, Juni und Juli vergangenen Jahres

insgesamt sechsmal in Berlin. Dann folgt eine längere Pause. Das nächste Mal war er fast ein Jahr später im April dieses Jahres dort, und dann wieder vor zwei Wochen.»

Das Essen wird gebracht. Mein Fischfilet riecht lecker, doch allein der Gedanke, etwas zu essen, stülpt mir den Magen um.

«Sie sind ganz blass, Jennifer», sagt Marc besorgt. «Soll ich Sie an die frische Luft bringen?»

Ich höre ihn kaum, meine Gedanken kreisen um das, was er mir erzählt hat. Ein schrecklicher Verdacht keimt in mir auf. Das erste Präsent des Stalkers habe ich im vergangenen Jahr im Mai erhalten. Das nächste kam drei Wochen später, dann wurden die Abstände kürzer. Bei den ersten Malen habe ich die genauen Daten nicht festgehalten, doch nachdem ich Anzeige gegen unbekannt erstattet hatte, führte ich Protokoll, weil die Polizei mich darum gebeten hatte. Die Liste ist auf meinem Rechner. Ich muss sie mit Gideons Reisen abgleichen.

«Bringen Sie mich bitte hier raus», sage ich schließlich mit tonloser Stimme.

Als ich mich erhebe, schießt mir ein Gedanke durch den Kopf, der mich sekundenlang wanken lässt. Die Maiglöckchen am Friedhof! Es wäre ein Leichtes für Gideon gewesen, sie selbst unter den Scheibenwischer seines Wagens zu klemmen.

Während Marc mich zurück zu Gideons Haus fährt, rasen meine Gedanken wie Kometen durchs All. Ich kann sie nicht festhalten, kann nicht einmal entscheiden, was ich als

Nächstes machen will. Alles in mir schreit nach Flucht, ich möchte fortlaufen und mich im tiefsten, dunkelsten Loch verkriechen, das ich finde. Und es kostet mich ungeheure Kraft, ruhig im Wagen sitzen zu bleiben.

Gleichzeitig weiß ich, dass ich das Problem so nicht lösen kann. Das schwarze Loch habe ich ausprobiert. Es ist eine Sackgasse.

Schließlich hält Marc den Wagen an. «Was wollen Sie jetzt tun?»

«Stehen wir vor seinem Haus?»

«Nein, ein Stück entfernt. Wenn Sie wollen, brauchen Sie das Grundstück nicht zu betreten. Ich kann Ihre Sachen packen und Sie wegbringen. Ich fahre Sie, wohin Sie wollen.»

Ich bin hin und her gerissen. Auf keinen Fall will ich, dass ein Mann, den ich kaum kenne, meine Wäsche einpackt. Andererseits möchte ich Gideon nicht begegnen. Nicht, solange ich nicht entschieden habe, ob und wie ich ihn mit seinen erneuten Lügen konfrontieren soll.

Dann fällt mir etwas anderes ein. Ich habe nur Marcs Behauptung, was Gideons Reisen nach Berlin angeht. Marc ist ein Fremder, den ich erst seit ein paar Tagen kenne. Kann ich ihm wirklich vertrauen?

Ich zögere kurz, dann treffe ich eine Entscheidung. Wenn Gideon wirklich der Mann ist, der mich in Berlin gestalkt und überfallen hat, bin ich nicht in akuter Gefahr. Hätte er mich ernsthaft verletzen oder gar umbringen wollen, hätte er mehr als einmal die Gelegenheit dazu gehabt. Offenbar hat er etwas anderes im Sinn. Außerdem hat der

Mann in Berlin mehrere Frauen überfallen. Unwahrscheinlich, dass ein Serienvergewaltiger so weit weg von seinem Wohnort wieder und wieder zuschlägt, zumal wenn er zu Hause ein Kind hat, um das er sich kümmern muss.

Gideon mag Geheimnisse vor mir haben. Möglich, dass die Bilder nur ein Vorwand waren, um mich nach Rügen zu locken. Aber mein Stalker ist er höchstwahrscheinlich nicht. Natürlich werde ich die Daten abgleichen. Und ich werde herausfinden, was er von mir will. Denn er wird nicht einfach aufgeben, nur weil ich Hals über Kopf wieder nach Hause fahre. Wenn ich nicht in ständiger Angst leben will, muss ich die Wahrheit aufdecken. Und dazu muss ich in seiner Nähe bleiben.

«Das letzte Stück gehe ich zu Fuß», sage ich.

«Sind Sie sicher?»

«Ja.»

«Wie Sie meinen. Es ist nicht mehr weit. Sie brauchen nur noch ein Stück geradeaus laufen, dann stoßen Sie auf die Einfahrt. Ich muss heute noch nach Berlin zurück. Aber ich bin nächste Woche wieder hier. Versprechen Sie mir, sich zu melden, wenn Sie irgendwie in Bedrängnis geraten?»

Ich lächle in seine Richtung. «Sie klingen ja richtig besorgt.»

«Das bin ich auch.»

Etwas raschelt, dann spüre ich seine Finger über meine Wange streichen. «Ich will dich nicht verlieren, Jennifer, ich habe dich doch gerade erst gefunden.»

Mein Herz macht einen Satz. Ich möchte eine scherzhafte Bemerkung darüber machen, dass ich mich nicht erinnere, wann wir vom Sie zum Du übergegangen sind. Aber mir fällt nichts ein, was zumindest halbwegs unverkrampft klingt.

«Ich steige jetzt besser aus», stoße ich mit gepresster Stimme hervor.

«Pass gut auf dich auf.»

«Mache ich.» Ich spüre seine Lippen auf meiner Wange, seine kratzigen Bartstoppeln auf meiner Haut, taste hastig nach dem Türgriff und stürze nach draußen.

Trotz des Stocks stolpere ich mehrmals auf dem Weg zu Gideons Grundstück und reiße kurz vor dem Ziel beinahe eine Mülltonne um. Ich bin verwirrt, flatterig, aufgeregt, und ich könnte nicht sagen, ob es mehr an dem ungeheuren Verdacht gegen Gideon oder an Marcs Kuss liegt.

Bevor ich das Gartentor aufstoße, straffe ich die Schultern und versuche, mich zu fokussieren. Ich kann Gideons Blick förmlich spüren, als ich auf das Haus zulaufe. Hat er mich erwartet?

Ich habe Psychologie studiert, ich weiß, wie Stalker ticken, wie besessen sie vom Objekt ihrer Begierde sind, wie sehr sie jedem misstrauen, der ihm zu nahe kommt. Auch wenn ich noch immer nicht glauben kann, dass Gideon mein Stalker ist, bin ich froh, dass Marc heute nach Berlin zurückkehrt. Sonst wäre er womöglich in Gefahr.

«Hallo Jenny. Hattest du einen schönen Ausflug?»

Er hat also tatsächlich an der Tür auf mich gewartet.

«Schön und aufregend. Marc ist mit mir Boot gefahren.» Ich habe Gideon heute Morgen erzählt, dass meine Reisebekanntschaft mich zu einem Ausflug eingeladen hat. Er hat mir viel Spaß gewünscht, aber es hat nicht aufrichtig geklungen.

«Sehr mutig. Und ein echter Vertrauensbeweis, einfach so zu ihm ins Boot zu steigen.»

Ich blicke in seine Richtung, ich würde viel darum geben, seinen Gesichtsausdruck zu sehen. «Es ist nicht anders, als wenn ich zu jemandem ins Auto steige. Ich muss jedem, der mich fährt, blind vertrauen. Im wahrsten Sinne des Wortes.»

«Natürlich.» Er klingt beschämt. «Bestimmt bist du hungrig. Oder habt ihr schon gegessen?»

Tatsächlich knurrt mir der Magen. «Ich bin ausgehungert.»

«Dann komm.» Er nimmt meine Hand und führt mich in die Küche.

Mir ist ein wenig mulmig zumute, ständig denke ich daran, wie oft er in Berlin war.

Immerhin bin ich nicht allein. Marc weiß Bescheid, und selbst in Berlin ist er nur einen Anruf entfernt. Es ist ein gutes Gefühl, ihn an meiner Seite zu wissen.

Gideon deckt den Tisch. Ich bin froh, dass es keinen Fisch gibt, der Geruch hätte mich an das geplatzte Essen mit Marc erinnert und ich hätte bestimmt keinen Bissen herunterbekommen. Aber Gideon hat Pasta mit Pilzsoße gekocht, die wirklich lecker schmeckt.

«Ich habe heute Nachmittag keine Patienten», sagt er, nachdem er uns einen Espresso zubereitet hat. «Und Finn kommt erst zum Abendessen nach Hause. Mittwochs geht er nach der Schule zu einem Freund. Die beiden haben nachmittags gemeinsam Fußballtraining.»

Ich muss an meinen Verdacht denken, an die Bilder mit dem Vereinslogo, die ich für kindliche Horrorszenarien gehalten habe, und senke den Kopf, damit Gideon die Scham in meinem Gesicht nicht sieht.

«Alles okay?», fragt er.

«Ja.»

«Es tut mir leid, dass Finn dich so ablehnt. Nimm es bitte nicht persönlich.»

«Schon in Ordnung.» Ich könnte ihm erzählen, dass Finns Ablehnung gar nicht mehr so riesig ist, zumindest, wenn es darum geht, sich bei den Hausaufgaben helfen zu lassen, doch ich möchte das zarte Band zwischen Finn und mir nicht kappen, indem ich sein Vertrauen verrate. Die Rechenaufgaben sind unser Geheimnis. «Du wolltest etwas vorschlagen.»

«Ich würde gern noch einmal mit dir über den Jungen reden, über die Bilder und die Notiz meines Vorgängers.»

«Klar. Gern. Dafür bin ich ja hier.»

«Leider nur noch bis übermorgen.»

Ich ergreife die Gelegenheit beim Schopf. «Da du es gerade ansprichst …»

«Ja?»

Ich zögere.

«Du willst früher abreisen?»

«Im Gegenteil. Ich wollte dich fragen, ob es möglich ist, dass ich ein paar Tage länger bleibe. Es tut mir gut, von Berlin weg zu sein. Und außerdem haben wir ja noch nichts über den Jungen herausgefunden.»

«Aber natürlich. Gern.» Er klingt freudig überrascht. «Bleib, so lange du möchtest.»

«Du kannst mich ja dann irgendwann mal in Berlin besuchen», sage ich. «Warst du schon mal dort?»

«Ja. Aber ich bin kein Stadtmensch. Ich war jedes Mal froh, wieder heimzukommen.»

«Warst du kürzlich dort?»

Keine Antwort.

«Gideon?»

«Warum willst du das wissen?» Seine Stimme klingt mit einem Mal barsch.

«Einfach so. Die Stadt verändert sich so schnell, deshalb wollte ich wissen, wie lange es her ist, dass du sie gesehen hast.»

«Ich war vor ein paar Wochen da.» Er steht auf, klappert mit dem Geschirr herum. «Ich räume die Küche auf, du kannst gern schon ins Arbeitszimmer vorgehen, ich komme gleich nach.»

Ich hake nicht weiter nach, denn ich will ihn nicht misstrauisch machen. Während ich mich in den Wintergarten taste, formt sich ein Gedanke in meinem Kopf. Wenn Gideon mich aus einem Grund hergelockt hat, der nichts mit seiner Arbeit zu tun hat, dann gibt es diesen mysteriösen Jungen womöglich gar nicht, und auch keine Akte. Dann hat er die Bilder vielleicht sogar selbst gemalt, um mich zu täuschen.

Unser Gespräch über die Bilder dreht sich im Kreis, ohne zusätzliche Informationen kommen wir nicht weiter. Ich nutze die erste Gelegenheit, um mich in meine Laube zurückzuziehen. Ich muss mir in Ruhe eine Strategie überlegen.

Kaum bin ich allein, fahre ich meinen Laptop hoch und rufe meine Mails ab. Keine Nachricht von Marc. Enttäuscht lasse ich die Schultern hängen. Hat er vergessen, mir die Liste mit Gideons Reisedaten zu schicken? War es ihm nicht wichtig genug?

Ich klappe den Rechner zu und schiebe ihn zur Seite, doch dann fällt mir ein, dass Marc bestimmt schon im Zug sitzt und deshalb noch nicht dazu gekommen ist, die Mail zu senden. Ich nehme mir vor, morgen wieder nachzusehen, greife nach dem Handy und wähle Siris Nummer. Das hätte ich längst tun sollen.

«Hey, Jenny, bist du noch auf Rügen?»

Ihre Stimme zu hören tut unendlich gut. Ich erzähle ihr so knapp wie möglich von Marc, Gideon und Finn, von den Blumen unter dem Scheibenwischer und Gideons häufigen Reisen nach Berlin. «Ich habe die Daten noch nicht mit denen des Stalkers abgeglichen», schließe ich.

«Du glaubst doch nicht etwa …»

«Ich weiß nicht, was ich glauben soll, Siri.»

«Puh, warum sollte ein irrer Stalker, der auf Rügen lebt, sich seine Opfer ausgerechnet in Berlin suchen? Noch dazu, wo er ein Kind hat und nicht ständig verreisen kann? Da auf der Insel laufen doch wohl genug Frauen herum, die er belästigen könnte.»

Typisch Siri, sie geht alles erst einmal logisch an. Und sie ist auf die gleichen Einwände gestoßen wie ich. Nur schneller.

«Es ist unwahrscheinlich», räume ich ein. «Aber nicht unmöglich.»

«Und wie stellst du dir das vor?»

«Es könnte sein, dass er im Internet auf mich gestoßen ist. Es gibt Zeitungsberichte über die Prozesse, in denen ich als Gutachterin ausgesagt habe. Einige haben ziemliche Wellen geschlagen. Vielleicht standen die anderen Opfer auch mit irgendwelchen Geschichten in der Zeitung, vielleicht ist das seine Methode, sie auszusuchen.»

«Weißt du etwas über die anderen Frauen?»

«Leider nur das, was in den Nachrichten gemeldet wurde.»

«Hm. Nehmen wir mal an, du hast recht», sagt sie. «Kam er dir denn irgendwie seltsam vor, als er dich letztes Jahr kontaktiert hat?»

«Überhaupt nicht», gebe ich zu. «Ich muss die Listen abgleichen, vielleicht stimmen seine Reisedaten ja gar nicht mit den Belästigungen des Stalkers überein.»

«Du könntest ihn nach den Reisen fragen, vielleicht gibt es eine harmlose Erklärung.»

«Habe ich eben versucht. Er hat total abweisend reagiert.»

«Das ist merkwürdig. Mir ist es gar nicht recht, dass du da oben so ganz allein bist.»

«Marc ist ja da. Also, im Augenblick nicht, aber er kommt nächste Woche wieder.»

«Marc, ja?» Sie lacht leise. «Soll ich ihn googeln? Mir sein Bild auf Facebook anschauen? Vielleicht ist er hässlich wie eine Kanalratte.»

«Ach ja, glaubst du?» Der Gedanke, dass Siri für mich nachschauen könnte, wie Marc aussieht, lässt mein Herz schneller schlagen. Andererseits bin ich nicht sicher, ob ich es überhaupt wissen will. Sein Aussehen hat keine Bedeutung für mich. Wichtig ist nur, wie ich mich fühle, wenn ich in seiner Nähe bin.

«Was ist?», hakt sie nach. «Soll ich? Oder hast du Angst vor dem, was ich herausfinden könnte?»

«Unsinn! Du kannst ihn dir gern anschauen, wenn du willst. Er heißt Marc Jessen, und ich habe sogar irgendwo seine Visitenkarte. Bleib dran.» Ich krame die Karte aus meiner Handtasche, fahre mit dem Zeigefinger über die eingeprägten Buchstaben und diktiere Siri die Internetadresse seiner Firma.

Wir unterhalten uns noch kurz über Siris Job. Sie ist Grundschullehrerin, hat nach den Sommerferien eine erste Klasse übernommen und steckt bis zum Hals in Arbeit, die sie über alles liebt. Kurz darauf verabschieden wir uns. Ich muss ihr versprechen, besonders vorsichtig zu sein und sie auf dem Laufenden zu halten. Sie will sich melden, sobald sie ein Foto von Marc gefunden hat.

Ich lege das Telefon weg und lächle. Was würde ich nur ohne Siri machen? Sie ist der Fixstern an meinem ewigen Nachthimmel.

In der Nacht, bevor ich überfallen wurde, habe ich davon geträumt, in einem dunklen Keller herumzuirren und den Ausgang nicht zu finden. Ich erinnere mich, wie erleichtert ich war, aufzuwachen und die Sonne ins Schlafzimmer scheinen zu sehen. Ich ahnte nicht, dass die Augenblicke, in denen ich das Sonnenlicht sehen durfte, bereits gezählt waren.

Ich machte mich wie jeden Morgen zum Joggen fertig. Seit drei Wochen hatte ich keine Präsente mehr von meinem Stalker erhalten, und ich begann zu hoffen, dass der Spuk vorbei wäre. Ich lief wie immer durch die Straßen bis zum Lietzenseepark. Es war noch früh, aber schon sehr warm, und es duftete nach Sommer in der Stadt, nach heißem Asphalt und Lindenblüten.

Und dann passierte es. Ich wusste, dass es leichtsinnig war, durch den Park zu joggen, ich hatte von den Vergewaltigungen gehört, von den Frauen, die in den Wochen zuvor in verschiedenen Grünanlagen in Charlottenburg überfallen worden waren. Doch ich hatte nicht damit gerechnet, dass der Täter es wagen würde, am helllichten Tag zuzuschlagen.

Er stand plötzlich vor mir, ein Messer in der Hand. Bevor ich reagieren konnte, hatte er mich gepackt, in ein Gebüsch gezerrt und zu Boden geworfen. Dann kniete er sich auf mich und hielt mir das Messer an die Kehle.

Normalerweise erlaube ich meinen Gedanken nicht, zu jenem Tag zurückzukehren. Nicht nur, weil die Todesangst und das Gefühl der Ohnmacht auch im Nachhinein noch unerträglich sind, sondern vor allem aus einem ganz praktischen Grund: Je öfter man sich ein Ereignis ins Gedächtnis ruft, desto mehr wird die Erinnerung daran durch Erinnerungen an die Erinnerung überschrieben. Am Ende kennt man nur noch die Geschichte, die man sich selbst Dutzende Male erzählt hat. Das wahre Ereignis jedoch ist im Dunkeln des Vergessens verschwunden.

Aber ich will mich erinnern können. Wenn der Kerl eines Tages geschnappt wird, will ich in der Lage sein, vor Gericht jedes Detail abzurufen, das ihn überführen kann.

Viel ist es leider nicht. Er trug eine schwarze Skimaske, und seine Kleidung war so nichtssagend, dass ich schon Minuten später nicht mehr hätte sagen können, ob sie blau oder grau oder braun war. Ich war einfach nur froh, davongekommen zu sein.

Eins jedoch ist mir im Gedächtnis haftengeblieben: der Geruch seiner Jacke. Sie roch nach Leder und nach einer Mischung aus frisch gemähtem Gras, Holzrauch und einem billigen Putzmittel. Deshalb dachte ich damals, dass der Mann vielleicht irgendwo als Hausmeister arbeitet. Anfangs stellte ich sogar ein paar halbherzige Nachforschungen auf eigene Faust an. Doch dann verlor ich mein Augenlicht und damit auch meinen Mut.

Ich mache es mir auf dem Bett bequem und klappe mein Notebook auf. Dann schließe ich die Kopfhörer an, damit jemand, der draußen vor der Laube steht, nicht hören kann, was ich recherchiere – schließlich muss ich mir jede Seite vorlesen lassen.

Die Vorstellung, dass der Stalker, wer auch immer er ist,

im Garten herumschleicht, durchs Fenster späht oder sein Ohr an das dünne Holz presst, jagt mir einen Schauder über den Rücken.

Fest entschlossen, diesmal nicht aufzugeben, tippe ich «Gideon Mahler Rügen» in die Tastatur. Dann lausche ich den Treffern: die Website von Gideons Praxis, ein Zeitungsartikel über irgendein Sommerfest im vergangenen Jahr und mehrere Verweise auf Malerfirmen auf der Insel. Ich klicke den Link zu Gideons Website an. Die Informationen sind spärlich, sein Werdegang, seine Sprechstundenzeiten, Kontaktdaten. Und ein Foto, auf dem er an seinem Schreibtisch sitzt, wenn ich mich richtig erinnere. Sonst nichts.

Ich versuche es mit anderen Suchwortkombinationen. Ohne Ergebnis. Gideon scheint nicht einmal bei Facebook zu sein. Was das Internet angeht, ist er ein unbeschriebenes Blatt.

Mein Handy gibt einen Ton ab. Eine SMS von Siri.

Wow, der Typ sieht aus wie eine reife Version von Philipp Amery, auf den wir in der Oberstufe alle gestanden haben.

Ich lasse mir die Nachricht dreimal vorlesen. Die Hälfte der Mädchen in unserer Stufe war in Philipp Amery verknallt gewesen, vermutlich sogar einige der Jungs. Er sah aus wie der Held eines Fantasyfilms mit seinen dunklen, kinnlangen Haaren, der blassen Haut und den unergründlichen tiefbraunen Augen. Auch ich war hoffnungslos in ihn verliebt gewesen, eine Zeitlang zumindest. Dabei war er eigentlich ein langweiliger Spießer gewesen, mit dem ich mich zu Tode gelangweilt hätte. Heute arbeitet er vermutlich im Großraumbüro einer Versicherung und wohnt mit Frau und Kindern in einem gesichtslosen Neubauviertel am Stadtrand.

Ich krame Marcs Visitenkarte hervor und rufe seine Website auf. Die Texte sind knapp, irgendwas über IT-Dienstleistungen für Firmen. Wenn er mir nicht erklärt hätte, was er macht, würde ich nicht daraus schlau werden. Ich gebe seinen Namen in die Suchmaske ein, aber Marc Jessen hat im Internet noch weniger Spuren hinterlassen als Gideon Mahler. Vielleicht hockt er beruflich so viel vor dem PC, dass er seine Freizeit nicht auch noch dort verbringen will. Vielleicht ist er aber einfach nur besser darin, seine Spuren zu verwischen. Er ist schließlich vom Fach. Ich frage mich, ob er Informationen aus dem Netz verschwinden lassen könnte, wenn er wollte.

Einer plötzlichen Eingebung folgend, tippe ich «Unglück Rügen 1987» ein. Mein Herz hämmert los, kaum traue ich mich, die Treffer anzuklicken. Die Computerstimme liest mir irgendwas über eine Gedenkmünze vor, jede Menge Anzeigen für Ferienwohnungen und Facebookeinträge von Menschen, die in dem Jahr auf Rügen geboren wurden. Sonst nichts, auch nicht auf der zweiten und dritten Trefferseite. Mein Herzschlag beruhigt sich, Enttäuschung steigt in mir auf.

Ich schlucke sie runter. Was habe ich denn erwartet? Damals gab es noch kein Internet, Nachrichten standen in der Zeitung oder wurden im Radio oder Fernsehen verlesen. Außerdem habe ich keine Ahnung, ob überhaupt über das Unglück berichtet wurde.

Ich lasse die Jahreszahl weg. Diesmal erhalte ich einige Treffer. Es kommt immer wieder vor, dass jemand von den Klippen stürzt, vor allem im Nationalpark Jasmund. In manchen Artikeln werden verschiedene Unglücksfälle aufgelistet, aber keiner aus dem Jahr 1987.

Mir ist mit einem Mal übel. Die Berichte über Menschen, die auf die gleiche Art wie meine Eltern und mein Bruder umgekommen sind, haben ein Gefühlsknäuel in meinem Magen produziert. Für heute habe ich genug.

Ich nehme die Kopfhörer ab, klappe den Rechner zu, lege ihn neben mir ab. Meine Uhr sagt, dass es gleich sieben ist. Mir ist nicht danach, den Abend mit Gideon zu verbringen. Ich schicke ihm eine SMS, dass ich müde bin, dann verbarrikadiere ich mich. Ich ziehe die Vorhänge zu, schließe die Tür ab und schiebe den Stuhl davor, in der Hoffnung, dass es ordentlich Radau macht, falls jemand versucht einzudringen.

Da es noch zu früh ist, ins Bett zu gehen, versuche ich, mich mit einem Hörbuch abzulenken. Aber meine Gedanken schweifen ständig ab, zu den Maiglöckchen unter Gideons Scheibenwischer, zu seinen rätselhaften Berlinreisen, zu Marc, der aussieht wie Philipp Amery, und zu sturmumtosten Klippen, auf denen meine Eltern verzweifelt nach meinem kleinen Bruder rufen, bis ihre Schreie schlagartig verstummen.

Donnerstag, 20. September

Ich merke sofort, dass Gideon Neuigkeiten hat, als ich am nächsten Morgen in die Küche komme. Seine Begrüßung klingt flatterig, in seiner Stimme schwingt Ungeduld mit.

«Ich hab was entdeckt», erklärt er dann auch, kaum dass ich vor meinem Kaffee sitze.

«In den Akten?»

«Ja und nein.»

«Ich verstehe nicht.»

«Ich habe endlich das System kapiert, nach dem Fahrenbach seine Unterlagen sortiert hat, und so habe ich herausgefunden, dass eine Akte fehlt.»

«Und du nimmst an, es ist die von dem Kind, das die Bilder gemalt hat?» Ich möchte so gern glauben, dass es ihm tatsächlich nur um diesen unbekannten Jungen geht, und in dem Moment kommt mir sein Engagement vollkommen aufrichtig vor.

«Ich bin mir sicher. Allerdings …» Er klappert mit Geschirr herum.

«Allerdings was?»

«Die fehlende Akte muss aus dem Jahr 1990 sein.»

Wenn ich sehen könnte, würde ich ihn jetzt ungläubig

anstarren. «Du hast doch gesagt, dass du das Bild, das du mir im vergangenen Jahr geschickt hast, bei seinen aktuellen Unterlagen gefunden hast.»

«Stimmt.»

«Dann stammt es wohl kaum von einem Patienten, den er vor fast dreißig Jahren behandelt hat.»

«Es sei denn, er hätte das Bild aus irgendeinem Grund kurz zuvor aus der Akte genommen.»

Ich höre, wie Gideon sich setzt und Teller und Besteck zu mir herüberschiebt.

«Du meinst, er hat irgendetwas über seinen ehemaligen Patienten erfahren und deshalb noch mal nachgesehen?», frage ich.

«Oder jemand hat ihn darum gebeten.»

Mir kommt eine Idee. «Vielleicht hat er dieser Person die Akte übergeben. Diesem mysteriösen Gerrit womöglich.»

«Daran habe ich auch schon gedacht.» Gideon raschelt mit Papieren. «Ich habe einen Freund, der im Einwohnermeldeamt arbeitet, er hat mir eine Liste aller auf Rügen lebenden Personen zusammengestellt, die mit Vornamen Gerrit heißen.»

«Darf er das?»

«Frag lieber nicht. Ich habe ihm versprochen, die Liste sofort zu vernichten, wenn ich den richtigen Gerrit gefunden habe. Viele sind es ohnehin nicht. Es sei denn, man nimmt die Schreibweise mit einem ‹R› dazu.»

«Willst du sie alle anrufen und fragen, ob sie einen Rolf Fahrenbach gekannt haben?»

«Hast du eine bessere Idee?»

Habe ich nicht. Aber mir kommt ein anderer Gedanke. «Was ist, wenn Gerrit der Name des Jungen ist?»

Gideon schweigt einen Moment. «Dann würden wir mit dem Anruf möglicherweise ins Wespennest stechen», räumt er ein. «Wenn der Junge 1990 etwa sechs Jahre alt war, ist er jetzt Mitte dreißig.»

«Und er hat das traumatische Ereignis seiner Kindheit entweder verarbeitet und hinter sich gelassen», ergänze ich, «oder er hat es verdrängt und …»

«… verliert womöglich die Kontrolle, wenn er den Namen Fahrenbach hört.»

«Genau.»

«Möglich wäre es.» Gideon klappert mit seiner Tasse. «Es könnte aber auch sein, dass der Name seines ehemaligen Therapeuten ihm gar nichts sagt.»

«Trotzdem müssen wir behutsam vorgehen.»

«Das werden wir. Ich lasse mir einen Vorwand einfallen, unter dem wir anrufen. Okay?»

Ich habe noch immer ein ungutes Gefühl. Außerdem frage ich mich, warum wir uns mit einem Fall beschäftigen sollen, der fast dreißig Jahre zurückliegt. Wäre der Junge ein aktueller Patient von Fahrenbach gewesen, ein Kind, das dringend Hilfe braucht, würde mir das einleuchten. Aber nach so vielen Jahren?

Andererseits können wir nicht sicher sagen, wie alt das Bild ist. Und ich muss gestehen, dass mich die Neugier gepackt hat. Ich möchte einfach wissen, was für eine Geschichte sich dahinter verbirgt.

«Okay», sage ich.

«Und jetzt iss etwas», fordert Gideon mich auf. «Du hast ja noch nicht einmal deinen Kaffee angerührt.»

Gehorsam greife ich nach der Tasse. «Und was ist mit dir?»

«Ich habe schon gefrühstückt.» Er steht auf. «Und ich muss dich leider allein lassen. Ich habe gleich einen Patienten. Danach können wir uns gemeinsam um die Liste kümmern, wenn du Lust hast.»

Ich nutze die Zeit, um Katrin Eving anzurufen, die Kommissarin aus Berlin, die mit ihren Kollegen den Fall des sogenannten Preußenpark-Vergewaltigers untersucht. Der Täter wird so genannt, weil er seine ersten beiden Taten im Preußenpark begangen hat. Inzwischen hat er sein Revier erweitert, aber nur auf Parks und Grünflächen innerhalb von Charlottenburg.

«Frau Lark, geht es Ihnen gut?» Katrin Eving klingt immer aufgeräumt und freundlich, egal wie sehr sie im Ermittlungsstress steckt.

«Der Stalker hat mir wieder Blumen hingelegt.»

«Aber das kann nicht sein! Er ist doch …» Sie beendet den Satz nicht. «Wo und wann?»

«Vorgestern. Auf Rügen.»

«Vorgestern schon?» Ich höre, wie Eving ein Seufzen unterdrückt. «Sie hätten mir sofort Bescheid geben sollen. Haben Sie die Kollegen auf Rügen informiert?»

«Ich hatte keine Lust, denen alles zu erklären.»

«Und es waren wieder Maiglöckchen?»

«Unter den Scheibenwischer des Autos meines Kollegen geklemmt, den ich gerade besuche.»

«Hm. Haben Sie Fotos gemacht?»

«Nein.»

«Frau Lark, ich –»

«Mein Kollege kann es bezeugen», unterbreche ich.

«Ich habe keinen Zweifel daran, dass Sie die Wahrheit sagen, Frau Lark. Es ist nur so ... wenn wir den Mann fassen und überführen wollen, brauchen wir Beweise.»

«Ich weiß. Ich war so geschockt, dass der Kerl nach all den Monaten ...»

«Wir sind uns ziemlich sicher, dass der Täter sich gerade in Berlin aufhält», unterbricht Eving mich.

Ich schlucke hart, versuche, die Information mit dem in Einklang zu bringen, was hier auf Rügen passiert ist. «Haben Sie eine Spur? Wissen Sie, wer es ist?»

«Dazu kann ich nichts sagen. Aber ich verspreche Ihnen, Sie sofort zu informieren, wenn es zu einer Verhaftung kommt. Könnte es sein, dass sich irgendwer einen Scherz mit Ihnen erlaubt hat? Haben Sie jemandem von Ihrem Stalker erzählt?»

Ich überlege. Siri ist die Einzige, mit der ich über den Überfall gesprochen habe. Ich habe ihr sogar verboten, mit ihren – unseren Eltern darüber zu reden. Ich möchte nicht, dass sie sich Sorgen machen. Und jetzt habe ich es Gideon erzählt. Aber erst, nachdem jemand die Blumen deponiert hatte. «Habe ich nicht.»

«Und es war genauso wie bei den vorherigen Malen?»

«Definitiv. Die gleichen Blumen, die gleiche Art, sie abzulegen. Beim ersten Mal hat er sie mir ja auch unter den Scheibenwischer geklemmt.» Als ich noch ein Auto besaß. «Nur, dass es diesmal der Wagen meines Kollegen war.»

«Und Sie waren mit Ihrem Kollegen in dem Fahrzeug unterwegs?»

«Ja.» Ich halte es nicht für nötig, Sie darüber zu informieren, dass ich am Grab meiner Eltern war, als es passierte. Obwohl es nicht egal ist. Im Gegenteil, das macht es schlimmer; spätestens jetzt weiß die Person, die mich verfolgt, dass ich meine Familie verloren habe. Sie ist nicht nur in mein jetziges Leben eingedrungen, sondern auch in meine Vergangenheit.

«Seien Sie auf der Hut, Frau Lark. Und erstatten Sie bei den Kollegen Anzeige. Ich möchte Ihnen keine Angst machen, aber es besteht eine reale Gefahr.»

«Sie meinen, er könnte mich noch einmal überfallen?»

«Bisher hat er das bei keinem seiner Opfer getan», erwidert Eving zögernd. «Aber bei Ihnen musste er die Vergewaltigung abbrechen, das könnte sein Ego verletzt haben. Es ist durchaus möglich, dass er es deshalb noch einmal versucht. Zumal Sie besonders verwundbar sind und ein Überfall weniger riskant wäre als bei einer anderen Frau. Sie könnten ihn ja nicht einmal vor Gericht identifizieren.»

Ich stecke das Telefon weg und versuche das ungute Gefühl abzuschütteln, das Katrin Evings letzte Worte in mir zurückgelassen haben. Trotz meiner Vergangenheit habe ich mich nie als typisches Opfer gesehen, als eine Frau, die an einen gewalttätigen Partner gerät oder in die Fänge eines Verbrechers. Ich habe mich als Siegerin gesehen, als eine, die nicht liegen bleibt, wenn sie fällt, sondern aufsteht und weitergeht. Ich denke, diese Haltung war meine Art, mich von dem Schicksalsschlag meiner Kindheit nicht unterkriegen zu lassen. Selbst nach dem Überfall im vergangenen Jahr habe ich mich geweigert, mich als Opfer zu betrachten, immerhin habe ich mich erfolgreich gewehrt und bin dem Angreifer entkommen.

Das Einzige, was mich beinahe gebrochen hätte, war der Verlust meines Augenlichts. Nicht mehr sehen zu können war das Schlimmste, was mir passieren konnte. Mit der Hilflosigkeit, der Abhängigkeit von anderen, selbst bei den banalsten Verrichtungen des Alltags, habe ich mich noch immer nicht ganz abgefunden.

Aber als Opfer betrachte ich mich trotzdem nicht. Obwohl das natürlich nicht ganz aufrichtig ist. So taff, wie ich gern wäre, bin ich nämlich nicht. Mit seinen ständigen «Aufmerksamkeiten» hat der Stalker mir das Leben zur Hölle gemacht, mich so zermürbt, dass ich irgendwann Angst hatte, an den Briefkasten zu gehen.

Und durch die Erblindung bin ich noch viel mehr dazu prädestiniert, zum Opfer zu werden. Ich kann viele Dinge nicht allein tun, ich brauche Hilfe, bin auf andere Menschen angewiesen. Es wird Zeit, ehrlich zu mir selbst zu sein, mir einzugestehen, dass ich nicht unverwundbar bin. Und dass es gar nicht schlimm ist, Hilfe anzunehmen. Ganz im Gegenteil. Nur so kann ich den Mann, der mich verfolgt, loswerden, kann ich die Vergangenheit hinter mir lassen und neu anfangen.

Aber das bedeutet nicht, dass ich allen Menschen bedingungslos vertraue. Gideon hat ein Geheimnis vor mir, und ich muss herausfinden, um was es sich handelt. Möglicherweise ist es harmlos, hat mit ihm und dem Jungen zu tun, der ihm aus unerfindlichen Gründen so am Herzen liegt.

Mir bleibt nur eins: Ich muss wachsam bleiben und mehr über meinen Kollegen in Erfahrung bringen. Warum hat er ausgerechnet mich kontaktiert? Warum ist er so an dem Jungen interessiert, der die Bilder gemalt hat, und das offenbar schon vor dreißig Jahren? Was verspricht er sich davon, das Rätsel um die Bilder zu lösen?

Die Chancen stehen gut, dass ich herausfinde, was er zu verbergen versucht, denn sehende Menschen neigen dazu, Blinde zu unterschätzen. Das ist mein Vorteil, den muss ich nutzen.

Ich esse rasch ein Brot, dann mache ich mich an die Arbeit. Ich taste mich in den Flur. Hinter der geschlossenen Tür zum Wintergarten höre ich Stimmen murmeln. Gideons und die eines Kindes. Ich lasse mir die Uhrzeit sagen und schätze, dass Gideon noch mindestens zwanzig Minuten mit seinem kleinen Patienten beschäftigt sein wird.

Vorsichtig bewege ich mich an der Wand entlang, bis ich auf die Garderobe stoße. Verschiedene Jacken hängen hier, dicke, dünne, kleine und große. Eine ist so winzig, dass sie nicht einmal von Finn sein kann. Ich vermute, dass sie dem Kind in Gideons Wintergarten gehört. Mich durchzuckt der Gedanke, dass dieser hilflose kleine Mensch womöglich mit einem psychisch gestörten Serientäter allein in einem Raum ist. Dann fällt mir auf, wie absurd dieser

Verdacht ist, und ich rufe meine ausschweifende Phantasie zur Ordnung.

Trotzdem taste ich die Jacken einzeln ab, spüre Leder und Stoff unter meinen Fingern und schnuppere. Doch keine riecht auch nur annähernd wie die, die der Stalker trug, als er mich überfiel.

Ich zögere. Bestimmt hat Gideon weitere Jacken, die er selten trägt, in seinem Kleiderschrank. Aber dort kann ich jetzt nicht nachsehen. Keinesfalls möchte ich schon wieder beim Schnüffeln erwischt werden.

Ich erinnere mich, dass Gideon einen Schuppen neben dem Haus erwähnt hat, wo er die alten Akten seines Vorgängers untergestellt hat. Vielleicht werde ich dort fündig. Wenn er wirklich der Mann sein sollte, der mich überfallen hat, würde er die Kleidung, die er dabei trug, bestimmt nicht im Haus aufbewahren. Falls Gideon mich erwischt, wird mir schon eine Erklärung einfallen.

Ich trete nach draußen, wende mich nach links und bewege mich an der Fassade entlang. Mein Weg endet an der Garage, deren Tor fest verschlossen ist.

Ich versuche es in die andere Richtung, und tatsächlich schließt sich hier ein Anbau aus Holz an, das sich alt und verwittert unter meinen Fingern anfühlt. Ich finde die Tür, sie ist nicht zugesperrt.

Muffig-feuchter Geruch schlägt mir entgegen, als ich eintrete. Ich taste einmal im Kreis herum, bis ich eine ungefähre Vorstellung davon habe, wie groß der Schuppen ist und was sich alles darin befindet. An der rechten Wand, die direkt ans Haus grenzt, stehen Regale mit Haushaltskram, Einmachgläser, eine verstaubte Küchenmaschine und ähnliche Dinge. Es folgt eine Sammlung alter Spielgeräte, denen Finn entwachsen ist: ein Dreirad, ein Holzroller, Sandförmchen und eine Kiste Duplosteine. Dann an der Rückwand einige verschlossene Kartons. Das müssen die alten Akten sein. An der linken Wand lehnen zwei Fahrräder.

Ich nehme mir die Kartons vor. Gleich im ersten stoße ich auf etwas, das mein Herz schneller schlagen lässt. Nicht auf die Jacke, die ich suche, aber auch nicht auf Akten. Meine Finger ertasten einen Stapel Briefe, Postkarten sowie einige alte Wandkalender. Ich schiebe meine Hand tiefer hinein und halte ein ledergebundenes Büchlein in der Hand. Ein Terminkalender? Ein Adressbuch?

Ich ziehe es hervor, fahre behutsam über den Einband. Keine eingeprägte Jahreszahl. Dafür spüre ich auf einigen Seiten die Eindrücke von mit Kugelschreiber niedergeschriebenen Notizen.

Als ich das Buch in meine Hosentasche schiebe, zerreißt ein lautes Schrillen die Stille des Schuppens. Zu Tode erschrocken schreie ich auf.

Es dauert zwei volle Sekunden, bis ich begreife, dass es der Klingelton meines Handys ist, der mich derart erschreckt hat. In Kombination mit meinem schlechten Gewissen.

Ich verlasse den Schuppen und ziehe die Tür hinter mir zu, bevor ich den Anruf annehme.

«Jenny? Hier ist Marc.»

«Oh. Hallo.» Ich versuche krampfhaft, nicht an Philipp

Amery zu denken, doch sein Bild drängt sich ungefragt in mein Bewusstsein.

«Ich wollte nachhören, wie es dir geht.»

«Alles bestens.»

«Konntest du etwas mit den Reisedaten deines Kollegen anfangen?»

«Hattest du sie mir geschickt? Komisch, ich habe keine Mail von dir bekommen.»

«Dann ist sie nicht angekommen, zu blöd. Ich schicke sie gleich noch einmal los.»

«Danke.» Ich habe noch immer Philipps Gesicht vor Augen, dazu prickelt die Erinnerung an den Kuss auf meiner Wange. «Bestimmt gibt es eine harmlose Erklärung», ergänze ich, um das verlegene Schweigen zu brechen.

«Wie du meinst», sagt er.

Ein Gedanke schießt mir durch den Kopf. Weiß Marc von dem Stalker? Von dem Überfall im Park? Wenn er so gut darin ist, Informationen über Menschen aus dem Netz zu ziehen, wäre das bestimmt kein Problem für ihn. Mein Name wurde zwar nie in den Zeitungsartikeln genannt, ebenso wenig wie die Namen der anderen Opfer. Aber in mindestens einem stand mein Beruf. Zudem weiß Marc, dass mir im vergangenen Jahr etwas zugestoßen ist, das zu meiner Erblindung geführt hat. Da wäre es einfach, eins und eins zusammenzuzählen.

Ich lehne mich gegen die hölzerne Schuppenwand. «Du weißt Bescheid.»

Er antwortet nicht.

«Du hast im Internet über mich recherchiert.» Ich weiß

nicht, ob ich wütend oder dankbar sein soll. Schließlich ist offensichtlich, dass er sich Sorgen macht.

«Es tut mir sehr leid, Jenny. Aber deine Bitte, über deinen Kollegen Nachforschungen anzustellen, und dann deine Andeutungen über einen Unfall … Ja, ich weiß, was dir passiert ist.»

Ich öffne den Mund, aber ich habe keine Ahnung, was ich sagen soll. Ich bin nicht sauer, ich fühle mich nur so entblößt und schutzlos. Als würde mein Leben nicht mir gehören, sondern jedem, der im Internet die Informationen richtig zusammensetzt.

«Muss schlimm für dich sein», sagt er leise. «Vor allem, weil du keine Ahnung hast, wer es getan hat. Du konntest den Täter ja nicht identifizieren, weil du … ich meine …»

«Das hätte ich auch nicht gekonnt, wenn ich noch sehen könnte», unterbreche ich sein Stammeln. «Er trug eine Maske.»

«Also würdest du ihn nicht wiedererkennen?»

Ich zögere. «Er trug eine Lederjacke. Ihr Geruch hat sich in mein Gedächtnis eingebrannt.»

«Verstehe.»

«Die Polizei scheint eine Spur zu haben.»

«Das ist doch eine gute Nachricht. Haben sie dir gesagt, wen sie verdächtigen?»

«Das nicht, aber …»

«Aber was?»

«Wenn sie mit ihrem Verdacht richtigliegen, würde das bedeuten, dass sich der Täter im Augenblick in Berlin aufhält.»

«Und du glaubst das nicht?»

«Er hat mir am Dienstag einen Strauß Blumen hingelegt, hier auf Rügen. Nicht irgendwelche Blumen, sondern Maiglöckchen, die gleichen wie vor einem Jahr.»

«Lieber Himmel! Hast du das der Polizei gesagt?»

«Ja.»

«Und?»

«Ich soll hier vor Ort Anzeige erstatten.»

«Könnte es ein Nachahmer sein?»

«Niemand weiß, dass der Stalker mir in Berlin Maiglöckchen vor die Tür gelegt hat, bevor er mich überfiel. Nur die Polizei und meine beste Freundin.»

«Und der Täter selbst.»

«Ja.»

«Dann trifft es sich ja gut, dass ich meine Pläne geändert habe.»

«Ich verstehe nicht.»

«Ich kehre schon morgen wieder nach Rügen zurück.»

Mein Herzschlag beschleunigt sich.

«Ich hoffe, du empfindest das nicht als aufdringlich.»

«Ganz im Gegenteil. Ich freue mich.»

«Ich auch. Ich melde mich, wenn ich angekommen bin, okay?»

«Sehr gern.»

«Pass gut auf dich auf, Jenny. Bis morgen.»

Ich lege auf, stecke das Telefon weg.

Neben mir knirschen Schritte. «Hier steckst du!»

Mein Kopf schießt herum, ein Reflex aus Zeiten, als ich noch sehen konnte. «Gideon! Du hast mich erschreckt.»

«Du mich auch. Ich habe dich überall gesucht. Was machst du hier?»

«Ich … ich wollte …» Ich schlucke hart. «Marc hat angerufen. Ich wollte dich nicht stören, deshalb bin ich zum Telefonieren nach draußen gegangen.»

«Ich dachte, er wäre zurück in Berlin.»

«Er kommt morgen wieder.»

«Scheint einen Narren an dir gefressen zu haben.» Seine Stimme klingt neutral, doch es schwingt etwas mit, das ich nicht deuten kann. «Sollen wir wieder ins Haus gehen?»

«Gern.» Ich setze mich in Bewegung, und in dem Moment rieche ich es. Entsetzt halte ich inne.

«Jenny? Was ist los?»

Ich antworte nicht, konzentriere mich auf den Geruch, der aus der Ecke neben dem Schuppen zu kommen scheint. Vorsichtig gehe ich darauf zu.

«Was hast du denn, Jenny?» Gideon klingt nun ernsthaft besorgt.

Ich ignoriere ihn, mache einen weiteren Schritt und stoße mit den Füßen gegen einen Gegenstand. Rasch bücke ich mich, ertaste eine große Plastikbox mit Deckel und daneben auf dem Boden ein einzelnes Maiglöckchen.

Sekundenlang kämpfe ich gegen den Schwindel. Dann erhebe ich mich, halte die Blume mit zitternden Fingern in Gideons Richtung. «Was, zum Teufel, hat das zu bedeuten?»

Ich sitze auf heißen Kohlen, während Gideon die Liste der Menschen abtelefoniert, die mit Vornamen Gerrit oder Gerit heißen. Wir haben uns eine Geschichte ausgedacht, die halbwegs der Wahrheit entspricht, nämlich dass Gideon in den Unterlagen seines Vorgängers auf den Namen gestoßen ist und etwas Dringendes mit diesem Patienten klären muss. Bisher gab es keinen Treffer. Einige der Angerufenen haben zwar schon mal von dem Arzt Rolf Fahrenbach gehört, doch niemand kannte ihn persönlich.

Gideon hat sein Telefon laut gestellt, sodass ich mithören kann. Aber ich kann mich kaum auf die Telefonate konzentrieren. Ich will endlich zurück in meine Laube und nachsehen, ob Marcs E-Mail diesmal angekommen ist, damit ich die Reisedaten abgleichen kann. Die Erklärung, die Gideon mir für das Maiglöckchen neben dem Schuppen geliefert hat, klang zwar im ersten Augenblick einleuchtend, im Nachhinein fielen mir jedoch die Ungereimtheiten auf.

Angeblich ist die Box neben dem Schuppen für Gartenabfälle vorgesehen. Und Gideon hat den Strauß des Stalkers dort entsorgt. Dabei muss eine Blume danebengefallen sein. So weit, so gut.

Doch warum hat er den Strauß überhaupt mitgenommen und nicht direkt am Friedhof weggeworfen? Und warum war die Blume nach zwei Tagen ohne Wasser noch so frisch, dass ich ihren Duft wahrnehmen konnte?

Gideon war vorhin sehr irritiert von meiner heftigen Reaktion auf das Maiglöckchen. Entweder hat er tatsächlich nichts mit den Vorfällen in Berlin zu tun, oder er ahnt inzwischen, dass ich ihn im Verdacht habe. Deshalb muss ich mir schnell Gewissheit verschaffen, aber ohne sein Misstrauen weiter zu schüren.

«Wieder nichts.» Gideon seufzt. «Dabei hatte ich mir von diesem Typ viel versprochen. Er ist ebenfalls Arzt, er hätte ein Kollege sein können, den Fahrenbach zu Rate ziehen wollte.»

«Sollen wir eine Pause machen?», schlage ich hoffnungsvoll vor.

«Gute Idee. Ich koche Kaffee. Oder möchtest du lieber Tee?»

So hatte ich mir das nicht vorgestellt. «Ich möchte mich für einen Moment in die Laube zurückziehen.»

«Dann Kaffee in einer halben Stunde?»

«Einverstanden.»

Ich nehme meinen Stock und mache mich auf den Weg in mein Refugium. Ein Dutzend Mails sind eingetroffen, seit ich zum letzten Mal nachgesehen habe. Die meisten kann ich sofort löschen. Eine ist von einer Kollegin, mit der ich mich manchmal treffe. Ich schreibe ihr kurz, dass ich verreist bin und mich nach meiner Rückkehr melde.

Als Letztes öffne ich die Mail von Marc mit dem Betreff «Jetzt aber» und lasse mir den Text vorlesen.

Liebe Jenny, ich drücke die Daumen, dass alles bloß ein harmloser Zufall ist. Kann es kaum erwarten, dich wiederzusehen, Marc.

Ich höre mir den letzten Satz drei Mal an, dann lasse ich mir die Reisedaten vorlesen und gleiche sie mit denen des Stalkers ab. Gideon war offenbar jedes Mal an einem Wochenende in der Stadt. Zweimal war er gerade in Berlin, als der Unbekannte mir Blumen hinlegte, jeweils an einem Sonntag im Juni. Beim zweiten Mal bekam ich allerdings keine frischen Blumen, sondern eine Postkarte mit Maiglöckchenmotiv und dem in Druckbuchstaben geschriebenen Satz «Ich denke an dich». Die Karte war unfrankiert, also hatte der Stalker sie persönlich in meinen Briefkasten geworfen.

Zwei Blumensträuße wurden mir an Wochentagen vor die Tür gelegt, da war Gideon jedes Mal am Wochenende zuvor in der Stadt gewesen. Theoretisch hätte er jemanden damit beauftragen können, die Blumen vor meiner Wohnung zu deponieren. Aber das tun Stalker normalerweise nicht. Der Reiz liegt ja gerade darin, sich selbst dem Opfer zu nähern, das Präsent hinzulegen und dann, wenn irgend möglich, in der Nähe zu sein, wenn es gefunden wird.

Beim letzten Vorfall im Juli war Gideon nicht in der Stadt, allerdings bekam ich da erneut eine Postkarte, diesmal mit einem gepressten Maiglöckchen.

Leider weiß ich nicht mehr, wann genau der Stalker die ersten beiden Male etwas für mich hinterlegte, nur dass es im Mai war. Also kann ich nicht sagen, ob Gideon zur gleichen Zeit in der Stadt gewesen ist.

Immerhin steht keine Berlinreise im August des vergangenen Jahres auf der Liste. Allerdings bedeutet das nicht, dass Gideon nicht doch dort gewesen sein könnte, als ich überfallen wurde. Wenn er mit dem Auto angereist und am selben Tag wieder abgereist ist, wäre das schwer herauszufinden. Es sei denn, Marc wäre in der Lage, an Gideons Kreditkartenabrechnung heranzukommen, und würde dort eine verdächtige Tankquittung oder Restaurantrechnung finden.

Als ich den Rechner runterfahre, spüre ich das Buch in meiner Hosentasche. Rasch ziehe ich es hervor und mache mit dem Handy Fotos von den ersten Seiten, die ich Siri schicke. So werde ich zumindest sehr bald erfahren, ob es ein Tagebuch, ein Kalender oder ein Notizbuch ist. Und ob es Fahrenbach oder Gideon gehört.

Als wir zehn Minuten später am Küchentisch vor unserem Kaffee sitzen, habe ich plötzlich ein schlechtes Gewissen. Gideon kümmert sich rührend um mich, fährt mit mir zum Grab meiner Familie, bewirtet mich wie eine Prinzessin, und ich danke es ihm, indem ich ihm hinterherspioniere.

Wir plaudern eine Weile über belanglose Dinge. Gerade als Gideon Kaffee nachschenkt, klingelt es an der Tür. Er entschuldigt sich und verschwindet im Flur. Ich höre ihn mit jemandem sprechen, kurz darauf kehrt er in die Küche zurück und bringt eine Wolke fruchtig-süßen Duft mit.

«Hm, was ist das?»

«Ein ganzer Korb voller Äpfel von unserem Nachbarn am Ende der Straße. Da werden wir nie Herr drüber, es sei denn, es gibt eine Woche lang Apfelpfannkuchen.»

«Ich könnte einen Kuchen backen», sage ich.

«Du könntest *was*?»

«Einen Kuchen backen. Ich backe den besten Apfelkuchen, den du je gegessen hast.»

«Aber kannst du denn …» Ich höre fast, wie er sich auf die Lippe beißt.

«Ja, das kriege ich hin, ohne etwas zu sehen. Nur beim Herd brauche ich deine Hilfe, weil ich ihn nicht kenne. Hast du Mehl im Haus? Und Zucker?»

«Ich denke schon.»

«Worauf warten wir dann?»

Natürlich besteht er darauf, mir zu helfen, und ich lasse ihn Äpfel schälen, während ich den Teig zubereite. Ich brauche etwas Unterstützung beim Ablesen der Waage, aber ansonsten komme ich gut klar, und mehr als einmal habe ich das Gefühl, dass Gideon mich verstohlen beobachtet.

«Du hast wohl noch nie eine Blinde Kuchen backen sehen», sage ich und lecke Teig von meinem Finger.

«Ehrlich gesagt nicht.»

«Kein Grund, mich anzustarren.»

«Ich ... ähm ... woher ...?»

Ich verschränke die Arme. «Es stimmt also.»

«Sorry.»

«Schon okay. Sind die Äpfel fertig?»

Nachdem ich die Form in den Ofen geschoben und den Timer auf meinem Handy eingestellt habe, drehe ich mich zu Gideon um.

«Darf ich dich etwas fragen?»

«Klar.» Er steht dichter vor mir, als ich dachte. «Darf ich dir vorher das Mehl aus dem Gesicht wischen?»

«Ich bitte darum.»

Er fährt mir vorsichtig mit einem Stück Stoff über die Wange. Es fühlt sich angenehm an, vertraut, intim. «So, das war's schon. Schieß los!»

Ich möchte den Moment nicht verderben, aber ich muss es wissen. Also hole ich tief Luft und packe den Stier bei den Hörnern. «Warum hast du so komisch reagiert, als ich dich gefragt habe, ob du kürzlich in Berlin warst?»

Ich höre, wie er einen Schritt zurücktritt. «Weil es mir unangenehm ist, darüber zu reden.»

Meine Finger werden feucht. «Warum denn?»

«Ich … ich habe etwas gemacht, das ich im Nachhinein idiotisch finde.»

«Möchtest du es mir erzählen?»

«Lieber nicht.»

«Wie du meinst.» Ich wende mich ab, hantiere mit den Backzutaten herum. Ich tue so, als würde ich aufräumen, aber im Grunde schiebe ich nur sinnlos Gegenstände hin und her.

«Stopp.» Gideon greift nach meinen Händen und dreht mich zu sich um. «Wenn es dir so wichtig ist, erzähle ich es dir. Aber vorher musst *du* mir eine Frage beantworten.»

«Okay. Schieß los.»

«Wieso hast du mich überhaupt nach Berlin gefragt? Wie bist du darauf gekommen? Und bitte keine Ausflüchte.»

Mist! Meine Gedanken rasen. «Ich … also Marc hat es erwähnt. Er hat dich in Berlin gesehen. Vor zwei Wochen ungefähr, also zu dem Zeitpunkt, als du mir wegen der zusätzlichen Bilder gemailt hast, die du gefunden hattest. Da habe ich mich gewundert, denn wir hätten uns ja auch dort treffen können.»

«Verstehe.» Erstaunlicherweise klingt er erleichtert. «Komm, setzen wir uns.» Er gießt frischen Kaffee ein, schiebt mir die Tasse hin, dann räuspert er sich. «Ich war sehr einsam nach dem Tod meiner Frau. Anfangs war da nur die Trauer, wie ein riesiges schwarzes Loch, und wenn Finn nicht gewesen wäre, ich weiß nicht, was … Irgendwann wurde das Gefühl der Leere so unerträglich, dass ich im Internet Trost gesucht habe. Ich habe mich auf verschiedenen Datingplattformen angemeldet. Erst war es nur als Abwechslung gedacht. Ein bisschen chatten, ein bisschen flirten, nichts Ernstes. Bis ich Carolin kennenlernte. Sie war so einfühlsam, so ernsthaft, ich dachte, aus uns könnte was werden. Allerdings lebte sie in Berlin. Also habe ich sie besucht. Im vergangenen Jahr an einem Wochenende im Mai. Wir haben ein paar wunderbare Stunden miteinander verbracht, und zum ersten Mal seit Monaten fühlte ich mich nicht nur als der alleinerziehende Vater und trauernde Witwer.»

Gideon verstummt, ich bin nicht sicher, ob er einen Kommentar von mir erwartet. In diesem Moment kommt mir mein Verdacht so lächerlich, so absurd vor, dass ich vor Scham im Boden versinken möchte.

«Ich habe Carolin einige Wochen später wieder besucht. Insgesamt war ich vier oder fünf Mal bei ihr. Wir haben uns gut verstanden, aber der Funke ist, zumindest bei mir, nicht übergesprungen. Für mich war sie eine Freundin, die mir in einer schweren Zeit geholfen hat, wieder Fuß zu fassen. Mehr nicht. Außerdem hatte sie ihren Job in Berlin, und ich will Rügen keinesfalls verlassen. Zumindest nicht, solange Finn mich braucht. Rügen ist seine Heimat.»

«Also hast du den Kontakt abgebrochen?»

Er holt tief Luft. «Ich hätte sie gern als Freundin behalten, aber sie wollte mehr. Es hat sie sehr verletzt, dass ich nicht dasselbe für sie empfunden habe wie sie für mich.»

«Das war bestimmt nicht leicht. Für euch beide.»

«Nein. Aber inzwischen ist es okay. Ich war im Frühjahr auf einer Tagung in Berlin, da habe ich Carolin eine Mail geschickt, und wir haben uns auf einen Kaffee getroffen. Sie hat inzwischen einen Freund, ist sogar verlobt – und sehr glücklich.»

«Wie schön!» Jetzt weiß ich immerhin, warum Gideon im April in Berlin war. Und das mit der Tagung müsste sich überprüfen lassen.

«Und jetzt fragst du dich sicherlich, was ich vor zwei Wochen gemacht habe.»

Ich senke verlegen den Kopf. Am liebsten würde ich ihm sagen, dass ich es nicht wissen will, dass ich ihm vertraue, dass es gedankenlos und unsensibel von mir war, ihn zu diesem Geständnis zu nötigen. Wir kennen uns nur flüchtig, ich habe kein Recht darauf, solche Dinge über ihn zu wissen. Aber etwas in mir zweifelt noch immer und will auch diese letzte Frage beantwortet haben. Also schweige ich.

«Ich habe einen alten Schulfreund besucht, er hat zu seinem Vierzigsten eine riesige Party geschmissen.» Ich bilde mir ein, dass seine Stimme ein wenig gereizt klingt. Aber vielleicht ist das auch nur mein schlechtes Gewissen, das Zwischentöne hört, die gar nicht da sind. «Die Bilder habe ich erst nach meiner Rückkehr gefunden, sonst hätte ich dich in Berlin um ein Treffen gebeten.» Er räuspert sich. «Aber ich bin froh, dass es so gekommen ist.»

«Das bin ich auch.» Es ist die Wahrheit.

In dem Augenblick signalisiert mein Handy, dass der Kuchen fertig ist. Gideon besteht darauf, ihn aus dem Ofen zu holen, und stellt ihn zum Abkühlen auf einen Rost.

«Und jetzt?», frage ich.

«Sollen wir den Rest der Liste durchgehen?»

Als Finn wenig später aus der Schule kommt, ist der Apfelkuchen noch warm. Ich höre ihn in die Küche stürzen, etwas Schweres fällt zu Boden, bestimmt die Schultasche.

«Was ist das? Was riecht hier?»

«Jenny hat Apfelkuchen gebacken», sagt Gideon.

«Boah, so was kann die?»

«Finn!», sagt Gideon mahnend. «Bitte –»

Aber ich unterbreche ihn mit einem Lachen. «Die kann noch ganz andere Sachen, also sieh dich vor, Finn.»

«Darf ich ein Stück?»

Fünf Minuten später sitzen wir gemeinsam am Tisch. Gideon hat Kakao gemacht und Sahne geschlagen. Ich habe zu Finns maßlosem Erstaunen den Kuchen in zwölf gleich große Stücke geschnitten, ohne mich selbst zu verletzen, während er den Tisch gedeckt hat. Finn schafft es, Kuchen in sich hineinzuschaufeln und gleichzeitig ohne Punkt und Komma zu erzählen.

Fast wie eine richtige Familie, denke ich und muss zu meinem eigenen Erstaunen lächeln.

«Ich habe den Mann wiedergesehen», sagt Finn plötzlich.

«Hat er dich angesprochen?», fragt Gideon.

«Was für ein Mann?», will ich wissen, während vor meinem inneren Auge das Bild des Nachtgigers auftaucht.

«So ein komischer, der immer vor unserem Haus rumsteht.»

In meinem Nacken kribbelt es. «Was soll das heißen, er steht vor eurem Haus? Warum tut er das?»

«Er ist harmlos», erklärt Gideon energisch. «Ein armer, verwirrter Kerl, der niemandem etwas zuleide tut.»

«Wie kannst du da so sicher sein?»

«Ich kenne ihn. Er ist ungefährlich.» Das Flattern in seiner Stimme straft ihn Lügen.

Also lasse ich nicht locker. «Was ist denn mit ihm los?»

«Er war Soldat, hat irgendeinen Knacks weg.»

«Was ist ein Knacks?», fragt Finn.

«Er war Soldat?», frage ich.

«Grenzsicherung», erklärt Gideon. «Früher war der Strand nachts Sperrgebiet, Soldaten sind in den Dünen patrouilliert, und Suchscheinwerfer waren auf das Meer gerichtet. Du erinnerst dich bestimmt.»

«Ich war ein Kind, als ich zum letzten Mal hier war», erwidere ich mit rauer Stimme. «An diese Details erinnere ich mich nicht.»

«Natürlich. Entschuldige.»

«Papa, was ist ein Knacks?»

«Es bedeutet, dass er krank ist.»

«Wenn dieser Mann Soldat war», insistiere ich, «und unter einer posttraumatischen Belastungsstörung leidet, wie kannst du dann so sicher sein, dass er harmlos ist?»

Gideon legt mir die Hand auf den Arm. «Lass uns später darüber reden.»

In dem Moment wird mir klar, dass er das Thema wegen Finn nicht weiter erörtern will, und ich ärgere mich, dass ich so unsensibel war, nicht sofort daran zu denken.

Wir plaudern eine Weile über andere Dinge. Doch als Gideon im Arbeitszimmer einen Anruf entgegennimmt, ist es Finn, der erneut von dem Soldaten anfängt. Erst will ich mich nicht darauf einlassen, doch dann kann ich der Versuchung nicht widerstehen und lasse mir von ihm erzählen, wie der Mann aussieht: Er hat kurze graue Haare und stechend graue Augen, ist mager und trägt zerschlissene Kleidung.

Finn verrät mir zudem, dass er erst vor ein paar Tagen zum ersten Mal vor dem Haus aufgetaucht ist. Finn ist sich nicht sicher, an welchem Tag, aber wohl offenbar erst nach meiner Ankunft.

Vermutlich hat Gideon recht und der Kerl ist wirklich harmlos. Mein Stalker ist er bestimmt nicht. Trotzdem bleibt die Frage, warum er ausgerechnet vor diesem Haus herumlungert. Mir kommt der Gedanke, dass er vielleicht zu irgendeinem Zeitpunkt mal ein Patient von Dr. Fahrenbach war und Hilfe braucht.

Später spielt Finn ein Autorennspiel auf der PlayStation mit mir und lacht sich kaputt darüber, wie viele Unfälle ich baue. Gideon ist das zunächst unangenehm, doch als er merkt, dass ich ebenfalls Spaß habe, entspannt er sich.

Irgendwann, während Gideon in der Küche ist, sagt Finn: «Manchmal vergesse ich, wie meine Mama aussieht.»

Er hat das Spiel nicht unterbrochen, im Hintergrund heulen weiter die Motoren der Rennwagen.

«Das muss schlimm für dich sein. Aber sicherlich hast du Fotos von ihr.»

«Hast du deine Mama auch vergessen?»

Ich schlucke hart. «Sie ist schon sehr lange tot. Sie starb, als ich etwa so alt war wie du.»

«Aber du kannst kein Foto von ihr angucken.»

Ich lecke mir über die Lippen. «Das stimmt. Und manchmal bin ich sehr traurig darüber.»

«Weinst du dann?»

«Ich versuche, mich an andere Dinge zu erinnern. Ich weiß noch, wie ihr Lieblingsparfüm roch. Wenn ich das rieche, ist sie ganz nah bei mir.»

Er kuschelt sich an mich. «Ich weiß nicht mehr, wie meine Mama roch. Aber ich weiß, wie sie gelacht hat, ganz komisch, so he-he-he. Ey, pass auf, da kommt eine Kurve!»

Wir spielen weiter, und ich fahre ein weiteres halbes Dutzend Autos zu Schrott. Finn kommt nicht wieder auf das Thema zurück, aber mich lassen seine Fragen lange nicht los.

Nach dem Abendessen begleitet Gideon mich zur Laube. An der Tür bleiben wir stehen.

«Danke für diesen wundervollen Abend», sagt er. «Ich habe Finn lange nicht mehr so lachen hören.»

«War mir ein Vergnügen.»

«Und dein Apfelkuchen ist sensationell.» Er küsst mich auf die Wange. «Schlaf gut.»

Nachdem ich die Tür hinter mir zugezogen habe, lausche ich seinen Schritten, die sich langsam entfernen. Er ist ein netter Kerl, und ich mag ihn. Aber er bringt mein Herz nicht zum Flirren, wie Marc es tut.

Als ich mein Handy wieder laut stelle, sagt mir die Computerstimme, dass ich fünf Anrufe verpasst habe. Alle von Siri. Rasch rufe ich sie zurück.

«Jenny, endlich! Ich hab mir schon wer weiß was ausgemalt.»

«Sorry, ich habe mit Finn gespielt.»

«Mit dem Jungen, der dich beinahe umgebracht hätte?»

«Nun übertreib mal nicht. Er hat seine Mutter verloren und ist nun allen Frauen gegenüber misstrauisch, die mit seinem Vater befreundet sind. Aber ich habe ihn mit meinem Apfelkuchen bestochen.»

«Ich ahne Schreckliches.» Siri lacht, wird aber sofort wieder ernst. «Ich muss mit dir reden.»

«Wegen der Fotos? Dem Buch?» Ich setze mich aufs Bett, ziehe mit einer Hand die Schuhe aus.

«Es ist ein Adressbuch. Ziemlich alt schon, einige Einträge haben noch alte DDR-Postleitzahlen.»

Dann gehörte es wohl eher Fahrenbach. Vielleicht steht der geheimnisvolle Gerrit ja darin.

«Aber aus dem Grund rufe ich nicht an.»

Siris Stimme beunruhigt mich, sie klingt so ernst. «Ist etwas passiert? Mit unseren Eltern?»

«Mit denen ist alles in Ordnung, soweit ich weiß. Nein, es geht um deinen Kollegen, diesen Gideon Mahler.»

«Was ist mit ihm?» Ich verschränke die Beine im Schneidersitz und lehne mich mit dem Rücken gegen die Wand.

Ich bin fest entschlossen, mich nicht mehr verrückt machen zu lassen, was Gideon angeht. Der Stalker ist in Berlin, Gideon hat nichts mit den Angriffen zu tun. Er ist ein sehr netter Kollege, der durch den Tod seiner Frau ein wenig aus dem Tritt gekommen ist. Basta.

«Ich kenne ihn.»

«Wie bitte?»

«Ich war neugierig. Nachdem ich deinen Traumprinzen für dich gegoogelt habe, wollte ich auch wissen, wie der andere Mann in deinem Leben aussieht.»

«Er ist nicht ‹der andere Mann in meinem Leben›.»

«Sicher? Jedenfalls kam mir sein Gesicht sofort bekannt vor, als ich mir das Foto auf seiner Website angeschaut habe. Allerdings hat es eine Weile gedauert, bis ich mich erinnert habe, woher ich ihn kenne.»

«Mach's nicht so spannend!»

«Im vergangenen Sommer habe ich in einer Kneipe einen Typen kennengelernt. Er hat mich angesprochen, mir einen Wein spendiert. Er war sehr nett, wir haben eine Weile geplaudert, bis uns irgendwann auffiel, dass wir einander nicht einmal vorgestellt hatten. Er sagte, sein Name sei Gideon. Ich erinnere mich genau, weil ich in meinem ganzen Leben noch nie einen Gideon getroffen hatte. Ich sagte ihm meinen Namen, und daraufhin starrte er mich an, als hätte ich ihm offenbart, dass ich jemanden umgebracht habe. Kurz darauf verabschiedete er sich unter einem fadenscheinigen Vorwand. Ich habe der Sache nicht weiter Bedeutung beigemessen. Bis heute.»

«Ich kann dir nicht ganz folgen, Siri.»

«Er wollte dich, Jenny, er hat uns verwechselt. Wir sehen uns ähnlich, und wer uns nicht genau kennt, kann mich für dich halten.»

«Und wie soll das passiert sein?»

«Ich war vorher bei dir, es war der Nachmittag, an dem wir unsere Reise in die Provence geplant haben.»

Die Reise, die wir nie angetreten sind, weil ich zum geplanten Termin schon fast nichts mehr sehen konnte. «Du meinst, er ist dir gefolgt, weil er dachte, ich wäre es?»

«Genau.»

«Aber warum hätte er …?»

«Er ist der Stalker, Jenny, begreifst du nicht? Aus diesem Grund hat er dich nach Rügen gelockt. So hat er dich ganz in seiner Gewalt. Er weiß ja, dass du ihn keinesfalls wiedererkennen kannst.»

«Aber keins der anderen Opfer wurde vorher von ihm in einer Kneipe angesprochen!»

«Vielleicht wissen sie es nur nicht! Vielleicht ist es Teil seines perversen Spiels. Er plaudert mit ihnen, gibt ihnen einen Drink aus und stellt sich dabei vor, wie er sie später überfällt.»

Ich kann mir beim besten Willen nicht vorstellen, dass Gideon so etwas tun würde. Aber ich bin verunsichert. Warum hätte er mir vor meiner Haustür auflauern und mir in eine Kneipe folgen sollen? «Bist du dir ganz sicher, dass es kein anderer Gideon gewesen sein könnte?»

«Absolut. Ich erinnere mich sogar, dass er erwähnt hat, an der Ostsee zu wohnen.»

«Ich kann das nicht glauben.» Unwillkürlich reibe ich mir über die Wange, dort, wo Gideon mich eben geküsst hat. Soll das wirklich derselbe Mann gewesen sein, der mich belästigt, gequält und in Todesangst versetzt hat? Der im Park brutal über mich hergefallen ist?

«Weißt du noch, wann er zum ersten Mal Kontakt zu dir aufgenommen hat?», fragt Siri.

Ich rechne kurz. «Das muss wenige Tage nach deiner Kneipenbegegnung gewesen sein.»

«Also hat er es nach dem gescheiterten Zufallstreffen auf diesem Weg versucht.»

«Während er mir gleichzeitig Blumen und Postkarten geschickt hat?»

«Müssen Stalker unbedingt logisch vorgehen?»

Ich seufze.

«Du solltest nach Berlin zurückkommen.»

«Unsinn. Ich bin sicher, du täuschst dich.»

«Es ist derselbe Mann, Jenny, hundert Prozent.»

«Dann gibt es irgendeine andere Erklärung für sein Verhalten.»

Siri schnaubt. «Die würde ich gern hören.»

«Dann frag ihn doch», gebe ich patzig zurück.

«Ich glaube, das mache ich. Und zwar heute noch.»

Mir fällt fast das Telefon aus der Hand. Siri ist der vernünftigste Mensch, den ich kenne. Aber hin und wieder setzt sie sich etwas vollkommen Verrücktes in den Kopf und zieht es durch, egal wie viele Schwierigkeiten sich ihr in den Weg stellen. Vor vielen Jahren wollte sie unbedingt einen Schriftsteller, den sie im Internet kennengelernt hatte, in seinem Blockhaus in den kanadischen Rocky Mountains besuchen. Sie war verrückt nach diesem Typ, plante bereits, ihre Wohnung und ihren Job aufzugeben, um zu ihm zu ziehen. Obwohl sie damals kaum Geld hatte, hat sie es durchgezogen, ist zu ihm gereist, mit dem Flugzeug, dem Bus und zuletzt als Anhalterin auf dem Bock von Holzfällertrucks. Nur um dann festzustellen, dass der Kerl gar keine Blockhütte besaß und auch kein Schriftsteller war, sondern in einem schäbigen Trailer hauste und von Gelegenheitsjobs lebte.

«Was hast du vor?», frage ich.

«Ich komme vorbei und knöpfe ihn mir vor.»

«Siri, bitte überstürz jetzt nichts.»

«Ich arrangiere eine Vertretung für morgen früh und fahre auf der Stelle los. Mal sehen, was der Kerl sagt, wenn ich plötzlich vor seiner Haustür stehe.»

Auch wenn ich mich über Siris Einsatz freue, kommt mir diese nächtliche Rettungsaktion doch reichlich übertrieben vor. «Willst du nicht noch einmal darüber schlafen? Du könntest morgen nach der Schule herkommen. Dann könnten wir das Wochenende zusammen verbringen.»

«Das könnte ich nicht, Jenny, ich würde die ganze Nacht kein Auge zukriegen.»

Plötzlich spüre ich etwas Schweres auf meinen Magen drücken. «Dir ist es wirklich ernst.»

«Allerdings, Jenny. Du bist dort oben in Gefahr, ich spüre es mit jeder Faser meines Körpers.»

«Also gut. Dann warte ich auf dich. Fahr vorsichtig.»

«Leg dich ruhig hin und schlaf ein wenig, es dauert ja ein paar Stunden, bis ich da bin. Und vorher muss ich noch rumtelefonieren und packen. Verbarrikadiere die Tür und lass niemanden rein. Versprochen?»

Ich presse die Hand auf den Felsbrocken in meinem Bauch. «Versprochen.»

Nach Siris Anruf sitze ich geschlagene zehn Minuten wie betäubt da. Ich kann nicht glauben, dass Gideon der Stalker ist, nicht nach diesem Tag, nach seinem Geständnis über den Grund seiner Berlinreisen, dem gemeinsamen Kuchenbacken und dem Herumalbern mit Finn.

Andererseits ist er vielleicht einfach nur ein guter Schauspieler, der es genießt, mit mir zu spielen. Ich weiß ja nicht einmal, ob er nicht die ganze Zeit amüsiert gegrinst hat, während er mir die Geschichte von seiner Einsamkeit nach dem Tod seiner Frau aufgetischt hat. Oder ob er das Gespräch sogar heimlich gefilmt hat und sich jetzt wieder und wieder an meinem betroffenen Gesichtsausdruck und meinem schlechten Gewissen ergötzt.

Ich balle die Fäuste. Ich möchte Geschirr zertrümmern, etwas kaputt treten, so sehr hasse ich meine Hilflosigkeit. Um überhaupt etwas zu tun, räume ich die Laube auf, falte meine Blusen, sortiere die Sachen im Bad, zähle durch, wie viele saubere Wäschestücke ich noch habe.

Endlich werde ich ruhiger. Ich lasse mich auf dem Bett

nieder und sammle meine Gedanken, versuche, die wilden Spekulationen von den Fakten zu trennen. Doch ich werde immer wieder von unvermittelten Geräuschen draußen im Garten aufgeschreckt. Die Nacht ist lebendig, es knackt, knistert und raschelt ohne Unterlass.

Ich stelle mir einen dürren Mann mit grauem Stoppelhaar vor, der sich über die Beete an die Laube heranpirscht. Er war Soldat, also kann er sich gut anschleichen. Das hat er gelernt. Er hat ein Gewehr im Anschlag. Er will Blut sehen, viel Blut. Denn er ist es, der als kleiner Junge die furchtbaren Bilder gemalt hat.

Das Handy klingelt, ich fahre erschrocken zusammen.

«Frau Lark, bitte entschuldigen Sie die späte Störung.» Die Kommissarin. «Ich habe gute Neuigkeiten, die Sie bestimmt sofort erfahren wollen.»

«Ja?»

«Wir haben den Täter gefasst.»

«Wirklich?» Ich fasse mir an den Kopf. Das ist das Letzte, womit ich gerechnet habe.

«Ja. Er wurde heute Vormittag festgenommen. Ich habe mit dem Anruf gewartet, bis wir sicher waren, dass er es ist.»

«Und jetzt sind Sie sicher?»

«Gerade kam das Ergebnis des DNA-Schnelltests rein. Die Fremdspuren, die an zwei der Opfer sichergestellt wurden, sind definitiv von ihm. Außerdem hat er für keine der Tatzeiten ein Alibi. Und in seiner Wohnung haben wir einen Stapel Postkarten mit Blumenmotiv gefunden, alle originalverpackt. Wir haben noch kein Geständnis, aber das ist nur eine Frage der Zeit.»

«Und wenn er nicht gesteht?»

«Die Beweislage ist erdrückend, das Geständnis wäre nur das Sahnehäubchen.»

«Und ein Irrtum ist ausgeschlossen?»

«Sie denken an die Blumen, die Ihnen jemand da oben auf Rügen hingelegt hat.»

«Ja.»

«Haben Sie Anzeige erstattet?»

«Nein.»

«Das sollten Sie tun. Ich vermute, es handelt sich um jemanden aus Ihrem Bekanntenkreis, der sich einen schlechten Scherz erlaubt hat. Überlegen Sie mal, ob Sie nicht doch irgendwem davon erzählt haben. Und melden Sie sich unbedingt, wenn noch etwas Derartiges geschieht. Es könnte auch sein, dass der Mann, den wir verhaftet haben, mit seinen Taten geprahlt und so jemanden auf die Idee gebracht hat. So weit entfernt von Berlin halte ich das jedoch für unwahrscheinlich.»

«Sie glauben also, dass es jemand ist, den ich kenne.»

«Möglich.»

«Noch eine Frage: Haben Sie zufällig eine Pittiplatsch-Puppe in der Wohnung des Täters gefunden? Sie müsste ungefähr dreißig Zentimeter groß sein, der Kopf ist aus Gummi, der Körper aus Stoff.»

«Eine Pittiplatsch-Puppe?»

«Das war eine Figur aus dem DDR-Kinderfernsehen.»

«Das weiß ich. Aber wieso sollten wir eine solche Puppe beim Täter gefunden haben?»

Ich beiße mir auf die Lippe. Ich habe der Polizei nicht

alles gesagt, dieses Detail wollte ich eigentlich für mich behalten. Doch jetzt kann ich nicht mehr zurückrudern.

«Ich habe den Verdacht, dass der Stalker einmal in meiner Wohnung war. Ich kam nach Hause, und einige Dinge lagen nicht dort, wo ich sie zurückgelassen hatte. Und die Puppe war weg. Sie war das Einzige, was ich noch aus der Zeit hatte, bevor meine Eltern starben.»

«Meine Güte, Frau Lark, warum haben Sie uns das nicht früher gesagt?»

«Weil ich nicht sicher war. Es war ganz am Anfang, kurz nachdem der Stalker mir zum ersten Mal Blumen hingelegt hatte. Ich dachte, ich hätte die Sachen selbst verlegt. Und später habe ich dann –»

«Sonst hat nichts gefehlt?», unterbricht sie mich.

«Nein.»

«Und der Täter hat bei der Gelegenheit nichts dagelassen? Nur etwas mitgenommen?»

«Ich glaube ja. Es tut mir leid, dass ich es nicht früher erwähnt habe.»

«Ich kann mich nicht erinnern, eine solche Puppe in der Wohnung gesehen zu haben. Aber ich lasse das noch einmal überprüfen.»

«Sie ist unverwechselbar, meine Mutter hat ihr drei Knöpfe auf den Bauch genäht. In den Farben einer Ampel, rot, gelb, grün.»

«Gibt es sonst noch was, das Sie verschwiegen haben?»

«Nein, natürlich nicht.»

«Gut, ich melde mich, wenn es etwas Neues gibt. Und Sie bitte auch.»

«Mache ich. Danke für den Anruf.»

Einen Moment starre ich ungläubig in das milchig graue Nichts vor meinen Augen. Dann fällt mir Siri ein. Hoffentlich ist sie nicht schon losgefahren!

Sie geht nicht ans Telefon, auch nicht beim zweiten und dritten Versuch. Also tippe ich eine SMS.

Der Stalker wurde gefasst. Du musst nicht herkommen. Danke für alles. Ich halte dich auf dem Laufenden. J.

Als ich mich schlafen lege, ist noch immer keine Antwort von Siri eingetroffen. Ich hoffe, dass sie meine Nachricht rechtzeitig gesehen hat.

NACHT

Freitag, 21. September

Als ich aufwache, bin ich für einen Moment orientierungslos. Ich massiere meine Schläfen und versuche, meine Gedanken zu sammeln. Dann fällt mir alles wieder ein.

Schnell taste ich nach meinem Handy. Um zwei Uhr vierzehn ist eine SMS von Siri eingetroffen. Zwei Uhr vierzehn? Als wir telefoniert haben, war es gerade neun. Mist! Steht sie etwa seit Stunden vor Gideons Haus? Nein, unmöglich. Sie hätte geläutet, geklopft oder angerufen und so lange klingeln lassen, bis ich aufgewacht wäre.

Ich lasse mir die SMS vorlesen.

O. K. Warte auf Nachricht von dir. S.

Ich runzle die Stirn. Die SMS klingt nicht nach Siri. Bestimmt war sie genervt wegen des Hin und Her. Wer weiß, wo sie die Nachricht erreicht hat, womöglich auf einer Autobahnraststätte irgendwo auf halbem Weg. Trotzdem wundert es mich, dass sie nicht zurückgerufen hat, selbst um diese Zeit.

Ich muss plötzlich an die Jahre denken, in denen wir nicht die besten Freundinnen waren. Natürlich haben wir uns in jedem Alter manchmal gestritten. Siri war immer schnell beleidigt, doch es hielt nie lange an. Nur als wir so vierzehn, fünfzehn waren, lief es gar nicht gut. Ich habe in der Zeit einige echt dumme Sachen gemacht, Ladendiebstahl, Hausfriedensbruch und einiges mehr, und meine Adoptiveltern hatten viel Geduld mit mir. Je mehr sie sich um mich gekümmert haben, desto mehr ist Siri von mir abgerückt. Sie hat ihren Eltern unterstellt, dass sie uns nicht gleich behandeln würden, dass sie mir alles durchgehen ließen, während sie bei ihr streng auf die Einhaltung der Regeln pochten. Und ein bisschen stimmte das auch. Jedenfalls war die Stimmung zwischen Siri und mir in dieser Phase frostig. Wir hatten unterschiedliche Freundeskreise und gingen uns aus dem Weg. Irgendwann renkte es sich zum Glück wieder ein. Heute sind wir unzertrennlich. Siri ist der wichtigste Mensch in meinem Leben.

Ich lasse mir die Uhrzeit ansagen. Zehn nach acht. Also ist sie jetzt im Unterricht. Ich nehme mir vor, sie heute Nachmittag anzurufen, und stehe auf.

Während ich mir die Zähne putze, fällt mir der Anlass für Siris spontanen Ausflug wieder ein. Ihre seltsame Begegnung mit Gideon. Es muss eine harmlose Erklärung dafür geben. Vielleicht war es wirklich nur ein Zufall, dass Gideon meine Freundin in dieser Kneipe kennengelernt hat. Es könnte der Tag gewesen sein, an dem er mit Carolin Schluss gemacht hat. Er wollte nur in Ruhe etwas trinken, um runterzukommen, traf Siri, flirtete ein bisschen. Dann wurde ihm bewusst, dass er ja gerade erst eine Beziehung beendet hatte, und er kam sich schäbig vor, verließ fluchtartig die Kneipe. Okay, es setzt voraus, dass Gideon quasi ein Heiliger ist. Aber es wäre möglich.

Die andere Erklärung wäre, dass Siris Erinnerung ihr einen Streich gespielt hat. Sich nach über einem Jahr so deutlich an das Gesicht einer Zufallsbekanntschaft zu erinnern, mit der man nur wenige Stunden verbracht hat, ist ziemlich schwierig. Ich weiß von meinen vielen Terminen vor Gericht, wie häufig sich Zeugen täuschen. Vermutlich sah der Typ Gideon einfach nur ähnlich. Höchstwahrscheinlich hieß er nicht einmal Gideon, sondern Gregor oder Guido. Jedenfalls sollte ich der Sache nicht allzu viel Bedeutung beimessen.

Gideon ahnt nichts von meinem nächtlichen Abenteuer, fröhlich begrüßt er mich an der Hintertür, drückt mir einen Guten-Morgen-Kuss auf die Wange und zieht mich ins Haus.

Finn ist längst in der Schule, aber Gideon hat mit dem Frühstück auf mich gewartet. Er hat eine opulente Mahlzeit vorbereitet, Obstsalat, Eier, verschiedene Sorten Brötchen und Himbeermarmelade, die eine Nachbarin selbst gemacht hat. Nachdem ich meine Eier mit Speck verspeist habe, lege ich das Adressbuch auf den Tisch.

«Was ist das?», fragt Gideon.

«Du kennst es nicht?»

«Nein.»

«Ich habe es in der Laube gefunden.» Eine kleine Notlüge, um Gideon nicht erzählen zu müssen, dass ich im Anbau herumgeschnüffelt habe. Jetzt bleibt nur zu hoffen, dass die Laube auch wirklich von Fahrenbach errichtet wurde und nicht funkelnagelneu ist. Und dass Gideon den

Karton, in dem das Buch war, nicht nach der Akte durchsucht hat.

«Darf ich?», fragt Gideon. Also hat er meine Geschichte geschluckt.

«Ja, natürlich.»

Ich höre, wie er in dem Büchlein blättert. «Das muss Fahrenbach gehört haben. Seltsam. Hast du es in der Kommode gefunden? Die stand nämlich schon drin, als ich das Haus gekauft habe. Ich hatte sie zwar leer geräumt, aber das muss ich übersehen haben.»

«Was ist es?»

«Ein Adressbuch.»

«Dann steht dieser Gerrit vielleicht drin.»

«Das wäre zu schön.» Er blättert. «Es gibt jede Menge Einträge, viele mehrfach korrigiert, wenn jemand umgezogen ist. Fahrenbach muss es über Jahrzehnte hinweg benutzt haben.»

Ich bin so aufgeregt, dass ich Kaffee auf meine Hand kleckere, als ich einen Schluck nehme.

Plötzlich schlägt Gideon mit der flachen Hand auf den Tisch. «Wir Idioten!»

«Was ist denn?»

«Gerrit ist ein Nachname. Hier steht er. Lars Gerrit. Alte Anschrift hier im Dorf, neue in Bergen. Mit Telefonnummer. Ich probiere sofort aus, ob sie noch aktuell ist.»

Wir müssen uns bis zum späten Vormittag gedulden, bevor wir zu unserer Verabredung mit Lars Gerrit aufbrechen. Vorher hat Gideon zwei Patienten. Ich nutze die

Gelegenheit, um es bei Siri zu probieren. Bestimmt ist sie noch in der Schule, aber mit etwas Glück erwische ich sie in einer Pause. Sie geht nicht ran, also spreche ich ihr auf die Mailbox. Ich entschuldige mich nochmals dafür, dass ich sie quasi wieder heimgeschickt habe, und bitte sie, mich so bald wie möglich zurückzurufen.

Im Nachhinein ärgere ich mich, dass ich ihr überhaupt abgesagt habe. Es wäre schön, wenn sie jetzt hier wäre. Dann hätten wir das Missverständnis mit der Begegnung in der Kneipe klären können. Außerdem hätte ich mit Siri zum Grab meiner Familie gehen können, vielleicht sogar auch zu dem Haus, wo wir damals die Ferien verbrachten, falls es noch steht. Und ich hätte ihr Marc vorstellen können, wenn er heute Abend wiederkommt.

Ich weiß auch nicht, warum ich ihr die SMS geschickt habe. Es war bestimmt die Erleichterung darüber, dass der Stalker gefasst ist. Aber nicht nur. Wenn ich ganz aufrichtig zu mir selbst bin, muss ich mir eingestehen, dass ich nicht wollte, dass sie herkommt. Das hier ist meine Angelegenheit, und ich muss sie allein klären. Ohne Hilfe. Ohne Aufpasserin.

Um halb zwölf brechen Gideon und ich endlich auf. Wir sind in einem Café in Bergen mit Lars Gerrit verabredet. Als Gideon ihn anrief, wusste er sofort Bescheid.

«Sie haben die Praxis von Rolf übernommen», sagte er, als Gideon seinen Namen nannte.

«Stimmt, und ich würde gern mit Ihnen reden.»

«Worüber denn?»

«Das würde ich Ihnen gern persönlich erklären.»

Gerrit hat einen Moment verdutzt geschwiegen und dann das Café vorgeschlagen.

Auf der Landstraße kommen wir nur langsam voran, der Verkehr staut sich. Es ist Freitagmittag, aber das ist nicht der einzige Grund. Gideon erklärt mir, dass sich hier in der Nacht ein Unfall ereignet hat. Ein Auto ist von der Fahrbahn abgekommen und den Hang hinuntergerollt. Eine Fahrspur ist noch immer von der Polizei gesperrt, ein Abschleppwagen steht dort.

Als wir das Café endlich betreten, ist es zwanzig nach zwölf.

«Hoffentlich ist er noch da», murmle ich.

«Ist er», sagt Gideon. «Er winkt uns.»

Er führt mich zum Tisch, stellt mich vor und hilft mir auf den Stuhl. Dann geht er zur Theke, um uns etwas zu trinken zu bestellen.

«Ich kann mir gar nicht vorstellen, wie das ist, nichts zu sehen», sagt Gerrit. Er hat eine warme, sympathische Stimme. Ich stelle mir vor, dass er leicht gewelltes, graues Haar hat und einen dunkelblauen Pullover trägt.

«Man gewöhnt sich daran.»

«Dann sind Sie nicht von Geburt an blind? Wenn die Frage erlaubt ist.»

«Nein, durch einen Unfall.»

«Also erinnern Sie sich, wie die Dinge aussehen.»

«Ja.» Ich erlebe es selten, dass Menschen mich so direkt auf meine Blindheit ansprechen. Meistens sind es Kinder. Dabei ist mir das lieber, als wenn jemand krampfhaft so tut, als wäre alles normal.

«Wenn ich Ihnen also sage», fährt Gerrit fort, «dass Sie mich an meine Lieblingsschauspielerin Kirsten Dunst erinnern, können Sie damit etwas anfangen?»

«Die hat doch keine braunen Haare.»

«Das ist aber auch der einzige Unterschied. Sie könnten ihre Schwester sein. Hat Ihnen das noch nie jemand gesagt?»

«Ehrlich gesagt, nein.»

«Dann sind die alle blind.»

Wir müssen beide lachen.

Gideon kehrt zurück und stellt mir die Tasse mit dem Milchkaffee so hin, dass sie meinen Handrücken berührt. «Und? Worüber amüsiert ihr euch so?»

«Über Schauspielerinnen», sagt Lars Gerrit, und ich könnte schwören, dass er mir zuzwinkert.

Ich mag seine direkte Art.

Wir plaudern noch ein wenig über dies und das, das Wetter, die vielen Touristen, die die Insel verändert haben, dann kommt Gideon zur Sache.

«Sicherlich fragen Sie sich, warum wir Sie kontaktiert haben. Es geht um eine Notiz, die wir zusammen mit … mit einer alten Akte bei den aktuellen Fällen meines Vorgängers gefunden haben. Offenbar wollte Fahrenbach Sie dringend sprechen. Da es sich um einen, hm, brisanten Fall handelt, wüssten wir gern, was er von Ihnen wollte.»

Ich höre Kleidung rascheln und vom Nachbartisch das Klappern von Geschirr, dann endlich Gerrits Stimme. «Rolf ist doch schon seit zwei Jahren tot. Darf ich fragen, um was für einen Fall es geht?»

«Die Details fallen natürlich unter die ärztliche Schweigepflicht. Ich kann nur so viel sagen, dass es um einen Jungen im Grundschulalter geht, den Fahrenbach behandelt hat.»

«Ach ja? Davon weiß ich nichts.» Die Antwort kommt schnell. Zu schnell. Als wäre er froh, die Angelegenheit damit abtun zu können.

«Fahrenbach hat Sie also nicht wegen eines Patienten angerufen?», schalte ich mich ein.

«Definitiv nicht.»

Ich versuche es anders. «Der Junge, um den es geht, ist inzwischen längst erwachsen. Vielleicht hat Fahrenbach nicht erwähnt, dass es sich um einen ehemaligen Patienten handelt.»

«Er hat weder einen Jungen noch einen Mann erwähnt.»

«Darf ich fragen, woher Sie Fahrenbach kannten?», versucht es Gideon. «Sind Sie ein Kollege?»

«Nein.» Er lacht, als wäre dieser Gedanke völlig absurd. «Ich bin kein Arzt. Ich habe nie studiert. Ich war ein Akademikerkind, ich durfte nicht. So war das leider damals. Rolf und ich waren viele Jahre lang Nachbarn, wir waren befreundet. Allerdings hatten wir in letzter Zeit kaum noch Kontakt. Ich bin nach der Wende nach Bergen gezogen, habe mich selbständig gemacht mit einer Videothek. Erst ist es gut gelaufen, aber dann kam das Internet.»

«Also hat Fahrenbach Sie nicht kurz vor seinem Tod kontaktiert?», versuche ich ihn zurück aufs Thema zu lenken.

«Das habe ich nicht gesagt.»

Ich taste nach Gerrits Arm, lege meine Hand darauf. «Wir wollen Ihnen keinen Ärger machen. Aber dieser Patient bereitet uns ernsthafte Sorgen. Wenn Sie also irgendetwas wissen ...»

«Sie lassen nicht locker, was?» Er tätschelt meine Hand. «Also gut. Rolf hat mich angerufen, ein oder zwei Tage bevor er starb. Aber ich war nicht da. Er hat mir eine Nachricht auf dem Anrufbeantworter hinterlassen. Genau kriege ich es nicht mehr zusammen. Aber ich weiß noch, dass er sehr aufgeregt klang. Er erwähnte ein Angebot, das ich ihm vor Jahren gemacht hatte und das er jetzt gern annehmen würde.»

«Was für ein Angebot?»

«Das habe ich mich zunächst auch gefragt. Ich habe versucht, ihn zu erreichen, aber er ging nicht ans Telefon. Und dann kam die Nachricht von seinem Tod, und ich habe die Sache vergessen.»

«Sie haben nicht mit der Polizei darüber gesprochen?», fragt Gideon.

«Mit der Polizei? Wozu das denn? Rolf ist die Treppe hinuntergestürzt, was soll –» Er stockt. «Sie glauben doch nicht ...»

Ich schlucke. An diese Möglichkeit habe ich bis zu diesem Augenblick noch nicht eine Sekunde gedacht. Allerdings wusste ich bis eben auch nicht, wie Rolf Fahrenbach zu Tode gekommen ist.

«Ich glaube gar nichts», sagt Gideon ruhig. «Aber wenn ich einen verzweifelten Anruf von einem Freund bekommen und dieser wenig später bei einem Unfall sterben würde, wäre ich zumindest beunruhigt.»

Gideons Worte klingen wie ein Vorwurf, deswegen schiebe ich rasch eine Frage hinterher. «Sie sagten eben, dass Sie zunächst nicht wussten, was für ein Angebot Fahrenbach meinte. Aber später ist es Ihnen eingefallen?»

«Ja.» Er zögert.

«Bitte.»

«Als junger Mann hat Rolf einen dummen Fehler begangen.» Gerrit seufzt.

«Wenn Sie die Geschichte mit dem Mädchen meinen, davon wissen wir», sagt Gideon.

«Dann kann ich mir die Details ja sparen. Rolf hat immer behauptet, dass er dachte, die Kleine wäre über zwanzig. Und ich habe ihm geglaubt. Rolf war keiner, der sich an Kindern vergreift. Er ist damals durch die Hölle gegangen. Jedenfalls habe ich ihm, als er so richtig verzweifelt war, halb im Scherz, halb im Ernst, Exil angeboten, in meinem Ferienhaus in Ungarn.»

Meine Gedanken überschlagen sich. Rolf Fahrenbach hatte Angst vor etwas oder jemandem, und es hatte mit dem Bild zu tun. Er wollte außer Landes fliehen. Und wenige Tage später war er tot.

«Er wollte untertauchen?», fragt Gideon.

«Damals dachte ich, er bräuchte vielleicht eine Auszeit. Ich hatte doch keine Ahnung …» Er stockt. «Was für ein Kind war das? Der Patient, wie hieß er?»

«Wir hatten gehofft, das von Ihnen zu erfahren», sagt Gideon.

«Aber irgendwas müssen Sie doch über ihn wissen. Ich dachte, Sie hätten seine Patientenakte.»

Ich räuspere mich. «Er war um 1990 herum bei Fahrenbach in Behandlung. Damals muss er zwischen fünf und acht Jahre alt gewesen sein.»

Noch während ich die Worte ausspreche, kommt mir eine andere Idee. Wenn der Junge damals in der Grundschule war, könnte es eine Lehrerin geben, die sich an ihn erinnert. Ein Kind, das derartige Aggressionen mit sich herumträgt, verhält sich auffällig. Ich weiß von Siri, wie sehr ihr ihre Schüler am Herzen liegen und wie genau sie die familiären Hintergründe jedes einzelnen kennt. Womöglich war es sogar eine Lehrerin, die Fahrenbach das erste Bild gezeigt hat, das Bild, das auf anderem Papier und mit anderen Stiften gemalt wurde.

«Leider hat Rolf nie mit mir über seine Patienten gesprochen», sagt Gerrit. «Ich habe keine Ahnung, wer der Junge sein könnte. Aber wenn er mit Rolfs Tod zu tun hat …»

«Das ist reine Spekulation», sagt Gideon schnell. «Wir möchten den Jungen, besser gesagt, den Mann nur finden, weil wir glauben, dass er Hilfe braucht.»

«Verstehe.» Ich höre, wie Gerrit sich auf seinem Stuhl bewegt. «Dann wünsche ich viel Erfolg bei der Suche. Lassen Sie mich wissen, wenn Sie ihn gefunden haben. Oder wenn ich doch noch irgendwie zur Klärung beitragen kann.»

Auf der Rückfahrt sehe ich Bilder von einem Jungen vor meinem inneren Auge, mit bleichem Gesicht und blutigen Händen, wie eine Figur aus einer Stephen-King-Verfilmung. Er schleicht durch ein Haus, eine Villa mit langen Korridoren und geschwungenen Treppen, es ist Nacht, nur eine flackernde Kerze spendet gedämpftes Licht. Mit kaltem, starrem Gesichtsausdruck pirscht sich der Junge an einen Mann heran, der in Panik hin und her hastet, den Jungen aber nicht bemerkt. Als der Mann am Treppenabsatz stehen bleibt, versetzt der Junge ihm einen Stoß. Dann lacht er hämisch, immer lauter und lauter, bis das schaurige Gelächter die ganze Villa erfüllt.

Die Bilder werden immer grauenvoller, füllen sich mit Blut, ich schaffe es nicht, sie abzuschalten. Bis Gideon endlich meinen Gedankenstrudel unterbricht.

«Was hältst du von Gerrits Geschichte?», fragt er.

Dankbar kehre ich in die Realität zurück. «Du meinst, ob ich ihm glaube?»

«Das auch.»

«Ich denke, er hat uns die Wahrheit gesagt. Und vielleicht gab es ja einen harmlosen Anlass für den merkwürdigen Anruf, und Fahrenbach ist wirklich nur gestürzt.»

«Oder er ist verunglückt, weil er in Panik war.»

«Möglich.»

«Und wenn nicht?»

Ich fahre nervös mit den Handflächen über meine Oberschenkel. «Dann ist jemand mit einem Mord davongekommen.»

Abends holt Marc mich zum Essen ab. Wir fahren mit dem Auto nach Sellin. Das Restaurant ist klein und exklusiv, das erkenne ich am Geräuschpegel. Die Karte, die Marc mir vorliest, bestätigt meinen Verdacht.

Als er Champagner bestellt, werde ich hellhörig. «Gibt es etwas zu feiern? Hast du Geburtstag?»

«Nein, ich habe die Schlagzeilen im Internet gelesen. Die Polizei hat den Kerl erwischt, der dich überfallen hat. Ich denke, das ist ein Grund zum Anstoßen.»

«Ach so.»

«Du klingst nicht sehr erfreut.»

Ich denke an das Chaos gestern Nacht, an Siri, die ich noch immer nicht erreicht habe. «Natürlich bin ich froh.»

«Aber? Was ist los, Jenny?» Er greift nach meiner Hand, mein Herz macht einen Satz, das Gesicht von Philipp Amery blitzt vor meinen Augen auf.

«Ich mache mir Sorgen um meine Freundin.»

«Was ist mit ihr?»

Wie soll ich ihm das erklären, ohne dass er Siri und mich für hysterisch hält? Und ohne Gideon in den Rücken zu fallen?

«Wenn du es mir nicht erzählen möchtest …»

«Doch, das möchte ich. Es ist nur so … Also gut, ich hatte gestern, hm, ein bisschen Heimweh, eine Art Inselkoller. Ich weiß auch nicht. Jedenfalls fühlte ich mich allein. Und Siri hat angeboten, vorbeizukommen und mich mit zurück nach Berlin zu nehmen, falls nötig. Dann habe ich es mir anders überlegt, sie aber nicht mehr erreicht. Also habe ich ihr eine SMS geschrieben.»

«Und?»

«Mitten in der Nacht kam eine Antwort. Ziemlich knapp. Seither nichts.»

«Und das ist nicht ihre Art?»

«Ganz bestimmt nicht.»

Der Kellner bringt den Champagner. Wir stoßen an, nippen an den Gläsern. Für ein paar Sekunden genieße ich das Prickeln des Alkohols auf meiner Zunge und den sanften Druck von Marcs Hand auf meiner.

Dann sagt er: «Glaubst du, dass sie sauer ist?»

«Ich weiß nicht.» Ich zucke mit den Schultern. «Früher, als wir noch Kinder waren, war sie öfter mal eingeschnappt. Da habe ich sie immer mit komischen Grimassen zum Lachen gebracht. Ich konnte es nicht ertragen, mit ihr Streit zu haben. Aber seit wir erwachsen sind, kommt das nur noch sehr selten vor.» Ich ziehe meine Hand unter Marcs hervor. «Lass uns jetzt nicht mehr darüber reden. Schließlich haben wir wirklich etwas zu feiern.»

Das Essen ist ein Traum. Alle düsteren Gedanken verschwinden, während ich mit Marc jeden Gang genieße, flirte und lache. Seit meinem Unfall habe ich mich nicht mehr so leicht und glücklich gefühlt.

Als wir das Restaurant verlassen, erwartet uns eine milde Nacht.

«Noch ein kleiner Spaziergang?», fragt Marc.

«Sehr gern. Es riecht nach Meer, gibt es hier irgendwo einen Strand?»

«Ja, schon. Aber der liegt ziemlich viele Stufen hinunter am Fuß des Kliffs.»

Mir fällt ein, dass Sellin ein Seebad ist. Ich erinnere mich vage, Fotos von mondänen weißen Villen und einer eleganten Seebrücke gesehen zu haben. «Schade.»

«Es gibt einen Aufzug, aber ich weiß nicht, ob er um diese Zeit noch in Betrieb ist. Willst du nachschauen?»

Das will ich. Marc legt den Arm um mich, ich schmiege mich an ihn. Bis auf das leise Rauschen des Windes ist kaum etwas zu hören. Es sind nur noch wenige Menschen auf der Straße unterwegs, die Saison ist längst vorbei.

Plötzlich ertönen eilige Schritte hinter uns. Das Bild des Nachtgigers taucht vor meinem inneren Auge auf, ich unterdrücke ein Frösteln. Als jemand meine Schulter berührt, fahre ich schreiend herum.

«Hey, was soll das, verschwinden Sie!», ruft Marc empört.

«Ich will nur was fragen», lallt jemand. Atem, angereichert mit dem Aroma von billigem Rotwein, weht mir ins Gesicht.

«Sie lassen uns gefälligst in Ruhe.»

«Nur eine Frage.»

Der Fremde packt mich am Ärmel. Panik überrollt mich. Ich reiße mich los und weiche zurück.

«Sie ziehen Leine! Sofort!» Marcs Stimme klingt beherrscht, aber eine unverhohlene Drohung schwingt darin mit.

«Schon gut, schon gut. Bin schon weg, Mann.» Wankende Schritte entfernen sich, begleitet von unverständlichem Gemurmel.

Ich presse die Hand auf mein Herz, horche, bis die Schritte verklungen sind.

«Alles okay mit dir?» Marc streicht mir über das Haar, legt mir die Hand in den Nacken.

«Wer war das?», will ich wissen. «Ein Obdachloser?»

«Das nehme ich an.»

«Wie sah er aus?»

«Groß und dünn, zerschlissene Kleidung.»

«Kurze graue Stoppelfrisur, stechende Augen?», hake ich nach.

«Ja. Woher weißt du das? Hat er dich schon einmal belästigt?»

«Nein, aber es ist offenbar derselbe Typ, der hin und wieder vor Gideons Haus herumlungert. Angeblich ist er harmlos.»

«Du meinst, er ist uns gefolgt?»

«Ich glaube nicht, dass er ein Auto hat.» Ich schüttle den dummen Verdacht ab. Ärgere mich über mich selbst. Ich wollte doch nicht mehr ständig auf der Hut sein, überall Gefahr wittern. Dazu gibt es keinen Grund mehr. «Vergiss es einfach.»

Doch für Marc ist die Sache noch nicht erledigt. «Weißt du, was dieser Kerl vor dem Haus deines Kollegen macht?»

«Gideon meint, er wäre psychisch krank. Er war früher Grenzsoldat. Vielleicht hat er irgendwas erlebt –»

«Grenzsoldat?»

«Ja. Irgendwo hier an der Küste.»

Marc schweigt, seine Hand in meinem Nacken fühlt sich starr und schwer an.

«Alles okay?», frage ich.

«Natürlich. Zum Strand?»

«Ja.»

Die Nacht ist mild, aber der Wind, der uns übers Gesicht streicht, ist schneidend kalt. Je näher wir der Küste kommen, desto schärfer bläst er. Trotzdem will ich unbedingt hinunter ans Wasser. Da der Aufzug tatsächlich nicht mehr in Betrieb ist, steigen wir unzählige Stufen hinab. Unten ist es nicht ganz so windig.

Ich sauge den Duft des Meeres in meine Lungen, lege den Kopf an Marcs Schulter. «Was für ein wunderschöner Abend.»

«Und er ist noch nicht zu Ende.» Marc bleibt stehen, zieht mich an sich.

Als ich seine Lippen auf meinen spüre, explodiert etwas in meinem Bauch.

Wir küssen uns lange und leidenschaftlich, bis Marc sich abrupt von mir losmacht. «Ich sollte dich jetzt nach Hause bringen.»

Ich schlucke enttäuscht. «Ja, natürlich.»

Er küsst mich noch einmal, streicht mir über die Wange. «Das mit dir ist etwas ganz Besonderes, Jenny. Ich möchte nichts überstürzen.»

Ich hätte nichts dagegen, es zu überstürzen, aber ich finde es süß, dass Marc so rücksichtsvoll ist.

Hand in Hand kehren wir zum Auto zurück. Die vielen Stufen nach oben bemerke ich kaum, weil ich vor Glück über dem Boden schwebe.

Vor Gideons Haus steigt er mit mir aus. «Ich bringe dich zur Tür.» Er spricht es nicht aus, doch ich weiß, dass er an den Soldaten denkt.

Bevor ich aufschließe, küssen wir uns ein letztes Mal.

«Bis Morgen, mein Engel», flüstert er.

Aufgekratzt wie ein Teenager schleiche ich durch das dunkle, stille Haus zur Hintertür und durch den Garten zu meiner Laube. Ich bin fest davon überzeugt, dass ich vor Aufregung kein Auge zutun werde, doch das Gegenteil ist der Fall. Kaum liege ich im Bett, bin ich auch schon eingeschlafen.

Samstag, 22. September

Ich spüre noch immer dieses Prickeln wie Brausepulver im Bauch, als Gideon mir am nächsten Morgen seine Theorie über Fahrenbachs Tod präsentiert. Wir sitzen mit einem Kaffee auf der Terrasse im Sonnenschein, und es ist so warm, dass wir weder Jacke noch Decke brauchen. Finn hat bei einem Freund übernachtet, mit dem er heute zum Fußballtraining geht.

Gestern Abend hat er mir ein Bild gebastelt, aus Stöckchen und Steinen, die er auf Pappe geklebt hat, damit ich es ertasten kann. Drei menschliche Gestalten sind darauf, die sich an den Händen halten. Ich müsste keine Expertin sein, um es zu verstehen, und ich war sehr gerührt, als Gideon es mir vorhin zeigte.

Aber es hat mich auch beunruhigt. Der Junge hat mich ins Herz geschlossen, womöglich macht er sich Hoffnung auf mehr. Das Schlimmste wäre, dass er sich in den Kopf setzen würde, dass ich seine neue Mama werden könnte. Das wird nicht passieren, und ich möchte ihm auf keinen Fall weh tun.

«Ich glaube, dass Fahrenbach den Jungen irgendwo gesehen hat», erklärt Gideon gerade. «Und dass er daraufhin das Bild aus der alten Akte herausgesucht hat.»

«Er hat ihn erkannt?», frage ich zweifelnd. «Nach mehr als fünfundzwanzig Jahren?»

«Vielleicht hat er den Namen aufgeschnappt, vielleicht hat der Junge sich ihm sogar vorgestellt. Ich könnte mir Dutzende Szenarien vorstellen.»

«Aber das erklärt nicht, warum Fahrenbach solche Angst hatte, dass er das Land verlassen wollte. Vorausgesetzt, es war tatsächlich so.»

Gideon stößt Luft aus. «Was, wenn sein ehemaliger Patient ihn bedroht hat?»

Ich bleibe skeptisch, obwohl ich selbst gestern ähnliche Gedanken hatte. «Warum hätte der Mann seinen Therapeuten bedrohen sollen? Nach all den Jahren? Das ergibt doch keinen Sinn.»

«Womöglich macht er ihn mitverantwortlich für sein Schicksal. Oder dafür, dass er ihm nicht helfen konnte. Oder für irgendwas, das später geschehen ist, ein verpfuschtes Leben.»

«Hm.» Ich halte mein Gesicht in die Sonne, genieße die Wärme, bilde mir sogar ein, etwas von dem Licht wahrzunehmen. «Wäre es möglich, dass Fahrenbach mehr als nur sein Therapeut war?»

«Missbrauch? Nein, das glaube ich nicht. Fahrenbach hat sich mit einem fünfzehnjährigen Mädchen eingelassen, ich glaube kaum, dass er sich gleichzeitig zu kleinen Jungen hingezogen fühlte.»

«Das meinte ich nicht.»

«Was dann?»

«Das Mädchen. Wenn sie gar nicht abgetrieben hat …»

«Du meinst, der Junge ist Fahrenbachs Sohn?»

«Wäre doch möglich, oder? Es würde die Wut und den Hass auf Fahrenbach erklären. Auf den Vater, der ihn im Stich gelassen hat, der ihn nicht haben wollte, der wollte, dass er abgetrieben wird.»

«Ich weiß nicht. Das hört sich ziemlich weit hergeholt an. Dafür gibt es keinerlei Belege.»

Ich will die Idee nicht sofort wieder aufgeben. «In welchem Jahr ist das mit dem Mädchen passiert? Gerrit hat gesagt, dass Fahrenbach noch jung war, Anfang dreißig. Wie alt war er, als er starb?»

«Ich weiß es nicht. Er hat noch praktiziert, aber er muss kurz vor der Rente gestanden haben.»

«Also muss es in den Achtzigern passiert sein», sage ich triumphierend. «Und das Kind wäre 1990 im passenden Alter gewesen.»

Ich höre, wie Gideon seine Tasse absetzt. «Ich kann mir das nicht vorstellen. Das hier ist ein kleines Dorf. Es hätte sich herumgesprochen, wenn das Mädchen das Kind doch bekommen hätte.»

«Vielleicht hat es das. Du warst damals selbst noch ein Kind, du hättest es wahrscheinlich nicht mitbekommen.»

Gideon schweigt.

Ich nehme einen Schluck von meinem Kaffee. Dabei kommt mir eine andere Idee. «Was ist mit dem Ex-Soldaten, der ständig vor deinem Haus herumlungert? Könnte er irgendwie in die Sache verwickelt sein?»

«Vergiss ihn, er hat nichts damit zu tun.» Gideon seufzt. «Wenn wir das Alter richtig geschätzt haben, müsste der

Junge jetzt Mitte, Ende dreißig sein. Der Kerl da draußen ist mindestens zwanzig Jahre älter.»

Ein Gedanke schießt mir durch den Kopf. «Dann könnte er der Vater des Jungen sein!»

«Erst Fahrenbach, jetzt dieser arme Kerl. Warum beharrst du darauf, dass alles zusammenhängen muss?»

Ich drehe den Kopf in Gideons Richtung. «Weil der Kerl mich gestern Abend angesprochen hat.»

«Er hat mit dir geredet?», fragt Gideon entsetzt. «Wann? Wo? Was wollte er von dir?»

«Ich weiß es nicht, Marc hat ihn sofort verscheucht. Gestern Abend in Sellin, als wir aus dem Restaurant kamen.»

«Und du bist dir sicher, dass er es war?»

«Er passte auf die Beschreibung, die Finn mir gegeben hat.»

«Und inwiefern soll das beweisen, dass er der Vater des Jungen ist, der die Bilder gemalt hat?»

«Er könnte doch erfahren haben, dass ich wegen der Bilder hier bin. Vielleicht wollte er über seinen Sohn reden.» Ich schlage mir vor die Stirn. «Mist, ich hätte ihm zuhören sollen.»

Gideon greift nach meiner Hand. «Jenny, ich –»

In dem Augenblick klingelt mein Handy. Die automatische Ansage verkündet einen Anruf von Siri. *Gott sei Dank!*

«Entschuldige bitte», sage ich zu Gideon, dann drücke ich auf «Annehmen». «Siri, endlich! Ich habe mir schon Sorgen gemacht!»

«Mit wem spreche ich?», fragt eine fremde Männerstimme.

Mein Herz plumpst wie ein Stein in meine Magengrube. «Mein Name ist Jennifer Lark. Und wer sind Sie? Was machen Sie mit dem Telefon meiner Freundin?»

«Kriminalpolizei. Sie sprechen mit Kriminalhauptkommissar Dirk Walbeck.»

«Kriminalpolizei? O mein Gott! Was ist mit Siri? Geht es ihr gut?»

«Ich rufe Sie an, weil Sie die letzte Person sind, mit der Frau Herzberg Kontakt hatte. Es tut mir leid, Ihnen mitteilen zu müssen, dass Ihre Freundin einen Unfall hatte. Sie ist tot.»

Ich kauere auf dem Boden, erstarrt vor Schock und Kummer. Gideon kniet neben mir, die Arme um mich gelegt, und flüstert beruhigende Worte.

Ich kann an nichts denken, ein einziger Satz peitscht wieder und wieder durch mein Hirn.

Siri ist tot. Siri ist tot.

«Es tut mir so leid», murmelt Gideon in mein Ohr. «Ich weiß, dass sie wie eine Schwester für dich war.»

«Sie kann nicht tot sein. Es ist ein Irrtum.»

Er antwortet nicht, hält mich nur fest.

Irgendwann erwache ich aus der Starre, weil mir die Beine weh tun. Gideon hilft mir ins Haus, platziert mich auf dem Sofa und kocht Tee.

Ich will nichts trinken, doch Gideon flößt mir das heiße Getränk behutsam ein. Wider Erwarten beruhigt es mich ein wenig. Wir sitzen nebeneinander auf dem Sofa, er hat den Arm um mich gelegt.

«Fühlst du dich in der Lage, nachher mit der Polizei zu reden?», fragt Gideon irgendwann. «Sie haben einige Fragen an dich. Ich habe vereinbart, dass wir um drei Uhr vorbeikommen. Aber ich kann das auch rückgängig machen, wenn es dir zu viel ist.»

Ich reibe mir meinen benommenen Schädel. Ich erinnere mich dunkel, dass Gideon mir das Telefon abgenommen und mit dem Polizisten gesprochen hat, als er merkte, dass ich nicht mehr dazu in der Lage war. «Vorbeikommen? Wie soll das gehen? Willst du mit mir nach Berlin fahren?»

«Sie ist nicht in Berlin gestorben.»

Etwas Kaltes klirrt durch meine Adern wie kleine Eissplitter. «Wo?», flüstere ich.

Gideon rückt näher, greift mit der freien Hand nach meinen Fingern und drückt sie. «Hier auf Rügen.»

«Nein», flüstere ich. «Unmöglich.»

«Erinnerst du dich an den Stau, als wir zum Treffen mit Lars Gerrit gefahren sind? Ein Autounfall, weißt du noch?»

«Nein!» Diesmal schreie ich. Ich werfe die Hände vors Gesicht und schluchze laut auf.

Ich weine und weine, bis keine Tränen mehr kommen. Gideon bleibt die ganze Zeit bei mir. Es dauert lange, bis ich halbwegs wieder zu mir komme.

«Es ist meine Schuld», sage ich, nachdem ich die Tränen getrocknet habe.

«Unsinn.»

«Doch, es ist meine Schuld», beharre ich. «Siri ist

meinetwegen mitten in der Nacht hergefahren. Sie hatte Angst um mich.»

«Das verstehe ich nicht.»

Ich beiße mir auf die Lippe.

«War es meinetwegen?», fragt Gideon leise. Er klingt verletzt, aber er nimmt den Arm nicht von meinen Schultern.

«Ja.»

«Möchtest du es mir erzählen?»

Ich möchte nicht, aber ich muss. «Sie dachte … wir dachten, du … du könntest der Stalker sein.»

Jetzt zieht er doch den Arm weg. «Das ist nicht dein Ernst.»

«Deine Berlinreisen, immer ungefähr zu der Zeit, wenn der Stalker mir Blumen hingelegt hat. Die Maiglöckchen unter deinem Scheibenwischer und neben deinem Schuppen. Es schien alles zu passen.»

«Und du traust mir zu, dir so etwas anzutun? Auch den Überfall im Park? Du glaubst, ich wollte dich vergewaltigen? Herrgott, Jenny!» Er steht auf, ich höre ihn hin und her laufen.

«Ich weiß es nicht. Ich kenne dich ja kaum.»

Er bleibt abrupt stehen. «Woher kanntest du die genauen Daten meiner Berlinfahrten?» Seine Stimme ist mit einem Mal nüchtern und kalt.

«Marc hat das für mich recherchiert.»

«Na wunderbar!» Es kracht, Gideon hat mit der Faust gegen Holz geschlagen. «Ich beichte dir von meiner Einsamkeit, von meinen verzweifelten Versuchen, mir nach dem Tod meiner Frau mein Leben zurückzuerobern, weil ich dir vertraue, weil ich mir einbilde, dass du mich verstehst, und du hast nichts Besseres zu tun, als alles von deinem Lover überprüfen zu lassen.»

Wieder schießen mir Tränen in die Augen. Wütend wische ich sie weg. «Es war ein Fehler, ja. Ich hatte Angst. Kannst du dir vorstellen, wie hilflos ich mich fühle? Ein Unbekannter hat mich bedrängt und überfallen. Und ich weiß nicht einmal, wie er aussieht. Ich werde es nie wissen. Wahrscheinlich werde ich nie wieder ohne Angst leben können.»

«Und warum am Donnerstag? Warum ausgerechnet zu diesem Zeitpunkt?», hakt Gideon nach. Seine Stimme kommt von der anderen Seite des Raums. «Warum hatte deine Freundin es plötzlich so eilig, warum wollte sie mitten in der Nacht herkommen?»

Ich verschränke meine zitternden Finger. «Siri hat dich an dem Tag gegoogelt und wiedererkannt.»

Gideon stöhnt. «Aus der Kneipe.»

«Das warst also wirklich du?»

Er schweigt.

«Warum? Was wolltest du von ihr?»

«Gar nichts, ich wollte nichts von ihr.»

«Aber …»

«Ich hatte vor, dich aufzusuchen, wegen des Bildes. Ich war sowieso in Berlin und dachte, ich mache nicht so eine große Sache daraus, schaue einfach kurz vorbei und bitte dich um eine Einschätzung. Als ich vor dem Haus aus dem Wagen stieg, sah ich diese Frau herauskommen und dachte, das wärst du. Ich hatte dein Foto im Internet gesehen, und Typ und Frisur stimmten ungefähr. Also folgte ich ihr in die Kneipe. Offensichtlich war sie mit jemandem verabredet, der sie versetzt hatte. Also ergriff ich die Gelegenheit. Und als ich kapierte, dass ich mich getäuscht hatte, ist mir schlagartig klargeworden, wie albern mein Verhalten war.»

Also hatten Siri und ich uns das richtig zusammengereimt. Beinahe jedenfalls. «Wir dachten, du wärst der Stalker, der sich persönlich am Leid seines Opfers weiden wollte.»

«Ein Stalker, der nicht genau weiß, wie die Frau aussieht, auf die er fixiert ist?»

«Es war eine Panikreaktion, ich konnte nicht mehr klar denken.»

«Und da hast du beschlossen, dass deine Freundin dich mitten in der Nacht retten muss.» Er klingt noch immer verletzt, doch es liegt auch etwas Versöhnliches in seiner Stimme.

«Es war ihre Idee.» Tränen laufen mir über die Wangen, diesmal wische ich sie nicht weg. «Sie hat darauf bestanden, sie hatte Angst um mich.»

Ich merke erst, dass Gideon zurückgekehrt ist, als er mich in den Arm nimmt. Ich presse mein Gesicht an seine Brust und wünsche mir, endlich aus diesem Albtraum aufzuwachen.

Wir fahren nicht nach Bergen, wie ich erwartet habe, sondern zum Kriminalkommissariat in Stralsund, wo wir mit Dirk Walbeck verabredet sind.

«Warum wird der Fall in Stralsund bearbeitet? Und warum von der Kripo?», frage ich Gideon, als wir aussteigen.

«Keine Ahnung. Vielleicht war es ein Unfall mit Fahrerflucht.»

Die Vorstellung, dass Siri womöglich von einem alkoholisierten Raser von der Straße abgedrängt und einfach zum Sterben liegengelassen wurde, treibt mir erneut die Tränen in die Augen.

Gideon greift nach meinem Arm. «Bist du sicher, dass du dir das antun möchtest?»

Ich muss. Das bin ich Siri schuldig. Und ihren Eltern, die mich aufgenommen haben wie eine zweite Tochter. «Ja, das bin ich. Lass uns reingehen.»

Kurz darauf sitzen wir auf harten Plastikstühlen in einem Raum, der nach Sperrholzmöbeln, Schweiß und bitterem Kaffee riecht. Der Kaffee schmeckt, wie er riecht, aber er wärmt meine kalten, starren Finger.

«Frau Lark, danke, dass Sie gekommen sind», sagt Kriminalhauptkommissar Walbeck förmlich, obwohl er mich eben schon begrüßt hat. «Neben mir sitzt meine Kollegin Judith Brunn. Wir zeichnen das Gespräch auf.»

Ich nicke.

«Sie wissen ja bereits, dass Ihre Freundin bei einem Autounfall ums Leben gekommen ist. Ihr Wagen ist von der Straße abgekommen und einen Hang hinuntergestürzt. Dabei hat er sich mehrfach überschlagen, bevor er Feuer fing.»

«Feuer?», frage ich entsetzt. Davon wusste ich noch nichts. «Ist Siri … ist sie verbrannt?»

«Ja. Es tut mir leid.»

Hoffnung sprudelt in mir hoch. «Wie können Sie dann so sicher sein, dass Siri am Steuer saß? Vielleicht ist sie es gar nicht.»

«Doch, Frau Lark. Sie wurde anhand der Zahnarztunterlagen eindeutig identifiziert. Zur Sicherheit machen wir noch einen DNA-Abgleich. Aber wir erwarten keine Überraschungen.»

«Wissen ihre Eltern …» Die Vorstellung, dass ich meinen Adoptiveltern mitteilen muss, was mit Siri geschehen ist, schnürt mir die Kehle zu.

«Ein Kollege aus Potsdam ist vorhin zu ihnen gefahren.»

«Es wird ihnen das Herz brechen.» Ich lasse den Kaffeebecher los und taste nach Gideons Hand.

«Wie gut, dass sie dich noch haben», sagt er und hält mich fest.

«Wenn ich das richtig verstehe, sind Sie als Kind von der Familie Herzberg adoptiert worden.» Judith Brunn macht zum ersten Mal den Mund auf, und ich registriere überrascht, dass sie älter klingt, als ich angenommen hatte.

Ich habe mir eine ehrgeizige junge Kollegin mit schicker Bluse und wippendem blonden Pferdeschwanz vorgestellt. Doch diese Frau ist mindestens fünfzig.

«Ja», antworte ich knapp.

«Darf ich fragen, wie es dazu gekommen ist?»

«Was hat das denn mit dem Unfall zu tun?», fährt Gideon dazwischen.

«Das kann ich erst beurteilen, wenn ich die Antwort Ihrer Freundin gehört habe.»

Etwas klickt in regelmäßigem Rhythmus, als würde jemand die Mine eines Kugelschreibers ständig raus- und wieder reindrücken. Bestimmt ist es die Kommissarin, ich kann ihre Ungeduld spüren wie ein elektrisch geladenes Feld.

«Meine Eltern und mein Bruder sind gestorben», erkläre ich. «Siri war meine beste Freundin, ihre Eltern haben mich bei sich aufgenommen.»

«Das war bestimmt nicht leicht für Sie.» Klick, klick.

«Natürlich nicht. Aber es ist Jahrzehnte her.» Ich frage mich, worauf die Kommissarin hinauswill.

«Und Frau Herzberg ist Ihretwegen nach Rügen gekommen, richtig?», fährt Judith Brunn fort.

«Woher wissen Sie das?»

«Wir haben ihr Handy gefunden. Heute Morgen, als wir die Unfallstelle noch einmal gründlich abgesucht haben.» Klick. «Es muss beim Aufprall aus dem Wagen geschleudert worden sein. Die letzte Textnachricht, die Frau Herzberg bekommen hat, stammt von Ihnen. ‹Der Stalker wurde gefasst. Du musst nicht herkommen. Danke für alles. Ich halte dich auf dem Laufenden. J.›» Klick, klick. «Ist das korrekt?»

«Ja.» Am liebsten würde ich ihr den Kuli aus den Fingern reißen und ins Gesicht schleudern. «Ich bin in Berlin gestalkt und überfallen worden, und ich dachte, der Kerl wäre mir hierher gefolgt.»

Gideon drückt meine Hand. Ohne Worte verständigen wir uns darauf, dass wir der Polizei gegenüber nicht erwähnen, wem mein Verdacht galt.

«Und da bitten Sie Ihre Freundin aus dem dreihundert

Kilometer entfernten Berlin um Hilfe, obwohl der befreundete Kollege im selben Haus wohnt?» Die Polizistin klingt misstrauisch.

«Siri hat angeboten zu kommen. Sie ist … war wie eine Schwester für mich. Ich hätte das Gleiche für sie getan.»

«Da ist noch eine Nachricht auf Frau Herzbergs Mailbox», sagt Brunn, ohne auf meinen Einwand einzugehen. «Die haben Sie am Freitag hinterlassen. Sie entschuldigen sich bei ihr. Wofür?»

«Na, für das Hin und Her.» Meine Stimme zittert. Ich habe den Eindruck, dass ich beschuldigt werde. Aber was in aller Welt soll ich getan haben?

«Ich verstehe nicht, warum Sie all diese Fragen stellen», sagt Gideon betont ruhig. «Es hört sich an, als würden Sie Jenny etwas vorwerfen.»

Der Kommissar räuspert sich. «Es gibt ein paar Ungereimtheiten, was den Unfall angeht. Deshalb haben wir den Fall von den Kollegen aus Bergen übernommen.»

«Ungereimtheiten?» Meine Stimme klingt selbst in meinen eigenen Ohren schrill. «Was soll das heißen?»

«Es gibt Spuren eines zweiten Fahrzeugs an der Stelle, wo Ihre Freundin von der Fahrbahn abgekommen ist.»

Also hatte Gideon recht mit seiner Vermutung. «Fahrerflucht?»

«Das wissen wir noch nicht. Es könnte auch ein unbeteiligter Zeuge gewesen sein, der das Feuer gesehen hat und nachschauen wollte, was los ist.»

«Aber gefunden haben Sie diesen Zeugen noch nicht», schließt Gideon.

«Nein. Wenn wir Pech haben, hat er nur ein paar Fotos geschossen, um sie auf Facebook oder Instagram hochzuladen, aber sonst nichts gesehen, was uns weiterhilft.» Wieder seufzt er.

«Ich verstehe noch immer nicht …» Ich fasse mir an den Hals.

«Das ist nicht alles», sagt Walbeck.

«Ja?» Ich kann nur noch flüstern, ich habe das Gefühl, dass die Wände des Zimmers sich langsam auf mich zubewegen, dass sie mich jeden Augenblick zerquetschen werden. Und dass ich sie nicht sehen kann, macht es noch schlimmer.

«War Ihre Freundin vielleicht Malerin?»

«Nein, sie unterrichtet an einer Grundschule.» Ich kriege es noch nicht fertig, in der Vergangenheit von Siri zu sprechen.

«Könnte sie dabei mit Farben und Lösungsmitteln zu tun gehabt haben? Für den Kunstunterricht vielleicht?»

«Möglich. Warum wollen Sie das wissen?»

«Wir haben Spuren eines Brandbeschleunigers gefunden. Im hinteren Fußraum des Wracks lag eine Dose Terpentin. Wir müssen abklären, ob die Dose zufällig im Fahrzeug war oder …»

«Ob jemand den Wagen meiner Freundin angezündet hat.»

Kaum habe ich die Worte geflüstert, erfasst mich ein Schwindel. Ich taste nach Halt, greife ins Leere, dann spüre ich nichts mehr.

Als wir wieder zu Hause sind, will ich mich in die Laube zurückziehen, doch Gideon erlaubt es nicht.

«In einer solchen Situation sollte niemand allein sein», verkündet er und schiebt mich ins Wohnzimmer.

«Keine Sorge, ich falle nicht wieder in Ohnmacht.»

«Ich mache mir aber Sorgen.»

Ich höre, wie er sich am Kamin zu schaffen macht. Kurz darauf knistert es, und ich spüre die Wärme, die bis zu mir hin strahlt. Es kommt mir total ungerecht vor, dass ich mich gemütlich am Kaminfeuer wärme, während Siri tot und kalt in einem anonymen Kühlfach in der Rechtsmedizin liegt.

«Du stehst ja noch immer da», sagt Gideon. «Komm, setz dich, ich mache uns was Heißes zu trinken. Was möchtest du? Tee? Kakao?»

Plötzlich steigt Verbitterung in mir auf. «Du solltest dich lieber von mir fernhalten. Ich bringe den Tod.»

«Jenny, bitte! Sag nicht so was!» Gideon fasst mich bei den Händen und führt mich zum Sofa.

«Ich meine es ernst.»

«Deine Freundin hatte einen Unfall, während sie auf dem Weg zu dir war. Das ist furchtbar, aber nicht deine Verantwortung. Genauso gut hätte sie bei einer anderen Fahrt verunglücken können.»

«Du hast ja keine Ahnung.» Ich setze mich. Die Schuld legt sich wie ein dunkler Umhang auf meine Schultern.

«Wovon sprichst du?» Gideon lässt sich neben mir nieder.

«Von meiner Familie.»

«Ich … ich verstehe nicht.»

«Du hast gesagt, dass du weißt, was passiert ist. Du kennst bestimmt die Geschichte, wie sie in einer Sturmnacht von den Klippen gestürzt sind.»

«Ja.» Gideons Stimme klingt rau.

«Das ist nicht die ganze Wahrheit.»

Er schweigt.

«Sie waren meinetwegen da draußen.» Ich möchte nicht darüber reden, aber ich muss. Ich habe bisher nur Siri die Wahrheit erzählt, niemandem sonst. In einer langen Winternacht in unserem gemeinsamen Kinderzimmer, als wir zwölf oder dreizehn waren. Seither hat sie ein kleines Stück dieser Last mit mir getragen. Aber Siri ist tot. Und allein breche ich unter dem Gewicht zusammen.

Wenn Gideon noch immer darauf beharrt, dass ich kein Todesengel bin, nachdem er die ganze Wahrheit kennt, wenn er fest davon überzeugt ist, dass es nicht meine Schuld ist, dann kann ich es vielleicht auch ein bisschen glauben, dann kann ich mich daran klammern und diese Katastrophe vielleicht überleben.

Gideon sagt noch immer nichts. Ich bin ihm dankbar dafür.

Stockend erzähle ich ihm, was an jenem Tag passiert ist, wie Tommy meine Puppe bemalt hat, wie ich vor Wut ausgerastet bin, wie er vor mir nach draußen geflüchtet ist und wie meine Eltern ihn stundenlang überall gesucht haben. Wie sie gemeinsam mit ihm in den Tod stürzten. Als ich geendet habe, ist es unwirklich still im Haus. Das Feuer im Kamin knistert, sonst ist nichts zu hören.

Dann steht Gideon abrupt auf. Er verharrt reglos, ich höre ihn schwer atmen.

Meine Kehle schnürt sich zu. «Sag doch etwas», bitte ich ihn.

Der Fußboden knarrt.

«Entschuldige mich bitte», stößt er mit gepresster Stimme hervor und stürzt aus dem Raum.

Ich stehe auf dem Sandweg, an einer Stelle, von der ich hoffe, dass sie vom Haus aus nicht einsehbar ist.

Nachdem Gideon so überstürzt aus dem Zimmer geflohen war, saß ich einen Moment lang fassungslos da und ärgerte mich über mich selbst. Wie konnte ich nur einem Mann, den ich kaum kenne, das größte Geheimnis meines Lebens anvertrauen? Welcher Teufel hat mich da geritten?

Dann bin ich in die Laube getaumelt.

Gerade als ich mich im Bett verkriechen wollte, rief Marc an. «Lust auf einen Spaziergang am Meer?»

«Es geht mir nicht gut.»

«Was ist los? Bist du krank?»

«Meine Freundin ist gestorben, ein Autounfall.»

«Ich bin in zehn Minuten bei dir.»

«Aber ich –»

«Keine Widerrede.»

Ich war zugleich ärgerlich und froh, dass er keine Entschuldigung hat gelten lassen.

Nach dem Telefongespräch habe ich mich rasch ein wenig frisch gemacht und umgezogen. Von Gideon habe ich nichts gehört, auch nicht, als ich durch das Haus auf die Straße geschlichen bin. Allerdings kann es sein, dass er irgendwo saß und mich beobachtet hat, während ich mich den Korridor entlanggetastet habe. Die Vorstellung lässt mich schaudern.

Ein Auto nähert sich. Jemand steigt aus, nimmt mich in die Arme. Ich erkenne Marc am Geruch, noch bevor er den Mund aufmacht.

«Es tut mir so leid, Jenny.»

Ich sage nichts, halte mich einfach nur an ihm fest.

Wir fahren nach Thiessow. Kilometerlanger Sandstrand ganz für uns allein. Eine Weile laufen wir einfach nur schweigend nebeneinander her. Marc hält meine Hand.

Irgendwann setzen wir uns auf einen angeschwemmten Baumstamm, und ich erzähle von Siri. Von den Nächten bei Taschenlampenlicht unter der Bettdecke, mit Süßigkeiten und unserem Lieblingsbuch, aus dem wir uns gegenseitig vorgelesen haben. Von unserem gemeinsamen Urlaub in der Toskana, als wir beide gerade erst den Führerschein gemacht hatten und mit unserem schrottreifen Golf irgendwo bei San Gimignano liegengeblieben sind und nach Hause trampen mussten.

Seltsamerweise tut es nicht weh, sondern gut, über sie zu reden.

Marc hört die ganze Zeit schweigend zu.

Irgendwann habe ich genug erzählt. «Jetzt weißt du ganz viel über mich, aber ich so gut wie nichts über dich, außer dass du in der Schule ein Einzelgänger warst und deshalb viel vor dem Computer saßt.»

«Damit weißt du auch schon so ziemlich alles, was es

zu wissen gibt. Ich lebe lieber in der Gegenwart als in der Vergangenheit.»

«Du willst also weiter den Geheimnisvollen spielen.»

«Das macht mich bei den Frauen interessant.»

Ich spüre, dass er sich vorbeugt, sein Gesicht ist ganz dicht vor meinem.

«Du bist ein Schuft!»

Er küsst mich. «Aber es funktioniert.»

Wir hören nicht auf, uns zu küssen, auch auf dem Weg zurück zum Auto und nach dem Einsteigen nicht. Schnell wird mehr daraus. Marc knöpft mir die Bluse auf, ich mache mich mit zitternden Fingern an seinem Gürtel zu schaffen.

Bis er plötzlich meine Hände wegschiebt und ohne ein Wort der Erklärung aus dem Wagen steigt.

Fassungslos bleibe ich sitzen. Hätte er mir ein Messer in den Bauch gerammt, hätte es nicht mehr weh tun können.

Sonntag, 23. September

Als ich am nächsten Morgen aufwache, peitscht Regen auf das Dach der Laube und erfüllt sie mit seinem monotonen Klang. Der Himmel weint um Siri. Genau wie ich.

Während ich dem gleichmäßigen Trommeln lausche, kehrt nach und nach die Erinnerung an die vergangenen vierundzwanzig Stunden zurück.

Der Tag gestern begann so wundervoll auf der Terrasse im Sonnenlicht, bevor ich erst meine beste Freundin verlor und dann, in diesem Moment größter Verzweiflung, gleich von zwei Männern grob zurückgewiesen wurde. Bei Gideon habe ich wenigstens verstanden, aus welchem Grund er sich von mir abwandte. Aber warum Marc mich so abrupt zurückstieß, begreife ich noch immer nicht ganz.

Er ist nach einer Weile wieder eingestiegen, hat mich um Verzeihung gebeten und behauptet, dass er das Gefühl gehabt hätte, meine Verletzlichkeit auszunutzen.

So richtig geglaubt habe ich ihm seine Erklärung nicht. Ich habe eher den Verdacht, dass ihm schlagartig klarwurde, dass er im Begriff ist, sich mit einer Blinden einzulassen. Dieser Gedanke scheint für die meisten Menschen erschreckend zu sein. Ein bisschen Flirten ist nett, aber eine ernsthafte Beziehung würde ja auch Einschränkungen für das eigene Leben nach sich ziehen. Ich kann das verstehen, deshalb bin ich auch nicht sauer auf Marc, nur verdammt enttäuscht.

Trotzdem haben wir uns für heute Mittag verabredet. Marc will mich an einen besonderen Ort führen. Mir ist es gleich, was wir unternehmen, Hauptsache, er lenkt mich ab, und ich muss nicht ständig an Siri denken.

Noch habe ich nicht mit ihren … unseren Eltern gesprochen. Cornelia und Peter – ich habe mich nie dazu durchringen können, sie Mutti und Vati zu nennen – warten bestimmt darauf, dass ich mich melde. Aber was soll ich ihnen sagen? Wie erklären, dass Siri starb, weil sie mir zu Hilfe kommen wollte?

Ich glaube nicht, dass sie mir das je verzeihen werden. Genauso wenig, wie ich es mir selbst vergeben kann. Wieder ist ein Mensch, den ich liebe, zu Tode gekommen, weil ich egoistisch war und nur an mich gedacht habe.

Gestern Abend hat Gideon mich abgefangen, als ich nach Hause kam. Er hat sich entschuldigt – genau wie Marc –, hat behauptet, dass seine Reaktion nichts mit mir zu tun gehabt hätte, und beteuert, dass er mich nicht verurteilt für das, was ich getan habe.

«Du warst ein Kind, wie hättest du absehen können, was passieren würde? Nicht einmal ein Erwachsener hätte das gekonnt. Es war ein tragisches Unglück.»

«Aber es wäre nicht passiert, wenn ich Tommy nicht verprügelt hätte.»

«Und das hättest du nicht getan, wenn deine Eltern

ihn nicht ständig dir vorgezogen hätten.» Er nahm meine Hände und drückte sie. «Quäl dich nicht so sehr, Jenny.»

Er küsste mich auf die Stirn, bevor ich mich auf den Weg in die Laube machte, und ich fühlte mich tatsächlich ein wenig getröstet.

Ich taste nach meinem Handy, das mir sagt, dass es zwanzig nach sieben ist. Ich steige unter die Dusche, putze die Zähne, ziehe mich an.

Am liebsten würde ich nach Hause fahren. Das Bild und der geheimnisvolle Junge, all das, was mir gestern noch wichtig war, ist plötzlich bedeutungslos. Und Marc ... seit gestern Abend bin ich nicht mehr sicher, was er eigentlich von mir will. Keine schnelle Nummer jedenfalls mit einer Behinderten, die hätte er längst haben können. Was ich von ihm will, weiß ich auch nicht so genau. Ich mag ihn, sehr sogar. Daran ändert auch seine Zurückweisung im Auto nichts. Ich glaube, ich bin sogar ein bisschen verliebt. Irgendwie.

Jedenfalls werde ich noch ein paar Tage bleiben müssen, ob es mir passt oder nicht. Die Polizei hat mich gebeten, mich zur Verfügung zu halten. Was auch immer das bedeuten mag.

Als ich die Tür aufschließen will, um zum Haus zu laufen, berühre ich mit dem Fuß einen Gegenstand, der auf dem Boden liegt. Ich bücke mich und ertaste einen Brief.

Mein Herz schlägt schneller. Irgendwer muss ihn in der Nacht unter der Tür durchgeschoben haben.

Ich taste den Umschlag vorsichtig ab und spüre eine kleine Wölbung, im Inneren scheint mehr als nur ein Blatt

Papier zu sein. Es wäre besser, Gideon um Hilfe zu bitten, aber ich komme mir schon so hilflos genug vor. Also schlitze ich den Brief auf und kippe den Inhalt aufs Bett.

Dann berühre ich ihn vorsichtig mit den Fingerspitzen. Eine Postkarte. Ich fahre über die Oberfläche, ertaste die Konturen einer Blume. Ich brauche sie nicht zu sehen, um zu wissen, dass es ein Maiglöckchen ist.

Wie vom Donner gerührt sitze ich da.

Der Stalker ist in Haft, die Polizei ist sicher, dass sie den Richtigen festgenommen hat. Wer also schickt mir Maiglöckchen? Und warum?

Als ich die Karte weglege, stoßen meine Finger an den anderen Gegenstand, der in dem Umschlag war.

Mein Herzschlag setzt aus.

«Eine Patrone? Sind Sie sicher?» Kommissarin Eving klingt hellwach, obwohl es Sonntagmorgen ist.

Ich habe die private Handynummer gewählt, die sie mir gegeben hat, aber das wäre gar nicht nötig gewesen, sie sitzt in ihrem Büro.

«Ja, ich bin mir sicher. Ich habe sie sogar meinem Kollegen gezeigt, um sicherzugehen, dass es kein Spielzeug ist. Er sagt, sie ist echt.»

«Allerdings ist sie das», brummt Gideon zur Bestätigung.

Wir sitzen am Küchentisch. Ich habe das Handy laut gestellt, damit er mithören kann. Er war geschockt, als ich ihm den Inhalt des Umschlags gezeigt habe, und hat darauf bestanden, dass ich sofort die Polizei anrufe.

Die Kommissarin räuspert sich, bevor sie ihre nächste

Frage stellt. «Und sie war in einem Briefumschlag, den jemand unter ihrer Tür durchgeschoben hat?»

«Ja, zusammen mit einer Postkarte mit Maiglöckchenmotiv. Kein Text. Auch kein Name auf dem Umschlag.» Das weiß ich von Gideon.

Die Kommissarin schweigt einen Moment. «Ich hatte so etwas befürchtet.»

«Was soll das heißen?» Eine Mischung aus Angst und Empörung wallt in mir hoch. «Ich dachte, Sie hätten den Täter verhaftet.»

«Ja, das stimmt. Und unser Verdächtiger hat inzwischen alle Taten gestanden – bis auf den Überfall auf Sie. Den streitet er vehement ab. Und ich bin geneigt, ihm zu glauben. Es würde nichts am Strafmaß ändern, auch den Angriff auf Sie zuzugeben.»

Ich begreife sofort. «Sie glauben, dass es bei mir ein anderer Täter war.»

«Ich vermute, dass Ihr Stalker von dem Preußenpark-Vergewaltiger gehört und sich drangehängt hat.»

«Er hat sich drangehängt? Was soll das heißen?»

«Möglich, dass er Sie nur überfallen hat, damit wir glauben, es wäre derselbe Täter. Deshalb konnten Sie ihn so leicht abwehren. Ihm geht es höchstwahrscheinlich um etwas ganz anderes.»

Mein letzter Funke Stolz darauf, dass ich dem Angreifer aus eigener Kraft entkommen konnte, verglimmt mit einem schmerzhaften Stechen in der Brust.

«Aber die anderen Frauen haben doch auch Blumen bekommen!», wende ich ein.

«Nur eine. Ihr wurden Rosen vor die Tür gelegt. Wir vermuten, dass das nichts mit dem Vergewaltiger zu tun hat. Es gibt da einen Ex-Freund, der noch an ihr interessiert ist. Wir konnten ihn noch nicht befragen, aber ich bin überzeugt davon, dass er ihr die Rosen geschickt hat.»

«Und die Postkarten, die in der Wohnung des Verdächtigen gefunden wurden?»

«Er behauptet, er hätte vor einiger Zeit irgendwo ein Kartenset im Angebot gekauft, um seiner Mutter hin und wieder eine schicken zu können. Die Dame wohnt in Bayern in einem Seniorenheim und hat tatsächlich eine Sammlung Blumenkarten von ihrem Sohn auf der Fensterbank stehen.»

«O Gott, das kann doch nicht sein!» Ich fahre mir über das Gesicht.

Gideon, der neben mir sitzt, legt seine Hand auf meine Schulter und drückt sie sanft.

«Ich fürchte, wir müssen die Ermittlungen in Ihrem Fall wieder aufnehmen, Frau Lark. Ich werde Ihnen einen Kollegen vorbeischicken, der den Umschlag abholt. Bitte sorgen Sie dafür, dass niemand sonst den Inhalt anfasst.»

«Glauben Sie, dass ich in Gefahr bin?»

«Ich möchte nicht spekulieren, aber Sie sollten vorsichtig sein.»

«Frau Lark braucht Polizeischutz», schaltet Gideon sich ein. «Die Patrone ist eine unmissverständliche Drohung.»

«Möglicherweise. Der Kollege aus Stralsund wird sich so bald wie möglich mit Ihnen in Verbindung setzen, vielleicht kann er etwas arrangieren. Von Berlin aus kann ich da leider nichts machen. Seien Sie so lange vorsichtig, Frau Lark. Gehen Sie nicht allein aus dem Haus, bleiben Sie in der Nähe Ihres Kollegen.»

Als ich aufgelegt habe, schlage ich die Hände vors Gesicht und stöhne. Meine Gedanken fahren Karussell, bis sie plötzlich bei Siri stehenbleiben. Wenn sich der Verdacht der Polizei bestätigt und ihr Tod kein Unfall war, muss all das irgendwie zusammenhängen. Aber wie?

Als ungefähr eine Stunde später der Polizist aus Stralsund kommt, ist Gideon nicht da. Er hat niemanden gefunden, der Finn bei seinem Freund abholt, hat aber zugesichert, nicht länger als eine halbe Stunde wegzubleiben. Ich bin allein im Haus, musste ihm versprechen, niemandem die Tür zu öffnen. Doch ich erkenne die Stimme von Kommissar Walbeck und lasse ihn ins Haus. Ich bin froh, dass er seine Kollegin nicht dabeihat. Bei ihr habe ich die ganze Zeit das Gefühl gehabt, mich rechtfertigen zu müssen, ohne genau zu wissen, wofür.

Wir gehen in die Küche, wo der Umschlag auf dem Tisch liegt.

Ich höre eine Tüte knistern.

«Wer hat die Sachen angefasst?», fragt Walbeck.

«Nur ich. Mein Kollege auch, aber er hat sich vorher Handschuhe angezogen.»

«Sehr gut. Wir brauchen Ihre Abdrücke, am besten noch heute. Dafür müssen Sie aber nicht extra nach Stralsund kommen. Das können Sie in Bergen machen.»

«Okay.»

Ich bin neben der Tür stehen geblieben. Jetzt höre ich, wie Walbeck sich setzt. So einfach komme ich nicht davon.

«Dann mal los», sagt er. «Nehmen Sie Platz und erzählen Sie von dem Stalker.»

Widerstrebend lasse ich mich neben ihm nieder. «Das habe ich doch gestern schon getan.»

«Ich brauche die Details.»

«Die haben Sie sicherlich von Ihrer Kollegin aus Berlin erfahren.»

«Ich möchte Ihre Version hören.»

Also erzähle ich alles, vom ersten Blumenstrauß unter dem Scheibenwischer bis zu dem Umschlag, der heute Nacht unter der Tür der Laube durchgeschoben wurde. Ich erwähne sogar die gestohlene Pittiplatsch-Puppe. Nur meinen Verdacht gegen Gideon lasse ich weg.

«Warum haben Sie mir das alles nicht erzählt, als wir Sie gestern zum Tod Ihrer Freundin befragt haben?», will er schließlich wissen.

«Ich dachte, der Stalker wäre gefasst.»

«Verstehe.» Er raschelt mit Papier. «Haben Sie einen Verdacht bezüglich des Stalkers? Gibt es jemanden, einen zurückgewiesenen Liebhaber vielleicht, dem Sie so etwas zutrauen?»

Das alles hat Katrin Eving mich schon Dutzende Male gefragt. «Nein. Ich habe keine Ahnung, wer dahintersteckt.»

«Wir lassen die Karte und den Umschlag untersuchen. Aber große Hoffnungen mache ich mir nicht. Bisher haben die Kollegen nie Fingerabdrücke oder andere verwertbare Spuren an den Gegenständen gefunden, die der Stalker Ihnen geschickt hat. Wer auch immer Ihnen das antut, ist sehr clever und kennt sich mit Polizeiarbeit aus.»

«Tut das nicht heutzutage jeder, der einen Fernseher hat?», frage ich sarkastisch.

«Möglich. Aber die meisten Täter halten sich für schlauer, als sie sind, und hinterlassen dennoch irgendwelche Spuren. Zum Glück, sonst hätten wir ein echtes Problem.»

«Was ist mit der Patrone?», will ich wissen. «Ist das eine Eskalation? Bisher waren es immer nur Blumen, mal echte, mal auf Postkarten gedruckte.»

«Schwer zu sagen.» Wieder raschelt etwas. Vermutlich hat Walbeck die Patrone bereits in eine Tüte gepackt und jetzt danach gegriffen. «Eine M43. Kalaschnikow-Kaliber.»

«Bedeutet das, sie ist aus DDR-Beständen?»

«Möglich.» Er scheint zu überlegen. «Sehr wahrscheinlich sogar.»

Plötzlich fällt mir etwas ein. «Wurde diese Patrone vom Militär genutzt? Von Grenzsoldaten vielleicht?»

«Worauf wollen Sie hinaus?»

«Es gibt da jemanden, aber …»

«Sprechen Sie weiter.»

«Er kann nicht mein Stalker sein.»

«Das zu entscheiden sollten Sie uns überlassen.»

«Es ist ein Ex-Soldat. Gideon, mein Kollege, ist überzeugt davon, dass er harmlos ist.» Ich erzähle Walbeck alles, was ich weiß.

Ich höre, wie der Kommissar sich Notizen macht. «Einen Namen haben Sie nicht?»

«Nein. Aber ich nehme an, Gideon, also Herr Mahler, weiß, wie er heißt.» Ich zögere. «Glauben Sie, das Ganze hängt irgendwie zusammen? Der Stalker, der Soldat …» Ich schlucke hart. «… und Siris Tod? Hat er Siri vielleicht …» Trauer überrollt mich, ich blinzle die Tränen weg.

«Das ist zum jetzigen Zeitpunkt reine Spekulation.»

«Sind Sie denn schon weitergekommen mit den Ermittlungen zum Unfall?»

«Bisher nicht.» Walbeck erhebt sich. «Ich werde versuchen, Ihren Freund zu erreichen. Dann schauen wir uns diesen Soldaten mal an. Mehr kann ich im Augenblick nicht sagen.» Ich höre, wie er zur Tür geht. «Ich habe den Kollegen hier vor Ort Bescheid gegeben. Eine Streife wird regelmäßig am Haus vorbeifahren. Zögern Sie nicht, anzurufen, wenn Ihnen etwas merkwürdig vorkommt.»

Während seine Schritte sich entfernen, sitze ich reglos da und starre ins Nichts. Es ist mir egal, ob der Stalker irgendwo auf der Lauer liegt, ob er mich gerade in diesem Augenblick durchs Fenster beobachtet, ob er mich erneut überfällt. Im Gegenteil, ich wäre ihm sogar dankbar, wenn er es diesmal zu Ende bringen würde. Ich wäre lieber tot als gefangen in einem Leben ohne Siri.

Marc holt mich ab, bevor Gideon zurück ist. Er ist mittlerweile seit über einer Stunde fort, und ich frage mich, was ihn aufgehalten hat. Zugleich bin ich froh, dass die beiden Männer sich nicht über den Weg laufen.

Marc küsst mich zur Begrüßung. Ich lasse es zu, erwidere den Kuss jedoch nicht. Er nimmt mich bei der Hand und führt mich zum Auto. Schon gestern ist mir aufgefallen, dass es nicht derselbe Wagen ist wie zuvor, nicht der, den er von seinem Kunden ausgeliehen hatte. Es bestätigt meinen Verdacht, dass er nicht aus beruflichen Gründen nach Rügen zurückgekehrt ist.

Eigentlich müsste ich wegen der Fingerabdrücke zum Polizeirevier fahren, aber ich will Marc nicht auch noch mit hineinziehen. Außerdem müsste ich ihm dann von der erneuten Botschaft des Stalkers erzählen. Das möchte ich nicht. Ich habe heute schon mit zwei Männern lang und breit darüber gesprochen. Ich brauche eine Auszeit. Ein paar unbeschwerte Augenblicke, in denen meine Gedanken nicht ständig um all die schrecklichen Ereignisse kreisen. Die Fingerabdrücke müssen warten. Es wird wohl reichen, wenn Gideon mich morgen hinbringt.

Als Marc den Motor startet, kommt eine SMS von Gideon. Ich stecke die Stöpsel in die Ohren und höre sie ab. Offenbar hat er eine Reifenpanne und kein Reserverad. Ich schreibe zurück, dass es mir gut geht und ich mit Marc unterwegs bin.

«Alles okay?», fragt Marc, als ich das Handy in die Tasche schiebe.

«Alles bestens», antworte ich knapp.

«Du bist noch immer sauer wegen gestern Abend.»

«Nein.»

«Ich habe mich idiotisch benommen, und es tut mir leid.»

«Das sagtest du schon.»

Marc hält den Wagen an und schaltet den Motor aus.

«Sind wir schon da?»

«Nein. Ich möchte das erst mit dir klären.»

«Wo sind wir?» Die Vorstellung, dass wir noch in der Nähe des Hauses sind und Gideon uns bei seiner Rückkehr sehen könnte, behagt mir nicht.

«Auf einem Feldweg mit Blick aufs Meer.»

«Ist jemand in der Nähe?»

«Keine Menschenseele weit und breit.»

«Gut.»

«Darf ich dich etwas fragen?» Er klingt mit einem Mal sehr förmlich.

«Natürlich.»

«Du und Gideon, ich meine ... läuft da was zwischen euch?»

«Was sollte da laufen?», frage ich etwas zu schnell zurück. Ich fühle mich ertappt, obwohl mein Verhältnis zu Gideon ja wirklich rein freundschaftlich ist, von meiner Seite zumindest.

«Er ist ein attraktiver Mann, er ist Witwer, du wohnst bei ihm ... ich dachte ...»

«Er ist ein Kollege. Ein Freund. Mehr nicht.»

«Gut.» Er zögert. «Denn ich bin für klare Verhältnisse.»

Ich wende mich ihm zu. Ich wünschte, ich könnte ihm in die Augen sehen. «Was soll das heißen?»

«Das heißt, dass ich mich in dich verliebt habe, Jenny, dass ich mit dir zusammen sein und dich mit niemandem teilen will.» Er greift nach meiner Hand. «Natürlich nur, wenn du es auch willst.»

«Ich …» Mir versagt die Stimme. Mein Herz rast auf einer schwindelerregend kurvigen Achterbahn durch meinen Körper. Ich möchte mir die Hände auf die Brust pressen, damit es nicht herausgeschleudert wird.

«Mir ist klar, dass der Zeitpunkt ungünstig ist», sagt Marc sanft. «Du trauerst um deine Freundin. Aber ich kann nicht länger warten. Ich halte es nicht mehr aus. Ich will nicht ohne dich sein, ich will für dich da sein. Deinen Kummer mit dir teilen. Sag, dass du genauso empfindest wie ich.»

Alles in mir schreit ja, ja, ja! Aber ich spreche es nicht aus. Ich fühle mich überrumpelt, bringe die Worte nicht über die Lippen.

Marc streichelt sanft meine Wange. «Ich habe mich doch nicht getäuscht? Du empfindest genauso wie ich, ist es nicht so?»

«Doch, ja», stammle ich. «Ich bin nur …»

«Ist es, weil du mich nicht sehen kannst? Hast du Angst, ich könnte hässlich und abstoßend sein?»

Die Erinnerung an Philipp Amerys hübsches Gesicht blitzt vor meinem inneren Auge auf. «Nein, das ist es nicht.»

«Was dann? Traust du mir nicht?» Er klingt verletzt.

«Doch, natürlich. Aber …»

«Aber was?»

«Ich weiß nicht. Ich bin verwirrt. Das geht alles so schnell.»

«Ich gebe zu, dass es für mich gar nicht schnell genug gehen kann. Ich wusste von der ersten Sekunde an, dass du die Frau bist, auf die ich mein Leben lang gewartet habe.»

«Ist das wahr?»

«Ja, Jenny. Aber wenn du noch Zeit brauchst …»

«Ja. Nein. Das ist alles so viel auf einmal.» Mein Telefon piepst.

Marc nimmt seine Hand weg. «Vielleicht ist es wichtig.»

Ich ziehe das Gerät aus der Tasche. «Nur die Antwort von Gideon, nehme ich an.»

«Er wirkt sehr besorgt um dich.»

«Ja.»

Er nimmt mir das Telefon aus der Hand, legt es irgendwo ab. Ich höre das Klappern, kann es aber nicht genau verorten. Obwohl es keinen rationalen Grund dafür gibt, überrollt mich eine kurze heftige Panikwelle. Ich muss wissen, wo mein Telefon ist, es in der Tasche haben oder in der Hand halten, es ist meine wichtigste Verbindung zur Welt.

Ich strecke die Hand aus. «Bitte gib mir das Telefon zurück.» Ich schaffe es nicht ganz, die Dringlichkeit in meiner Stimme zu unterdrücken.

«Vergiss es, nur für einen Augenblick.»

Ich taste auf dem Armaturenbrett herum. «Bitte sag mir, wo ist es.»

Marc seufzt. «Muss das sein?»

«Ja.»

«Vertraust du mir nicht?»

«Was hat das damit zu tun?»

«Weißt du, was ich glaube?» Marcs Tonfall hat sich verändert, er klingt plötzlich kalt und distanziert. «Ich glaube, du traust niemandem. Deine Blindheit, der Stalker, das alles hat dich misstrauisch gegenüber der ganzen Welt gemacht. Ich verstehe das. Aber es ist eine Falle. Du musst da raus, bevor sie zuschnappt. Du musst lernen, wieder zu vertrauen. Sonst stößt du jeden vor den Kopf, dem etwas an dir liegt, und stehst eines Tages ganz allein da.»

Ich schlucke fassungslos, bin mir nicht sicher, ob ich beschämt oder wütend sein soll. Einerseits hat Marc recht. Ich habe mich verkrochen, seit ich erblindet bin, habe einige Freundschaften einschlafen lassen. Und ich bin wachsam gegenüber Fremden. Aber ist das nicht nachvollziehbar in meiner Situation?

«Ich wollte dir nicht weh tun.» Ich strecke den Arm aus, taste nach seiner Hand.

Doch er zieht sie zurück. «Hast du aber.»

«Es tut mir leid.»

«Wie idiotisch von mir zu glauben, du könntest genauso empfinden wie ich! In Wahrheit bist du doch einzig und allein mit dir selbst beschäftigt.»

«Das ist nicht fair.» Meine Zerknirschung schlägt um in Ärger.

«Ach, wirklich nicht? Du willst doch überhaupt nicht mit mir zusammen sein.» Er drückt mir das Telefon in die Hand. «Da hast du es.»

Ich schiebe es in meine Tasche. «Danke. Du musst verstehen, ich bin wirklich –»

«Ich glaube, es ist besser, wenn ich dich zurückbringe», unterbricht er mich.

Jetzt bin ich richtig wütend. «Das ist nicht nötig.» Ich suche nach dem Türgriff. «Ich komme allein zurecht.»

Ohne seine Antwort abzuwarten, steige ich aus und knalle die Tür zu. Erst dann erlaube ich den Tränen, die in meinen Augen brennen, zu fließen.

Ich ziehe meinen Stock aus und setze mich in Bewegung. Ich habe keine Ahnung, in welche Richtung ich gehen muss, laufe einfach los.

Hinter mir höre ich nichts, kein Rufen, kein Türenschlagen, kein Aufheulen des Motors. Wahrscheinlich sitzt Marc einfach nur da und beobachtet durch die Windschutzscheibe, wie ich hilflos durch die Gegend irre.

Der Boden unter mir ist uneben, aber ich ertaste mit dem Stock den Grünstreifen zwischen den Fahrspuren. Daran orientiere ich mich. Als ich eine Gabelung erreiche, halte ich mich links. Eine Weile später stoße ich auf eine asphaltierte Straße mit Bürgersteig.

Ich laufe weiter, taste immer wieder nach einem Straßenschild, einem Briefkasten oder Strommast, irgendeinem Gegenstand, der mir hilft herauszufinden, wo ich bin. Und dann erkenne ich den Zaun, der den Friedhof umgibt.

Ich finde das Grab meiner Familie auf Anhieb. Wieder und wieder fahre ich mit den Fingern die Buchstaben nach.

Marina Lark
Alexander Lark
Thomas Lark

Stumm bitte ich sie um Vergebung für das, was ich

ihnen angetan habe. Dann sinke ich auf den Boden und ziehe das Handy hervor. Bevor ich Gideons Nummer heraussuchen kann, klingelt es.

«KHK Walbeck hier», meldet sich der Polizist knapp. «Haben Sie meine Nachricht erhalten?»

Die SMS, der Anlass für den Streit zwischen Marc und mir, ich habe gar nicht mehr daran gedacht. Bestimmt will er wissen, wann ich vorbeikomme. «Wenn es wegen der Fingerabdrücke ist –» Noch mehr Schuldgefühle.

«Deshalb rufe ich nicht an.» Förmlich. Distanziert. «Ich schrieb Ihnen ja bereits, dass es Neuigkeiten gibt.»

«Ist etwas passiert?»

«Es geht um Ihre Freundin. Wir haben eine weitere Dose Terpentin in der Nähe der Unfallstelle gefunden. Außerdem haben wir den Unfallhergang rekonstruiert und sind sicher, dass ein zweiter Wagen involviert gewesen sein muss. Frau Herzberg wurde von der Straße abgedrängt. Wir gehen davon aus, dass dieselbe Person, die das getan hat, auch das Feuer legte. Womöglich, um Spuren zu verwischen. Wir ermitteln jetzt wegen Mordes.»

Ich sitze da, als hätte mir jemand mit der Faust ins Gesicht geschlagen. Mein Hirn kann die Information nicht verarbeiten, meine Hände sind taub, können das Telefon kaum halten.

«Und da ist noch etwas.»

«Was denn?» Ich will es gar nicht wissen, es ist schon schlimm genug.

Walbeck räuspert sich umständlich. «Bei der Autopsie wurde Rauch in der Lunge gefunden.»

Ich begreife nicht sofort. «Ja? Und?»

«Das bedeutet, dass Ihre Freundin noch gelebt hat, als der Wagen ausbrannte. Es tut mir sehr leid.»

Ich rolle mich auf dem Boden zusammen, das Telefon zwischen die feuchte Erde und mein Ohr geklemmt. *Nein, nein!*

«Sind Sie noch dran, Frau Lark? Ist alles in Ordnung?»

Nichts ist in Ordnung, will ich ihn anschreien. Meine Familie ist tot, meine beste Freundin ist tot, bei lebendigem Leib verbrannt, und alles ist meine Schuld!

«Frau Lark?» Seine Stimme klingt jetzt dringlicher. «Wo sind Sie? Ist Ihr Kollege bei Ihnen?»

«Es geht mir gut», lüge ich. Meine Stimme ist so tonlos, dass ich nicht sicher bin, ob er mich überhaupt gehört hat.

«Soll ich jemanden für Sie anrufen?»

«Nein, danke, nicht nötig. Alles bestens.» Ich unterbreche die Verbindung.

Eine Weile bleibe ich auf dem Boden liegen, gelähmt vor Schock, doch meine Entscheidung steht bereits fest. Schließlich setze ich mich auf, klopfe mir die Erde von den Kleidern und aus den Haaren. Ich google die Nummer eines örtlichen Taxiunternehmens. Der Wagen ist fünf Minuten später da. Ich lasse ihn erst an einem Supermarkt und dann an einer Apotheke halten. Während ich meine Besorgungen erledige, klingelt mein Handy fast pausenlos. Ich drücke den Anruf jedes Mal weg. Schließlich bringt der Taxifahrer mich zu Gideons Haus.

Gideon empfängt mich beinahe hysterisch. Er war es, der mehr als ein Dutzend Mal versucht hat mich zu erreichen, seit ich den Friedhof verlassen habe. Vermutlich hat Kommissar Walbeck ihn direkt nach mir angerufen.

Sein gutgemeinter Redeschwall prallt an mir ab. Ich weiß, dass auch er mich im Grunde seiner Seele verabscheut für das, was ich getan habe.

Ich verkünde, dass ich Ruhe brauche und nicht gestört werden will, dann verkrieche ich mich in die Laube. Es tut mir ein wenig leid, dass ich ihm das antun muss. Er ist ein netter Kerl, und ich will ihm keinen Ärger machen. Aber ich bin sicher, er wird darüber hinwegkommen.

Ich ziehe meinen Plan ruhig und konzentriert durch, schließlich mache ich das ja nicht zum ersten Mal. Während ich meine Sachen ordne, trinke ich das erste Glas Wein. Ich packe die Reisetasche, lösche alle Nachrichten auf meinem Handy, die niemanden etwas angehen, gieße mir das zweite Glas ein.

Dann drücke ich die Tabletten aus der Packung und reihe sie fein säuberlich auf dem Nachttisch auf, damit ich sie bloß alle finde, wenn es so weit ist. Der Nachtgiger beobachtet mich dabei, aber er greift nicht ein. Er hockt in der Ecke der Laube und lässt sich keine Bewegung entgehen. Vielleicht ist es das, was er von Anfang an wollte.

Ich zögere kurz, als ich an meine Adoptiveltern denke, überlege sogar, sie anzurufen, um ihnen zu sagen, wie dankbar ich ihnen bin für alles, was sie für mich getan haben. Ich möchte ihren Schmerz nicht vergrößern, sie waren immer so gut zu mir. Aber ich habe keine Kraft mehr.

Ich leere das zweite Glas in einem Zug, schenke mir das

dritte ein. Meine Hand zittert ein wenig, und ein Teil des Weins kleckert auf den Nachttisch. Als ich den Fleck mit Toilettenpapier wegwischen will, stoße ich an die Flasche, und sie landet mit einem lauten Klirren auf dem Boden.

Ausgerechnet in dem Moment klopft es an der Tür. «Jenny, alles okay bei dir?»

«Ja, mir geht es gut.» Ich hoffe, dass Gideon das Beben in meiner Stimme nicht hört. «Ich habe nur gerade etwas umgestoßen. Halb so wild.»

«Kann ich reinkommen?»

«Nein.»

«Bitte. Ich muss mit dir reden.»

«Geht das nicht morgen?»

«Mach auf, Jenny. Es ist wichtig!»

«Ich bin schon ausgezogen, ich möchte schlafen.» Ich habe keine Ahnung, wie spät es ist, ich habe jedes Zeitgefühl verloren. Als Marc mich abgeholt hat, muss es ungefähr Mittag gewesen sein. Wir waren für ein Uhr verabredet, aber ich glaube, er war früher da. Ich weiß jedoch nicht, wie lange ich durch die Gegend geirrt bin, bevor ich auf den Friedhof stieß, und wie lange ich dort nach Walbecks Anruf im Dreck gelegen und mich selbst bemitleidet habe. Länger jedenfalls, als es mir vorkam. Es könnte inzwischen fünf Uhr sein oder acht oder schon zehn.

Gideon rüttelt an der Klinke. «Wenn du mich nicht reinlässt, breche ich die Tür auf.»

«Das wagst du nicht!» Hastig schiebe ich die Tabletten zusammen.

In dem Moment kracht es ohrenbetäubend. Ich schreie

auf, lasse die Tabletten fallen, bleibe reglos sitzen und warte auf das Donnerwetter.

Eine Weile ist es totenstill.

«Oh, Jenny», flüstert Gideon dann.

Im nächsten Augenblick kniet er vor mir und hält meine Hände.

«Es geht dich nichts an, es ist meine Sache», erkläre ich steif.

«Wenn du dir meine Gartenlaube aussuchst, um dich dort umzubringen, geht es mich schon etwas an, finde ich.»

«Dann nehme ich mir ein Hotelzimmer. Oder ich gehe an den Strand.»

«Das lasse ich nicht zu.»

«Es ist mein Leben.»

«Eben.» Er setzt sich neben mich, ohne meine Hände loszulassen. «Ist es wegen deiner Freundin? Dieser Kommissar hat mich angerufen.»

«Sie ist lebendig verbrannt. Und es ist meine Schuld.»

«Um Gottes willen, warum das denn?»

«Weil sie meinetwegen hergekommen ist. Wer auch immer es auf mich abgesehen hat, wollte sie aus dem Weg haben, das ist doch wohl offensichtlich.»

«Möglich», räumt Gideon ein. «Aber damit ist es noch immer nicht deine Schuld, sondern die des Mannes, der dich verfolgt.»

«Menschen sterben meinetwegen, schon mein ganzes Leben lang.»

«Wie bitte?»

«Meine Eltern, mein Bruder. Ich habe es dir doch erzählt. Und jetzt Siri.»

«Du irrst dich.» Seine Stimme klingt gepresst.

«Ich habe sie nicht getötet. Aber ich habe ihren Tod verursacht. Damit muss ich leben.»

«Das ist nicht wahr.» Er schluckt hörbar. «Deine Familie wäre auch gestorben, wenn du dich an jenem Tag nicht mit deinem Bruder gestritten hättest.» Er schweigt, bevor er hinzufügt: «Nur dass du dann wahrscheinlich mit ihnen ums Leben gekommen wärst.»

«Was sagst du da?», flüstere ich fassungslos.

Gideon drückt meine Hände, küsst sie.

«Was sagst du da?», wiederhole ich.

«Du wirst mich hassen.»

«Ich habe keine Ahnung, wovon du redest.»

«Ich werde es dir erklären. Ich hätte es längst tun sollen. Aber ich war egoistisch, habe nur an mich gedacht.»

Gideon lässt meine Hände los, steht auf. Ich höre die Tür knarren, Scherben klirren, eine Tüte rascheln. Dann lässt er sich wieder neben mir nieder.

«Ich habe aufgeräumt. Die Scherben beseitigt, die Tür zugemacht, so gut es geht. Sie lässt sich nicht mehr abschließen, aber du kannst den Stuhl unter die Klinke schieben. Die Vorhänge sind geschlossen, das Licht ist aus, draußen ist es dunkel. Ich sehe also nicht viel mehr als du. So ist es leichter.»

«Was ist so leichter? Was soll das alles?»

«Sagen wir, ich brauchte noch ein paar Minuten Zeit, um meinen Mut zusammenzunehmen.»

«Warum kannst du mich nicht einfach in Ruhe lassen?»

«Das tue ich, versprochen. Vorher bitte ich dich nur darum, mir zuzuhören.»

«Meinetwegen. Sag, was du zu sagen hast. Ich kann dich ja ohnehin nicht davon abhalten.» Ich verschränke die Arme. In meinem Bauch wabert ein dumpfes Gefühlschaos. Verschiedene Stimmen in mir schreien nach Aufmerksamkeit. Eine ist auf die Tabletten konzentriert, die Gideon bei seiner Aufräumaktion bestimmt hat verschwinden lassen, und fragt mit schriller Stimme, wo er sie versteckt haben könnte. Eine andere will hören, was Gideon zu erzählen hat, klammert sich an die irrwitzige Hoffnung, es könnte etwas sein, das alles in einem neuen Licht erscheinen lässt, während die dritte überzeugt ist, dass es sich ohnehin nur um ein billiges Ablenkungsmanöver handelt. Stimme eins und drei verstummen, sobald Gideon die ersten Sätze gesprochen hat.

«Es war ein kalter, verregneter Sommer», beginnt er. «Ich war zehn Jahre alt und träumte davon, Polizist zu werden wie mein Vater. Ich hatte mir im Wald auf den Klippen einen Unterschlupf gebaut, von dem niemand etwas wusste. Samt einem Geheimversteck in einem hohlen Baumstumpf, wo ich meine Schätze aufbewahrte. An dem Tag bin ich spät noch einmal dorthin gelaufen. Seit dem Morgen hatte es geregnet, und ich konnte nicht raus, deshalb wollte ich unbedingt hin. Dabei wusste ich, dass mir nicht viel Zeit blieb. Es dämmerte bereits, und nach Einbruch der Dunkelheit durfte sich niemand mehr am Strand oder auf den Klippen aufhalten. Ich wollte ja auch nur ganz schnell nachsehen, ob alles noch an seinem Platz ist.»

Gideon schweigt einen Moment, und ich fasse mir an den Hals. Plötzlich habe ich Angst vor dem, was er mir sagen will. Ich will stopp schreien, ihn aufhalten, doch ich bringe kein Wort über die Lippen.

«Oben auf den Klippen ist es immer ziemlich windig», fährt Gideon fort. «Trotzdem habe ich über das Heulen hinweg etwas gehört. Ich dachte, es wäre ein Tier, ein winselnder Hund, der die Felsen hinuntergestürzt war und sich verletzt hatte. Also nahm ich mein Fernglas und sah nach. Und da entdeckte ich das Boot am Fuß der Klippe. Drei Gestalten saßen darin, zwei Erwachsene und ein kleines Kind, ein Junge, der schrie und jammerte, während die Frau, seine Mutter, versuchte, ihn zu beruhigen.»

«O mein Gott», flüstere ich.

Gideon berührt meinen Arm, lässt ihn aber wieder los. «Ich wusste, was Republikflucht war, schließlich war ich der Sohn eines Polizisten und wollte selbst einer werden. Ich habe nicht nachgedacht, einfach das getan, was man mir beigebracht hatte, bin losgerannt ins Dorf, habe Alarm geschlagen.» Er stößt einen Laut aus, halb Stöhnen, halb Schluchzen, bevor er weiterspricht. «Was danach geschah, erfuhr ich erst einige Tage später, als ich ein Gespräch meiner Eltern belauschte. Mein Vater hatte mir eingeschärft, Stillschweigen zu wahren, also konnte ich niemanden fragen. Offiziell waren die drei von der Klippe gestürzt und ertrunken, doch ich wusste ja, dass das nicht stimmen konnte. Also presste ich mein Ohr an die Tür, als ich mitbekam, dass meine Eltern spätabends im Bett über den Vorfall sprachen.»

Wieder stößt Gideon diesen Klagelaut aus, diesmal kaum hörbar. «An jenem Abend fing eine Grenzpatrouille das Schlauchboot ab. Einer der Soldaten, ein blutjunger Mann, der noch nicht lange dabei war, verlor die Nerven und eröffnete das Feuer auf die Familie, als sie nicht sofort den Anweisungen folgte. Er schoss und schoss, wie im Wahn, hörte erst auf, als die Waffe leer geschossen war, und selbst da musste man sie ihm mit Gewalt aus den Händen winden. Es war eine Kurzschlusshandlung. Er ist nie hinweggekommen über das, was er getan hat, hat darüber fast den Verstand verloren. Und dass alles vertuscht wurde und er nicht darüber reden durfte, hat es nicht besser gemacht.»

«Der Soldat ...», murmle ich benommen.

«Ja. Es ist der, der manchmal vor dem Haus herumlungert. Er muss irgendwie erfahren haben, dass du hier bist.»

Ich presse die Hände vor das Gesicht, kann nicht fassen, was Gideon da erzählt hat. Meine Eltern wollten in den Westen fliehen. Sie sind gestorben, weil sie ihr Leben bei einem waghalsigen Fluchtversuch riskiert haben, nicht weil Tommy vor mir auf die Klippen geflohen ist.

Plötzlich ergibt alles einen Sinn. Mir wird klar, warum meine Eltern so panisch auf Tommys Verschwinden reagiert haben. Es brachte ihren Fluchtplan in Gefahr. Bestimmt musste das Timing genau stimmen, vermutlich hat irgendwo draußen auf dem Meer ein größeres Boot gewartet, um die Flüchtigen aufzunehmen. Ich verstehe nun auch, warum sie in jenem Urlaub die ganze Zeit so fahrig und abwesend waren. Warum sie ständig getuschelt haben. Ich begreife sogar, warum meine Mutter mich so finster ansah, wenn ich beim Malen am Küchentisch «Wach auf, Pionier, steh auf Pionier, die helle Sonne lacht dir ins Gesicht» sang. Meine Eltern hassten das Land, in dem sie lebten, wollten ihm entkommen, und ihre Tochter war auf dem besten Weg, sich in diesem abscheulichen System zur Musterbürgerin zu entwickeln.

Dabei wollte ich doch nur von ihnen geliebt werden.

Ein Schauder läuft durch meinen Körper, ich stöhne laut auf. Dann fällt mir etwas anderes ein, eine Frage, die mich erstarren lässt, weil ich keine Antwort darauf habe und nie eine bekommen werde: Hatten meine Eltern von Anfang an geplant, mich zurückzulassen? Die ungeliebte Tochter loszuwerden? Oder hatten sie keine Wahl gehabt, nachdem Tommys Verschwinden ihren Zeitplan durcheinandergeworfen hatte? Hätten sie versucht, mich nachzuholen? Oder wären sie froh gewesen, mich los zu sein?

Wieder stöhne ich.

«Es tut mir so unendlich leid», sagt Gideon neben mir.

«Sie haben mich belogen», murmle ich, und ich denke dabei nicht nur an den Staat, die offiziellen Stellen, sondern auch an meine Eltern. Hätten sie doch nur ein Wort gesagt, mir ein einziges Mal anvertraut, was sie wirklich dachten, mir verraten, was sie vorhatten. «Warum haben sie das getan?»

«Weil sie ihre Verbrechen vertuschen wollten.»

Mir schießt ein Gedanke durch den Kopf. Kennen Siris

Eltern die Wahrheit? Wissen sie, was wirklich geschehen ist? Haben auch sie mich belogen?

Ich nehme die Hände vom Gesicht. In meinem Kopf rauscht es, mir ist schwindelig, etwas zerrt an mir, als würde ich aus großer Höhe in die Tiefe stürzen.

Gideon streicht mir behutsam über den Kopf. «Ich kann dir nicht sagen, wie sehr ich das alles bedaure. Ich war ein Kind, ich wusste nicht, was ich tat. Ich wünsche mir nichts sehnlicher, als dass ich damals anders gehandelt hätte.»

Ich falle noch immer, warte auf den Aufprall.

«Wenn ich die Zeit zurückdrehen könnte, würde ich es tun», sagt Gideon. «Dieser verfluchte Tag, dieser eine dumme Fehler, dieser winzige Moment hat mein ganzes Leben vergiftet.»

Mit einem schmerzhaften Krachen lande ich auf dem Boden. «Er hat *dein* Leben vergiftet?», fahre ich Gideon an. «Und was ist mit meinem Leben? Ich habe meine Eltern verloren, meinen Bruder, mein Zuhause. Alles.»

«Tut mir leid, natürlich.»

«Ach, es tut dir leid, ja?» Wut lodert in mir auf. «Du tust dir doch nur selbst leid.»

«Das ist nicht wahr. Ich würde alles dafür geben, es ungeschehen zu machen.»

Seine Worte machen mich nur noch wütender. «Mörder!», schreie ich ihn an. «Du hast meine Familie umgebracht!» Ich hämmere mit den Fäusten auf ihn ein, brülle, schlage, beschimpfe ihn.

Er wehrt sich nicht.

Irgendwann breche ich weinend zusammen. Ich liege

auf dem Bett und schluchze und schluchze, trauere um meine Familie, um meine Kindheit, meine Unschuld, um all die Dinge, die mir brutal geraubt wurden.

Erst allmählich spüre ich, dass da noch etwas anderes ist. Erleichterung. Befreiung. Es ist nicht meine Schuld, dass meine Familie gestorben ist. Ich trage nicht die Verantwortung für ihren Tod.

Ich bin frei.

Ich merke erst, dass Gideon noch immer da ist, als er vorsichtig die Hand auf meinen Rücken legt. Mein erster Impuls ist, sie wegzuschlagen, doch dann besinne ich mich. Gideon hat meine Familie nicht getötet, er ist ebenso ein Opfer wie ich. Er wollte alles richtig machen, so wie man es ihm beigebracht hatte, und hat in guter Absicht eine Katastrophe ausgelöst, die auch sein Leben vergiftet hat.

Ich schmiege mich an ihn.

Er nimmt mich in den Arm, bedeckt meinen Kopf mit Küssen. Als seine Wange die meine streift, spüre ich, dass auch sie nass von Tränen ist. Er streichelt meinen Hals, meinen Rücken, murmelt meinen Namen, dann küsst er mich auf den Mund, erst sanft und scheu, dann immer leidenschaftlicher.

Es fühlt sich richtig an. In diesem Augenblick bin ich ihm näher als jedem anderen Menschen auf der Welt. Er hat die große Katastrophe meines Lebens ausgelöst, und deshalb kann nur er mich trösten, kann nur er den Schmerz wegspülen und die Vergangenheit auslöschen, zumindest für heute Nacht.

TÄUSCHUNG

Montag, 24. September

Irgendwann wache ich auf und bin allein. Ich erinnere mich dunkel, dass Gideon gesagt hat, er müsse im Haus sein, wenn Finn aufwacht, müsse dafür sorgen, dass sein Sohn in die Schule geht. Aber vielleicht habe ich das auch nur geträumt.

Alles andere habe ich definitiv nicht geträumt. Ich kann Gideon noch spüren, auf mir, in mir, auf jeder noch so winzigen Stelle meines Körpers.

Ich taste nach dem Nachttisch. Das Weinglas ist weg, die Tabletten auch, keine Spur von meinem Handy. Ich setze mich auf, spüre, wie Sonnenlicht durch die Vorhänge mein Gesicht wärmt.

Vorsichtig befühle ich den Boden, bevor ich aufstehe. Keine Scherben, Gideon hat gründlich sauber gemacht.

Gideon. Meine Eltern. Mein Bruder. Ein stürmischer Sommerabend vor über dreißig Jahren. Ein Schlauchboot auf der aufgewühlten Ostsee. Noch immer fällt es mir schwer zu begreifen, was ich gestern erfahren habe. Ich zweifle nicht daran, dass Gideon die Wahrheit gesagt hat. Aber das bedeutet nicht, dass ich die Lüge, an die ich mehr als drei Jahrzehnte lang geglaubt habe, einfach so loslassen kann.

Immerhin begreife ich nun endlich, warum Gideon ausgerechnet mich wegen des Bildes kontaktiert hat, warum er sogar darauf bestand, dass ich ihm helfe, nachdem ich erblindet war.

Er wollte nicht einfach nur ein Bild analysiert haben, da bin ich sicher. Im Gegenteil, die Kinderzeichnung war lediglich ein Vorwand. Anfangs zumindest. Er wollte mit Hilfe des Bildes mit mir in Kontakt treten, um mich kennenzulernen, um mir zu gestehen, was er getan hat.

Denn was er wirklich wollte, war keine Hilfe bei einem unbekannten Patienten, es war Absolution.

Und die hat er heute Nacht bekommen.

Ich finde mein Handy unter dem Bett, wo es wohl gestern Nacht hingefallen ist. Es ist kurz nach neun. Finn muss längst in der Schule sein. Vermutlich hat Gideon einen Patienten. Gut so, das gibt mir Zeit, meine Gedanken zu sammeln.

Ich dusche, ziehe mich sorgfältig an, meine letzte frische Bluse, Jeansrock, Stiefel, und mache mich bereit. Es gibt ein paar Dinge zu klären.

Gideon hat tatsächlich Besuch von einem Patienten, die Tür zum Wintergarten ist geschlossen, dahinter Stimmengemurmel. Ich tapse in die Küche, wo Kaffee und ein gedeckter Tisch auf mich warten.

Obwohl ich viel zu kribbelig bin, um Hunger zu haben, schmiere ich mir ein Brot. So schlage ich immerhin die Zeit tot, bis ich endlich mit Gideon reden kann. Gerade als ich mein Frühstück beendet habe, höre ich, wie er jemanden zur Tür bringt und sich verabschiedet. Kurz darauf kommt er in die Küche. Ich höre, wie er hinter mich tritt, dann spüre ich seine Hände auf meinen Schultern.

«Gut geschlafen?», fragt er und küsst meinen Hals.

«Ja.» Ich hole tief Luft. «Wir müssen reden.»

«Okay.» Er lässt mich los, zieht sich einen Stuhl heran.

«Wegen gestern Abend», beginne ich. «Also …»

«Welchen Teil von gestern Abend meinst du?», fragt er sanft.

«Es war schön», erkläre ich entschlossen. «Aber es wird nicht wieder passieren.»

Keine Antwort.

«Ich mag dich, wirklich. Und ich bin dir unendlich dankbar dafür, dass du mich davon abgehalten hast, eine große Dummheit zu begehen. Aber …»

«Aber ich bin der Mörder deiner Familie», sagt er bitter.

«Unsinn! Du hast meiner Familie nichts getan. Nicht einmal der Kerl, der geschossen hat, ist wirklich schuld. Es war das unmenschliche System.»

«Ein System bringt keine Menschen um», beharrt Gideon. «Das sind immer andere Menschen.»

«Ich weiß. Aber darum geht es mir gar nicht. Ich meine, dass ich dir nicht böse bin. Ich gebe dir nicht die Schuld für das, was geschehen ist.»

«Okay. Dann willst du wohl sagen, dass wir Freunde bleiben sollen. Oder so was in der Art.» Er klingt verletzt, ich komme mir schäbig vor. Seine Reaktion bestätigt meinen Verdacht, dass Gideon mich zwar ursprünglich kontaktiert hat, um Absolution zu erhalten, dass ich inzwischen jedoch mehr für ihn bin als ein dunkles Kapitel aus seiner Vergangenheit, das er abschließen musste. Aber das, was er von mir will, kann ich ihm nicht geben.

«Ja», sage ich. «Es klingt wie ein dummes Klischee, aber ich würde dich gern als Freund behalten.» Ich reibe mir mit den Fingern über die Oberschenkel.

«Ich komme klar, Jenny, mach dir keine Gedanken.»

Sein Tonfall bricht mir das Herz. «Es tut mir leid. Ehrlich. Ich –»

«Schon gut, schon gut. Ich würde mich freuen, wenn wir in Kontakt bleiben könnten, schon allein wegen Finn. Er würde es nicht verstehen ...»

«Natürlich.»

«Du möchtest wahrscheinlich abreisen. Oder in ein Hotel ziehen, bis alles geklärt ist. Bis der Stalker gefasst ist. Und der Mörder deiner Freundin. Falls es sich dabei um zwei verschiedene Personen handelt.»

Der Gedanke an Siri, an den Unbekannten, der sie qualvoll in den Flammen umkommen ließ, schnürt mir die Brust zu. Und die Vorstellung, allein in einem Hotelzimmer auszuharren und darauf zu warten, dass die Polizei mich kontaktiert, ist mir ein Gräuel.

«Ehrlich gesagt, würde ich lieber hierbleiben. Aber ich kann verstehen, wenn dir das nicht recht ist.»

«Aber natürlich ist mir das recht.» Er greift nach meiner Hand, lässt sie aber sofort wieder los. «Ich würde mich sehr freuen. Wirklich. Und jeglichen plumpen Annäherungsversuch unterlassen.»

«Ich bin froh, dass du das sagst.» Ich taste nach seiner

Hand und halte sie fest. «Und nichts von dem, was du gestern Nacht getan hast, war plump.»

Der Stuhl knarrt. «Versprich mir, dass du nichts unternimmst, ohne mir vorher Bescheid zu sagen. Auch nicht mit diesem Marc.»

Ich will ihm sagen, dass ich mich mit Marc gestritten habe und dass er sich bestimmt nicht noch einmal bei mir melden wird. Aber ich halte den Mund. Ich möchte jetzt nicht über Marc reden.

«Ich verspreche es», sage ich stattdessen. «Und jetzt müssen wir uns auf den Weg zur Polizei machen. Die warten seit gestern auf meine Fingerabdrücke.»

Wir fahren nicht nach Bergen, sondern nach Stralsund. Ich will mit Kommissar Walbeck sprechen und ihn nach Siri fragen. Als wir im Wagen sitzen, blitzen immer wieder Erinnerungen an die vergangene Nacht in meinem Kopf auf. An die Achterbahnfahrt der Gefühle, von Entsetzen zu Trauer zu Wut und zu – ja, zu was eigentlich?

Ich bin sicher, dass ich nicht in Gideon verliebt bin, trotzdem bereue ich nicht, was zwischen uns passiert ist. Es war schön. Aber das ist nicht alles. Es hat den Schmerz erträglicher gemacht.

Andererseits ist nun nichts mehr so, wie es war. Auch wenn wir Freunde bleiben, steht diese Nacht zwischen uns. Zumal es noch immer so viele unbeantwortete Fragen gibt.

«Du bist so still», sagt Gideon, als wir schon eine Weile unterwegs sind.

«Darf ich dich etwas fragen?»

«Natürlich.»

«Warum hast du mich kontaktiert im vergangenen Sommer? War es wirklich wegen des Bildes?»

Er antwortet nicht sofort.

Ich würde gern wissen, ob er mich ansieht oder ob er seinen Blick starr auf die Fahrbahn heftet. Es würde mir einen Hinweis darauf geben, was in seinem Kopf vorgeht.

«Ich verspreche dir, dass ich nicht sauer sein werde», versichere ich. «Ich möchte es einfach nur wissen.»

«Es war so, wie ich gesagt habe», antwortet er schließlich. «Ungefähr zumindest.»

«Was bedeutet ungefähr?»

«Du lässt nicht locker, was?»

«Du doch auch nicht.»

Ich bin fast sicher, dass er lächelt, als er weiterspricht. «Ich habe dieses Bild in Rolf Fahrenbachs Regal mit den aktuellen Patienten entdeckt, und es hat mich beunruhigt. Das ist die Wahrheit. Zuerst habe ich versucht, mehr herauszufinden. Vergeblich. Also habe ich das Bild in eine Schublade gelegt und beschlossen, es zu vergessen. Aber es hat mich nicht losgelassen, keine Ahnung warum. Also habe ich nach Experten für Bildinterpretation gegoogelt.»

«Und dabei bist du auf meinen Namen gestoßen.»

Gideon drosselt das Tempo und setzt den Blinker. Wir biegen rechts ab, er gibt wieder Gas. «Ich war wie vom Donner gerührt. Ich habe auf deinen Namen gestarrt, konnte es nicht fassen. Dann habe ich versucht herauszufinden, ob du tatsächlich die Jennifer Lark bist, deren

Familie hier auf Rügen starb, die Jennifer Lark, deren Familie ich auf dem Gewissen habe.»

«Du hast sie nicht auf dem Gewissen.»

«Lass mich ausreden, bitte.»

«Okay.» Ich möchte seinen Arm berühren, aber ich weiß nicht, ob ihm das recht wäre.

«Ich habe dein Geburtsdatum ermittelt und herausgefunden, dass du bei Adoptiveltern aufgewachsen bist. Da hatte ich keinen Zweifel mehr.» Gideon schluckt hörbar. «Es war ein Zeichen, da war ich sicher, eine Aufforderung des Schicksals. Ich musste dich sehen, dich sprechen, mich vergewissern, dass es dir gut geht. Also bin ich nach Berlin gefahren. Ich stand stundenlang vor deiner Tür, aber ich habe nicht den Mut aufgebracht zu klingeln.»

«Und dann kam Siri aus dem Haus.»

«Ich war so sicher, dass du es bist. Als sie mir ihren Namen nannte, war es ein Schock. Ich kam mir so dämlich vor. Also bin ich zu Plan A zurückgekehrt und habe dich wegen des Bildes kontaktiert.»

«Und dann kam der Überfall, und ich habe gesagt, dass ich dir nicht helfen kann.»

Der Wagen hält. Gideon nimmt den Gang raus.

«Sind wir schon da?»

«Nein, nur eine Ampel, bis Stralsund ist es noch ein Stück.» Er legt den Gang ein und gibt Gas. «Ich kann dir nicht sagen, wie geschockt ich war, als ich erfahren habe, was dir zugestoßen ist. Ich wusste ja nicht genau, was geschehen war, und ich malte mir die schlimmsten Sachen aus, bildete mir ein, dass es meine Schuld wäre, dass ich aus irgendeinem Grund Unglück über deine Familie bringen würde. Jedenfalls habe ich nicht gewagt, den Kontakt aufrechtzuerhalten. Bis ich vor ein paar Wochen die anderen Bilder gefunden habe. Da wusste ich, dass ich keine Ruhe finden würde, bis ich mit dir gesprochen hatte.»

«Und die anderen Bilder hast du tatsächlich einfach so zufällig entdeckt?»

«Im Anbau war ein Karton umgefallen, ich hatte sie wohl zu nachlässig gestapelt. Jedenfalls sind dabei unter anderem die vier Zeichnungen rausgerutscht. Ich begriff sofort, dass derselbe Junge sie gemalt haben musste.»

«Und da hast du mich wieder kontaktiert.»

«Ja.»

«Hattest du von Anfang an vor, mir die Wahrheit zu sagen?»

«Ich wollte erst herausfinden, was du wusstest und wie es dir damit ging. Aber ja, im Grunde war das mein Plan. Ich wollte mein Gewissen erleichtern. Und dann ist mir irgendwie alles aus den Händen geglitten.»

«Das war doch nicht deine Schuld. Du konntest nicht ahnen, dass ich mit einem Stalker im Schlepptau anreisen würde.» Ich denke an Siri, und meine Brust krampft sich zusammen. «Mit einem Mörder.»

«Es wäre besser gewesen, wenn du in Berlin geblieben wärst.»

«Nein, wäre es nicht. Ich bin froh, dass ich hergekommen bin.»

Er legt seine Hand auf meine. «Das bin ich auch.»

Leider empfängt uns Dirk Walbeck nicht allein, seine Kollegin Judith Brunn ist ebenfalls dabei. Ich reiche ihr meine Hand, die sich noch klebrig anfühlt von dem Feuchttuch, das mir jemand gegeben hat, um meine Finger abzuwischen, nachdem meine Abdrücke genommen wurden. Ich dachte eigentlich, dass diese Vorgänge längst alle digitalisiert sind, dass ich meine Hände nur noch auf ein Tablet legen muss, damit die Abdrücke eingescannt werden können, doch offenbar ist die Fernsehpolizei da weiter als die reale.

Wir sind nicht im selben Raum wie beim letzten Mal, sondern im Büro der beiden Kommissare. Hier riecht es nach Staub, Papier und dem blumigen Parfüm, das Judith Brunn benutzt. Wir setzen uns, Walbeck räumt eine Ecke seines Schreibtischs frei und verteilt Kaffee und Wasser.

«Gibt es etwas Neues zu Siris ...» Ich weiß nicht, wie ich es nennen soll. Ein Unfall war es nicht, aber Ermordung klingt so groß und gewichtig.

«Leider nein.» Walbeck setzt sich, der Stuhl ächzt. «Wir suchen nach wie vor nach dem unbekannten Fahrzeug. Aber das ist nicht so einfach. Es gibt keine Zeugen, und das Reifenprofil ist nicht besonders exotisch. Auf einer der Dosen mit dem Brandbeschleuniger haben wir einen Fingerabdruck sicherstellen können, aber er passt zu niemandem, der bei uns in der Kartei gespeichert ist. Es könnte sich allerdings auch um den Abdruck des Verkäufers handeln oder den einer anderen unbeteiligten Person.»

«Es muss doch irgendwelche Spuren geben!»

Ich höre Walbeck mit Papier rascheln, stelle mir vor,

dass er ein genervtes Gesicht macht. «Wenn Feuer im Spiel ist, gestalten sich die Ermittlungen immer besonders schwierig.»

«Glauben Sie, es war mein Stalker?»

«Möglich wäre es. Vielleicht wollte er verhindern, dass Ihre Freundin ihm in die Quere kommt. Wir haben mit Kai Steinhagen gesprochen, diesem Ex-Soldaten, von dem Sie erzählt haben.»

«Ist das sein Name? Kai Steinhagen?» Ich kriege die Worte kaum über die Lippen, weil mein Hals plötzlich ganz eng ist. Es ist das erste Mal, dass ich den Namen höre. Kai Steinhagen. So banal, so gewöhnlich. Kai Steinhagen. Der Mörder meiner Familie. Der Mann, der meinen Vater, meine Mutter und meinen kleinen Bruder erschoss.

«Ja», sagt Walbeck. Er macht eine Pause, womöglich schaut er etwas in seinen Unterlagen nach. «Leider konnte er nicht viel zu den Ermittlungen beitragen. Er hat zugegeben, dass er manchmal vor dem Haus von Herrn Mahler steht. Aber angeblich nur, weil er ihn von früher kennt.»

Ich schlucke. Weiß Steinhagen über Gideon Bescheid, weiß er, dass es Gideon war, der meine Familie verraten hat?

«Er kennt dich?», frage ich tonlos.

«Nur flüchtig», sagt Gideon. «So wie die meisten anderen im Dorf. So viele Einwohner haben wir nicht, da ist man allen schon mal begegnet.»

Das ist nicht die Antwort auf meine Frage, dabei bin ich sicher, dass er genau verstanden hat, was ich wirklich wissen wollte.

«Aber nur weil man jemanden flüchtig kennt», mischt sich Judith Brunn ein, «stellt man sich nicht stundenlang vor dessen Haustür.» Diesmal spielt sie nicht mit einem Kuli herum, aber ihr Stuhl knarrt in einem fort, als würde sie mit dem Fuß wippen.

Gideon seufzt.

«Hat er Sie je angesprochen?», hakt Brunn nach.

«Nein.»

Mir ist klar, dass sich das Gespräch weiter im Kreis drehen wird, solange Gideon und ich nicht erzählen, welche Rolle dieser Mann in unser beider Leben spielt. Ich hole tief Luft. «Kai Steinhagen hat meine Familie umgebracht.»

Sekundenlang ist es totenstill. Sogar das Stuhlknarren hat aufgehört.

Dann räuspert Walbeck sich. «Wie meinen Sie das, Frau Lark?»

Gideon legt die Hand auf meinen Oberschenkel. «Sie meint es genau so, wie sie es gesagt hat.»

«Steinhagen hat meine Eltern und meinen kleinen Bruder erschossen, bei einem Fluchtversuch im Sommer 1987.»

«Und das sagen Sie uns jetzt?»

«Ich habe es erst gestern erfahren. Von Gideon.» Ich kann mir vorstellen, wie Walbecks Blick zwischen mir und Gideon hin und her schießt. Wie er versucht zu begreifen, was gerade passiert.

«Also gut», sagt er. «Würden Sie uns bitte die ganze Geschichte erzählen, Frau Lark?»

Also erzähle ich, von Anfang an, von dem verregneten

Sommer, von meinem Streit mit Tommy, von meinen Eltern, die ihn stundenlang verzweifelt gesucht haben. Und davon, wie mir irgendwann jemand mitteilte, dass sie nicht wiederkommen würden, weil sie von der Klippe gestürzt wären.

An dieser Stelle klinkt Gideon sich ein und berichtet stockend, wie er das Boot von der Klippe aus entdeckte, wie er sofort im Dorf Alarm schlug, und wie er Tage später aus einem Gespräch seiner Eltern erfuhr, was mit der Familie geschehen war.

«Gibt es Unterlagen über den Vorfall?», will Walbeck wissen, als Gideon geendet hat. Seine Stimme hat sich verändert, ist dunkler und rauer als zuvor.

Zum ersten Mal frage ich mich, ob er aus dem Osten oder aus dem Westen stammt. Er hat keinen erkennbaren Dialekt, und ich kann auch schlecht schätzen, wie alt er ist. Auch wenn ich ihn mir jenseits der fünfzig und grauhaarig vorstelle.

«Das weiß ich nicht», antworte ich.

«Wir haben Kai Steinhagen überprüft, er ist nicht vorbestraft.»

«Natürlich nicht, es wurde ja alles vertuscht. Wenn man ihn des Mordes angeklagt hätte …» Gideon lässt den Satz in der Luft hängen.

«Wollen Sie andeuten, dass hier ein dreifacher Mord unter den Teppich gekehrt wurde?», schaltet Brunn sich ein. Ihre Stimme klingt einen Tick schriller als zuvor. Und der Stuhl knarrt wieder. Definitiv aus dem Osten, entscheide ich, und in der Defensive.

«Wenn der Vorfall öffentlich gemacht worden wäre, hätte das einen Aufschrei des Entsetzens ausgelöst, nicht nur in der DDR, sondern auch im Ausland», sagt Gideon. «Eine ganze Familie erschossen, Mutter, Vater und ein Kleinkind. Das durfte nicht bekannt werden, das konnte sich der Staat nicht leisten.»

«Also hat man einen Mörder davonkommen lassen?» Brunn klingt noch immer skeptisch.

«Davonkommen würde ich das nicht nennen», widerspricht Gideon. «Ich glaube, nicht darüber reden zu dürfen war schlimmer für Steinhagen als jede Gefängnisstrafe. Sie haben ja selbst gesehen, was aus ihm geworden ist.»

«Wenn ich das richtig verstehe, haben wir außer Ihrer Aussage nichts, was diesen Vorfall belegt», kontert Brunn spitz. «Und auch Sie sind kein Augenzeuge, Sie haben lediglich ein Gespräch Ihrer Eltern belauscht. Wäre doch möglich, dass Sie etwas missverstanden haben.»

«Da gab es nichts misszuverstehen», fährt Gideon sie an.

«Sie waren ein Kind.»

«Ich habe das Boot gesehen.»

«Dann wäre es noch immer denkbar, dass die drei ertrunken sind und das Boot nicht gefunden wurde, weshalb man annahm, sie seien abgestürzt.»

«Ich denke, das müssen wir an dieser Stelle nicht klären», mischt Walbeck sich ein. Er klingt wie ein genervter Vater, der seine streitenden Kinder beschwichtigen will. «Wir werden schauen, was die Akten hergeben. Es muss Totenscheine geben. Und einen Arzt, der sie ausgestellt hat. Irgendetwas finden wir. Vielleicht sogar genug für einen Durchsuchungsbeschluss. Und dann reden wir noch einmal mit Kai Steinhagen. Bis dahin bitte ich Sie beide, die Füße stillzuhalten. Seien Sie wachsam und lassen Sie uns unsere Arbeit machen.» Eine Computertastatur klackt. «Ich kann keinen Polizeischutz für Sie abstellen, Frau Lark. Dafür sind die Verdachtsmomente zu vage, und wir haben nicht genügend Leute. Aber ich werde veranlassen, dass auch weiterhin ein Streifenwagen regelmäßig an Ihrem Haus vorbeifährt.»

«Die Verdachtsmomente sind zu vage?», fragt Gideon. «Jennifer ist in Berlin angegriffen worden! Und ihre Freundin wurde ermordet.»

«Aber es gibt keinen eindeutigen Zusammenhang zwischen diesen Vorfällen. Tut mir leid.»

«Das ist doch –»

Ich taste nach Gideons Arm, drücke ihn. «Schon gut. Ich will keinen Polizeischutz.» Ich erhebe mich. «Lass uns gehen. Je eher sie die Geschichte überprüfen, desto eher können sie Steinhagen verhaften.»

«Wie du meinst.» Gideon klingt nicht überzeugt.

Walbeck erhebt sich ebenfalls, Brunn bleibt sitzen. Ich höre, wie sie ihre Schreibtischschublade herauszieht und etwas darin sucht. Bestimmt ihre Zigaretten. Als sie eben mit Gideon diskutiert hat, konnte ich das Nikotin in ihrem Atem riechen. Nach diesem Schlagabtausch braucht sie bestimmt dringend eine Kippe.

«Wir tun alles, was in unserer Macht steht», sagt Walbeck, als er mir an der Tür die Hand reicht.»

«Ich weiß.»

«Da ist übrigens noch etwas.»

«Was denn?»

«Wir sind darüber gestolpert, als wir uns über Kai Steinhagen informiert haben. Vor etwa einem Jahr wurde das Grab seiner Eltern geschändet.»

«Wie … wieso …?»

«Es wurde Müll darauf ausgekippt, ganz normaler Hausmüll, und jemand hat … hat seine Notdurft auf dem Grab verrichtet. Der Täter wurde nicht ermittelt.»

«Warum erzählen Sie uns das?», fragt Gideon.

«Sie wissen also nichts darüber?»

«Nein. Natürlich nicht.»

Ich hake mich bei Gideon unter. «Glauben Sie, es gibt da irgendeinen Zusammenhang?»

«Keine Ahnung. Aber merkwürdig ist es schon, finden Sie nicht?»

«Ich möchte zum Friedhof fahren», sage ich, kaum dass wir im Wagen sitzen.

«Ähm, klar. Natürlich.»

«Nicht zum Grab meiner Familie, sondern zu dem von Steinhagens Eltern.»

«Warum das?»

«Ich weiß auch nicht. Ich möchte einfach nur …»

«Einen Blick darauf werfen?» Er zieht scharf die Luft ein. «Sorry. Verflucht, tut mir leid.»

«Schon okay, ich sage das selbst manchmal.»

Gideon ruft Walbeck an. Steinhagens Eltern sind auf demselben Friedhof beerdigt wie meine. Gideon lässt sich die ungefähre Lage des Grabes beschreiben, dann startet er den Motor. «Willst du sofort hin?»

«Ja. Bitte.»

Eine Weile fahren wir schweigend. Ich spiele mit dem Trageriemen meiner Handtasche herum, fahre über die Nähte, das raue Leder, versuche mich zu erinnern, wie sie aussieht. Ich weiß, dass das Leder braun ist, aber der genaue Farbton ist mir entfallen.

«Glaubst du, es gibt Unterlagen über das, was damals geschehen ist?», frage ich schließlich.

«Ich denke schon, dass es geheime Berichte gab. Es wurde ja alles haarklein dokumentiert in der DDR. Aber ob die noch existieren …»

«Hast du mit deinen Eltern darüber gesprochen?»

«Nein.»

«Hast du überhaupt je mit irgendwem darüber gesprochen?»

«Nein, mit niemandem.» Er räuspert sich. «Ich wollte es meiner Frau erzählen, aber es hat sich nie ergeben. Ich habe es immer wieder vertagt, ich hatte Angst, dass sie mich verachten könnte.»

Mir wird klar, dass Gideon auch sich selbst meinte, als er davon sprach, dass es die schlimmste Strafe sei, mit niemandem über das Geschehene sprechen zu können.

Ich wickle den Trageriemen um meinen Finger. «Leben deine Eltern noch?»

«Nein. Sie sind beide schon vor Jahren gestorben. Meine Mutter lebte noch, als Finn geboren wurde, sie war überglücklich. Allerdings war sie da schon von ihrer Krankheit gezeichnet und so schwach, dass sie ihn kaum noch im Arm halten konnte.»

«Und Geschwister hast du auch nicht?»

«Leider nein. Meine Familie besteht aus Finn und mir. Mehr gibt es da nicht.» Er drosselt das Tempo. «So, wir sind gleich da. Möchtest du im Wagen warten, bis ich das Grab gefunden habe?»

«Nein.» Ich erschrecke selbst über meinen hysterischen Tonfall.

«Wie du meinst.»

«Ich möchte nicht vollkommen ahnungslos im Wagen sitzen», erkläre ich, «während dieser ... dieser Verbrecher direkt vor meiner Nase Blumen oder einen Umschlag oder sonst was ablegt und mich dabei womöglich unverschämt angrinst.» Ich presse meine Handtasche an mich. «Er könnte durch die Windschutzscheibe eine Waffe auf mich richten, ich würde es nicht wissen.»

«Ach Jenny.» Gideon streicht mir über die Wange.

«Verstehst du das nicht?»

«Doch, natürlich.»

Wir steigen aus, Gideon legt den Arm um mich und führt mich zum Friedhofstor und dann die Grabreihen entlang. Ich erinnere mich an den Weg und merke, dass er stockt, als wir beim Grab meiner Familie vorbeikommen.

«Ist alles in Ordnung mit dem Grab?», frage ich.

«Ja, es sieht genauso aus wie bei unserem letzten Besuch.»

«Nächstes Mal bringen wir Blumen mit.»

«Gute Idee.»

Wir gehen weiter, im Zickzackkurs bewegen wir uns über das Gelände, bis Gideon stehen bleibt. «Hier ist es.»

«Wie sieht es aus?»

«Ein schlichter Stein aus Granit, die Bepflanzung etwas verwildert, aber kein Dreck, keine Schmierereien.»

«Was steht auf dem Stein?»

«Die Namen Dorothee Steinhagen und Kai Steinhagen und jeweils zwei Jahreszahlen. Geburtsjahr und Todesjahr.»

«Kai Steinhagen? Der Sohn heißt wie sein Vater?»

«Sieht so aus.»

Ein Gedanke flammt in meinem Kopf auf, nur ganz kurz, wie ein Irrlicht über dem Moor. Als ich danach greifen will, ist er bereits fort.

«Sind die Eltern schon lange tot?», frage ich.

«Beide seit mehr als zehn Jahren. Offenbar starben sie kurz hintereinander.»

«Ob sie wussten, was ihr Sohn getan hat?»

«So oder so war es bestimmt nicht leicht für sie.»

Ich taste nach dem Grabstein, lege die Hand darauf, spüre den glatten, kalten Granit unter meinen Fingern. Mehr und mehr wird mir klar, wie viele Menschen unter den Folgen der Ereignisse jener Nacht gelitten haben. So viele Leben wurden zerstört. Und wofür? Hätten meine Eltern doch bloß nicht diese wahnwitzige Idee gehabt, über die Ostsee zu fliehen, hätten sie doch nur noch eine Weile durchgehalten, bloß zwei Jahre, und all das wäre nicht nötig gewesen.

Natürlich verstehe ich, warum meine Eltern unbedingt

wegwollten. Und mir ist klar, dass sie nicht ahnen konnten, wie bald das alles enden würde. Ich mache ihnen keinen Vorwurf. Aber dass ihr Tod so sinnlos war, macht es noch schwerer erträglich.

Als wir fünfzehn Minuten später vor Gideons Haus aus dem Auto steigen, knurrt mir der Magen.

«Ich bin total ausgehungert», sage ich.

«Dagegen lässt sich etwas tun. Hältst du noch durch, bis ich gekocht habe?»

«Mit letzter Kraft.»

«Ich habe bestimmt auch noch Tiefkühlpizza im Gefrierschrank. Ich könnte –» Er verstummt schlagartig.

«Was denn?»

«Warte hier.»

«Was ist los? Rede mit mir, Gideon!» Ich nehme den Stock aus der Handtasche, falte ihn auseinander und taste mich hinter Gideon her zum Haus.

Als ich bei der Tür ankomme, höre ich ihn rascheln. «Falscher Alarm. Nur ein Gruß von deinem Lover.»

Mein Herz setzt einen Schlag aus. Marc!

«Was ist es denn?»

Gideon nimmt meine Hände und drückt mir einen in Papier gewickelten Blumenstrauß in die Finger. «Rote Rosen, mindestens zwanzig Stück. Er scheint es ernst zu meinen.»

Ich höre, wie Gideon die Haustür aufschließt und im Inneren verschwindet. Irritiert rieche ich an dem Strauß, definitiv Rosen, und stolpere hinter Gideon her.

«Woher weißt du, dass Marc sie geschickt hat?»

«Ich weiß es nicht, aber da es keine Maiglöckchen sind, dachte ich …»

Wir sind in der Küche. Ich möchte Gideon um eine Vase bitten, aber ich wage es nicht. Er ist wütend und verletzt, und ich verstehe ihn gut. Ich schäme mich, aber gleichzeitig flattert es in meiner Brust, als wäre ein ganzer Schwarm Schmetterlinge darin eingesperrt. Ich habe nicht erwartet, je wieder von Marc zu hören. Nicht nach dem grässlichen Streit gestern Nachmittag.

Gestern Nachmittag? Ist es wirklich erst vierundzwanzig Stunden her? So viel ist seither geschehen, dass es mir viel länger vorkommt.

Ich höre Wasser rauschen, dann ein Poltern auf dem Tisch.

«Ich habe dir eine Vase hingestellt», sagt Gideon.

«Danke.»

«Da steckt auch eine Karte zwischen den Blumen.»

Ich taste danach, bekomme einen Umschlag zu fassen. Behutsam lege ich den Strauß auf dem Tisch ab und reiße den Umschlag auf. Eine Karte. Festes Papier mit rauer Oberfläche. Die Buchstaben sind tief eingeprägt, sodass ich sie erfühlen kann.

Ruf mich an. Marc.

Wieder und wieder streiche ich über die Buchstaben. Währenddessen höre ich Gideon in der Küche herumhantieren, die Kühlschranktür wird auf- und zugemacht, Besteck klirrt, Papier knistert.

«Ich habe die Blumen in die Vase gestellt», sagt Gideon. «Sie sind wunderschön.»

«Ich möchte dir nicht weh tun.»

«Mach dir um mich keine Sorgen.»

«Ich –»

«Darf ich dich etwas fragen?»

«Natürlich.»

«Was weißt du über diesen Mann?»

«Wie meinst du das?»

«Was weißt du über ihn? Wer ist er? Wo kommt er her? Was will er von dir?»

«Herrgott, Gideon, was soll das?»

Er tritt zu mir, ergreift meine Hände. «Ich möchte, dass du glücklich bist, Jenny. Aber irgendwo da draußen läuft ein Irrer rum, der dich stalkt, der dich im Park überfallen und der deine Freundin ermordet hat.»

«Ja, und wir wissen beide, wer das ist.» Ich mache mich los. «Also lass die Andeutungen.»

«Kai Steinhagen? Glaubst du das wirklich?»

«Du etwa nicht? Er ist auf mich fixiert, weil er meine Eltern und meinen Bruder erschossen hat. Er kommt mit seiner Schuld nicht klar.»

«Und aus welchem Grund hätte er deine Freundin umbringen sollen?»

Ich schlage die Hände vors Gesicht. «Ich weiß es nicht, Gideon. Ich habe keine Ahnung, was in seinem kranken Hirn vorgeht. Aber ich bin fest davon überzeugt, dass er dahintersteckt.»

«Ich bin mir da nicht so sicher.»

«Das ist mir egal. Ich weiß es, und das genügt mir.»

Er seufzt. «Hast du immer noch Hunger, oder hast du eine Verabredung zum Essen?»

«Ich habe keine Verabredung, Gideon.» Ich versuche ein Lächeln. «Und ich sterbe vor Hunger.»

Nach dem Essen muss Gideon noch einmal weg, und ich nutze die Gelegenheit, um mit meinem Handy im Internet nach Kai Steinhagen zu suchen. Doch das Einzige, was ich finde, ist ein Bericht über die Grabschändung der Eltern. Es handelt sich um einen Artikel aus der Lokalzeitung, und die Computerstimme liest mir als Erstes den Namen des Redakteurs vor.

Ich rufe die Zeitung an und bekomme nach einigem Hin und Her eine Telefonnummer, doch nur die Mailbox springt an. Ich spreche auf Band, worum es geht, und bitte um Rückruf. Mehr kann ich im Augenblick nicht tun.

Danach sitze ich eine Weile im Wohnzimmer, spüre das Sonnenlicht, das durchs Fenster fällt, auf meinem Gesicht und das Telefon schwer in meiner Hand. Ich weiß, dass ich mich nicht länger drücken kann. Es wird Zeit für den Anruf, vor dem es mir seit zwei Tagen graut. Meine Adoptiveltern haben mehrfach versucht, mich zu erreichen, jedes Mal habe ich den Anruf weggedrückt. Ich wollte, konnte nicht mit ihnen reden. Wie auch, wo es doch meine Schuld ist, dass Siri ermordet wurde. Ich hätte an ihrer Stelle sterben sollen, sie hatte doch mit der ganzen Sache nichts zu tun. Sie wollte mir helfen und hat dafür mit ihrem Leben bezahlt.

Ich nehme meinen ganzen Mut zusammen und rufe die Nummer auf. Meine Stiefmutter meldet sich nach dem ersten Klingelton.

«Jenny, endlich, wir haben uns solche Sorgen gemacht. Geht es dir gut?»

«Es tut mir so leid …»

«Ach Jenny.» Ihre Stimme bricht. «Die Polizei sagt, dass es kein Unfall war. Was ist denn los, was ist passiert?»

«Ich weiß es nicht, aber es könnte sein –»

«Dieser Mann, der dich überfallen hat. Der Polizist, der bei uns war, hat angedeutet, dass er es vielleicht gewesen ist.»

«Es wäre möglich, ja.»

«Aber warum nur, Kind? Was ist das für ein Mensch? Und was hatte unsere arme Siri mit ihm zu tun?» Sie weint jetzt, und ich halte es kaum noch aus. «Ich habe in der Zeitung gelesen … ich dachte, die Polizei hätte ihn verhaftet.»

«Es war anscheinend nicht der Mann, der die anderen Frauen überfallen hat.»

«Ich verstehe das alles nicht.» Sie weint noch immer.

Ich straffe die Schultern. «Darf ich dich etwas fragen, Cornelia?»

«Was denn, Kind?» Ich höre, wie sie um Beherrschung ringt.

«Wusstest du …» Ich gerate ins Stocken, es ist definitiv der falsche Moment und furchtbar egoistisch, aber ich will nicht warten, ich muss es wissen. Also hole ich tief Luft. «Wusstet ihr, dass Mutti und Vati in den Westen fliehen wollten?»

Am anderen Ende der Leitung ist es schlagartig still. «Wie kommst du darauf, Jennifer, Schatz?»

«Wusstet ihr es?»

Sie seufzt. «Wir hatten einen Verdacht, ja. Aber woher weißt du …?»

«Sie sind nicht von der Klippe gestürzt.»

«O mein Gott, nein!»

«Sie wurden erschossen, als sie in einem Schlauchboot zu fliehen versuchten.»

«Wie schrecklich», flüstert sie. «Davon hatte ich keine Ahnung.»

Ich glaube ihr. «Es kann sein, dass mein Stalker, dass Siris Tod … dass es damit zu tun hat.»

«Gütiger Himmel. Das ist doch schon so lange her!»

Wir reden noch kurz, dann beende ich das Gespräch. Ich fühle mich, als hätte mich jemand verprügelt. Ich taste nach Marcs Karte, die ich in die Tasche meines Jeansrocks gesteckt habe, fahre über die Buchstaben. Ich möchte ihn treffen, mit ihm zusammen sein, so sehr will ich mit ihm zusammen sein, dass es weh tut, nur daran zu denken.

Aber vorher muss ich mir darüber klarwerden, was genau ich von ihm will. Habe ich wirklich die Kraft, eine Beziehung einzugehen, wie Marc es erwartet, ausgerechnet jetzt, wo mein Leben in Scherben vor mir liegt? Wo ich nicht mehr weiß, ob ich die bin, die ich all die Jahre glaubte zu sein? Wo mir Siri so sehr fehlt, dass es sich anfühlt, als hätte mir jemand das Herz herausgerissen?

Ich bin nicht sicher. Und ich will ihn erst anrufen, wenn ich es bin. Noch so einen Streit wie beim letzten Mal verkrafte ich nicht.

Beim Abendessen verhält Gideon sich, als wäre nichts geschehen, weder die vergangene Nacht noch der Besuch bei der Polizei in Stralsund, noch der Strauß Rosen und seine Andeutungen über Marc. Ich nehme an, dass Gideon sich vor allem wegen Finn zusammenreißt, der verschwitzt und dreckig vom Spielen mit seinem besten Freund zwischen uns sitzt und in einem fort plappert. Zwischendurch lässt er immer wieder einfließen, dass er endlich einen echten Lederfußball braucht, dass er zu alt ist für den knallroten Babyball, der in seinem Kinderzimmer in der Ecke liegt. Gideon vertröstet ihn auf seinen Geburtstag, der aber erst in einigen Monaten ist.

Ich habe die Vase mit den Rosen in die Laube gebracht, damit sie nicht wie eine andauernde Provokation auf dem Küchentisch steht. Trotzdem fühlt es sich an, als wäre sie noch da, als hätte sie einen unauslöschlichen Abdruck auf dem Tisch hinterlassen.

Ständig muss ich an Marc denken, an seine Karte in meiner Rocktasche, daran, wie sehr ich mir wünsche, jetzt bei ihm zu sein. Bis Finn mich plötzlich am Ärmel zupft.

«Jenny?»

«Ja?»

«Ich habe Frau Ransmeyer gesagt, dass du jetzt meine neue Mama bist.»

Ich verschlucke mich an meinem Tee. Frau Ransmeyer ist seine Lehrerin.

«Finn», sagt Gideon streng. «Wie kommst du denn darauf?»

«Weil ich es will.»

Kinderlogik.

Finn greift nach meiner Hand. «Willst du meine Mama sein?»

Mir schießen die Tränen in die Augen. «Ach Finn.» Ich taste nach seinen Schultern, nehme ihn in den Arm.

«Schon gut, Jenny», murmelt er und tätschelt mir den Rücken. «Du brauchst nicht zu weinen. Es ist mir auch egal, dass du blind bist. Auch wenn die anderen in meiner Klasse sagen, dass eine blinde Mama doof ist. Mich stört es nicht, ehrlich.»

Ich schluchze, kann gar nicht mehr aufhören, bekomme wie durch eine Nebelwand mit, dass Gideon zu uns tritt und mich sanft aus Finns Umarmung löst.

«Ich glaube, für den Augenblick ist es genug, Finn.»

«Aber …»

«Finn!»

«Schon okay», sage ich und wische mir die Tränen aus dem Gesicht.

«Geh bitte hoch und pack deine Schultasche für morgen. Und danach musst du in die Badewanne. Du starrst vor Dreck, ich will gar nicht wissen, wo ihr gespielt habt.»

«Aber es ist doch noch so früh.»

«Es ist halb acht.»

«Kommst du mir noch gute Nacht sagen, Jenny?»

«Ja», flüstere ich heiser. «Mache ich, versprochen.»

Nachdem Gideon die Küchentür hinter Finn zugemacht hat, vergrabe ich das Gesicht in den Händen. Es ist schlimm genug, Gideon das Herz zu brechen. Aber Finn?

«Ich … ich …»

«Keine Sorge, er wird es verstehen», sagt Gideon und legt mir die Hand auf die Schulter. «Er kommt darüber hinweg, solange du nichts versprichst, was du nicht hältst.»

Ich helfe Gideon beim Tischabräumen. Dabei stoßen meine Finger an das Bild, das Finn für mich gebastelt hat. Es hängt neben dem Kühlschrank an der Wand. Ich fahre über die drei Figuren aus Stöcken, und erneut brennen mir die Augen. Finn wird vielleicht darüber hinwegkommen. Aber was ist mit mir?

Nachdem ich einem frisch gebadeten Finn eine Kurzform meines Lieblingsbilderbuchs *Ein Wald und Schweinchen Jo* aus dem Gedächtnis erzählt und eine gute Nacht gewünscht habe, fragt Gideon, ob ich noch einen Wein mit ihm trinken will. Aber ich bin zum Umfallen müde.

«Möchtest du nicht doch lieber hier im Haus schlafen?», fragt er, als ich die Hintertür öffne. «Mir ist gar nicht wohl bei dem Gedanken, dass du die Nacht dort hinten ganz allein verbringst. Du kannst ja nicht einmal abschließen.»

«Ach, und wer ist das schuld?», frage ich im Scherz.

«Ich bereue es keine Sekunde.» Seine Stimme ist plötzlich ganz rau.

«Das hoffe ich.» Es kostet mich Kraft, den unbeschwerten Tonfall beizubehalten, aber ich möchte nicht, dass Gideon meinetwegen beunruhigt ist. «Mach dir keine Sorgen. Ich stelle den Stuhl unter die Klinke und lege das Handy unters Kopfkissen.»

«Also gut.» Er küsst mich auf die Stirn. «Ich warte noch, bis du hinter dir zugemacht hast. Bis morgen.»

Die Laube kommt mir leer und einsam vor, und für einen Moment bin ich versucht, Gideons Angebot doch anzunehmen. Aber dann rieche ich die Rosen und ziehe mein Handy hervor. Bevor ich es mir anders überlegen kann, wähle ich Marcs Nummer. Es klingelt so lange, dass ich schon auflegen will, dann endlich höre ich seine Stimme.

«Jenny, ich habe nicht zu hoffen gewagt, dass du noch anrufst.»

«Danke für die Rosen.» Ziemlich lahm, aber etwas Besseres fällt mir nicht ein. Mein Herz wummert, als hätte ich gerade zehn Stockwerke erklommen, und mir ist ein wenig schwindelig. Ich hätte mir passende Worte zurechtlegen sollen, stattdessen habe ich mich mit dem Anruf selbst überrumpelt.

«Ich weiß gar nicht, wie ich anfangen soll, mich zu entschuldigen», sagt er. «Ich war so egoistisch, so verbohrt, so rücksichtslos.»

«Das ist nicht wahr.»

«Doch. Du hast so viele schreckliche Dinge erlebt, der Stalker, der Überfall, die Erblindung und jetzt auch noch der Unfall deiner Freundin – und ich habe nichts Besseres zu tun gehabt, als dich zu drängen, anstatt dir bedingungslos beizustehen. Bitte verzeih mir.»

«Ich habe auch Fehler gemacht.» Ich denke an die vergangene Nacht mit Gideon und spüre, wie mir die Röte ins Gesicht steigt. Davon darf Marc nie erfahren.

«Gibst du mir noch eine Chance?»

«Es ist dir wirklich ernst, ja?», frage ich mit belegter Stimme.

«So ernst wie noch nie in meinem Leben.»

Ich spüre, dass er die Wahrheit sagt. «Also gut. Bist du noch auf Rügen?»

«Ja. Hast du morgen Abend Zeit?»

«Was hast du vor?»

«Muss ich das sagen?»

«Oje, wird das wieder einer von deinen Überraschungsausflügen?»

Er lacht. «Bisher haben sie dir doch gefallen. Oder etwa nicht?»

Ich denke an die Bootsfahrt, an das kribbelnde Glücksgefühl, als der Wind und die Gischt mir ins Gesicht geklatscht sind. «Also gut, was muss ich anziehen?»

«Das teile ich dir rechtzeitig mit. Ich hole dich um sieben ab, einverstanden?»

Ich liege noch lange wach im Bett. Meine Gedanken kreisen, lassen mich nicht zur Ruhe kommen. Schemenhaft blitzen Bilder von Fahrzeugwracks vor meinem inneren Auge auf, die ich in Wirklichkeit nie gesehen habe. Ein verlassenes Schlauchboot auf dem Meer, halb untergetaucht und von Kugeln durchsiebt, und ein ausgebranntes Auto am Fuß eines Abhangs, die verkohlte Leiche darin bis zur Unkenntlichkeit entstellt.

Um die Bilder zu vertreiben, lenke ich meine Gedanken auf die zwei Männer, die so unvermittelt in meinem Leben aufgetaucht sind. Obwohl ich mir fest vorgenommen habe, die beiden nicht miteinander zu vergleichen, ist mir nur allzu bewusst, wie unterschiedlich Gideon und Marc sind. Ich mag Gideon wirklich sehr, er ist ein netter

Kerl, ein liebevoller Vater und ein sanfter, zärtlicher Liebhaber.

Aber das mit Marc und mir ist etwas ganz anderes. Zwischen uns existiert ein besonderes Band, etwas, das größer und stärker als alles ist, was ich bisher gekannt habe.

Dienstag, 25. September

Am nächsten Vormittag fahren wir zu Kai Steinhagens Haus. Zwar hat die Polizei uns ausdrücklich gebeten, uns von ihm fernzuhalten, aber ich kann und will nicht warten. Walbeck hat angedeutet, dass es eine Weile dauern kann, bis sie Unterlagen über den Tod meiner Eltern aufgetrieben haben. Und dann noch einmal, bis sie einen Richter davon überzeugt haben, ihnen einen Durchsuchungsbeschluss auszustellen.

So viel Zeit habe ich nicht. Ich muss Steinhagen stoppen, bevor weitere Menschen sterben, von denen er glaubt, dass sie zwischen ihm und mir stehen. Gideon. Oder Marc. Oder, Gott bewahre, Finn.

Die Patrone war ein Zeichen. Er steht unter Druck, versucht nicht mehr zu verbergen, wer er ist. Und das ist gewöhnlich der Anfang vom Ende. Entweder steht er kurz vor dem finalen Amoklauf oder vor dem Suizid. Oder beidem.

Natürlich ist es riskant, ihn direkt zu konfrontieren. Aber dafür habe ich ja Gideon dabei. Ich glaube nicht, dass Steinhagen bewaffnet ist. Die Patrone war nur ein Symbol. Es war eine von der Sorte, mit denen er meine Eltern und meinen Bruder erschossen hat. Er wollte mir damit etwas sagen, es war eine Art Geständnis, keine direkte Drohung.

Wäre der Überfall im Park nicht gewesen und Siris Tod, wäre ich überzeugt, dass Steinhagen vollkommen harmlos ist. Es scheint fast so, als gäbe es zwei verschiedene Menschen, einen, der versucht, mit mir in Kontakt zu treten und mich in verklausulierter Form um Vergebung zu bitten für das, was damals passiert ist, und einen, der alles zerstören will, weil er selbst ebenfalls zerstört wurde. Vielleicht hat Steinhagen eine gespaltene Persönlichkeit, vielleicht weiß das eine Ich gar nichts vom anderen. Das würde erklären, warum er sich so widersprüchlich verhält.

Die Bilder des Jungen, der sich selbst als Monster auf Papier gebannt hat, kommen mir in den Sinn. Wäre Kai Steinhagen nicht damals schon Anfang zwanzig gewesen, würde viel dafür sprechen, dass sie von ihm stammen. Obwohl er selbst der Täter war, kann er sich der Situation ohnmächtig ausgeliefert gefühlt und daraus Aggressionen gegen die Menschen entwickelt haben, denen er die Schuld daran gibt. Sogar gegen seine Opfer. Aber die Bilder wurden ohne Zweifel von einem Kind gemalt.

Also hat ihr Urheber nichts mit alldem zu tun, er hat seine eigenen Dämonen, seine eigene, dunkle Geschichte, die wir vermutlich nie ergründen werden. Er war nur der Anlass dafür, dass Gideon mich aufgestöbert und kontaktiert hat, dass er endlich über das reden konnte, was damals geschah, und ich endlich die Wahrheit erfuhr.

Die Fahrt dauert nicht lang. Nach kaum mehr als zehn Minuten hält Gideon am Straßenrand und stellt den Motor aus.

«Sind wir da?»

«Ich schätze ja. Obwohl dieses Haus nicht so aussieht, als würde hier jemand wohnen.»

«Beschreibe es mir.»

«Eine ziemliche Bruchbude, frei stehend, der Vorgarten ist total zugewuchert, der Putz bröckelt von den Wänden. Es gibt an der Seite einen Durchgang zum Garten, da scheint noch ein Schuppen oder eine Scheune zu stehen.»

«Gibt es andere Häuser in der Nähe?»

«Weiter unten ist ein kleiner Ort, aber bis dahin ist es mindestens ein Kilometer. Man sieht auch das Meer. Eigentlich ein schöner Platz. Aber ich schätze, Kai Steinhagen hat keinen Sinn für Schönheit.»

«Lass uns aussteigen und klingeln.»

«Bist du sicher?»

Ich fasse meine Handtasche fester. «Du wolltest es doch auch. Hast du deine Meinung geändert?»

«Der Mann ist unberechenbar, er ist krank.»

«Bisher hast du ihn für ungefährlich gehalten.»

«Im Grunde tue ich das auch noch. Ich glaube nicht, dass er irgendwem etwas Schlimmes antun will. Aber ich weiß nicht, wie er reagiert, wenn wir plötzlich vor seiner Tür stehen. Er ist vermutlich sehr labil und könnte sich in die Ecke gedrängt fühlen.»

Ich weiß, was Gideon eigentlich sagen will. «Du glaubst nicht, dass er der Stalker ist, der Mann, der mich überfallen hat?»

«Nein.»

«Und du glaubst auch nicht, dass er Siri umgebracht hat.»

«Nein.»

«Aber es passt alles zusammen. Er muss es sein.» Sogar in meinen eigenen Ohren klinge ich trotzig. Natürlich passt nicht alles zusammen. Ganz und gar nicht. Ich habe selbst eben noch darüber nachgedacht, ob Steinhagen eine gespaltene Persönlichkeit haben könnte, um mir sein widersprüchliches Verhalten zu erklären. Aber ich will nicht zweifeln. Er muss es sein. Er ist der einzige Mensch, der einen guten Grund hat, auf mich fixiert zu sein, und der krank genug ist, all diese irrationalen Dinge zu tun.

«Möglich, dass ich mich täusche», räumt Gideon ein. «Aber dann sollten wir ihn erst recht nicht in seinem Haus überrumpeln. Überlass es der Polizei.»

«Bitte, Gideon. Ich muss mit ihm reden, versteh doch, wie wichtig das für mich ist. Wenn ich weiß, wer mein Gegner ist, wenn ich endlich einen Namen habe, ist das alles leichter für mich zu ertragen. Es macht Siri nicht wieder lebendig. Aber es macht ihren Tod irgendwie fassbarer.»

«Glaubst du, das weiß ich nicht?» Ich höre ihn mit dem Zündschlüssel klimpern. «Also gut, unter einer Bedingung. Präg dir den Weg vom Auto zur Haustür genau ein. Beim geringsten Anzeichen von Gefahr rennst du zurück, versteckst dich hinter dem Wagen und rufst Walbeck an.»

«Der wird sich freuen, dass wir uns so akribisch an seine Anweisungen halten.»

«Das ist mir egal.»

«Wie du meinst.»

Wir steigen aus. Gideon nimmt nicht wie sonst meinen

Arm, um mich zu führen, sondern lässt mich den Weg selbst mit dem Stock finden. Es gibt kein Gartentor, nur einen halb zugewachsenen Fußpfad aus rissigen Betonplatten, der zur Haustür führt.

«Rechts neben der Tür steht eine Mülltonne», erklärt Gideon. «Und links ist ein Busch. Ansonsten gibt es keine Hindernisse.»

Wir erreichen die Tür. Gideon sucht vergeblich nach einer Klingel, dann klopft er gegen das Holz. Einmal. Zweimal. Nichts rührt sich.

«Ich schaue mal, ob ich etwas durchs Fenster erkennen kann», sagt er. Es raschelt. «Scheint niemand da zu sein. Aber auf dem Tisch steht Geschirr.»

«Vielleicht hat er uns kommen sehen und sich in einem der hinteren Zimmer versteckt.»

«Möglich.»

«Sollen wir ums Haus herumgehen? Wäre ja auch möglich, dass er im Garten ist.»

Gideon läuft voran, erzählt mir dabei, was er sieht. «Da ist ein großer Schuppen, total verwittert, aber ein modernes Vorhängeschloss hängt am Tor. Auf dem Rasen steht eine uralte Wäschespinne, es gibt ein paar verwilderte Obststräucher, einen Klapptisch und einen schimmeligen Korbsessel.»

Die Hintertür ist verschlossen. Gideon klopft auch hier und ruft Steinhagens Namen. Doch alles bleibt still. «Ich fürchte, er ist nicht da», sagt er. «Steht ja auch kein Fahrzeug vor der Tür.»

«Hat er denn eins?» Aus irgendeinem Grund habe ich

mir eingebildet, dass Steinhagen kein Auto besitzt. In meiner Vorstellung läuft er lange Strecken zu Fuß über die Insel. Andererseits hat er Marc und mich in Sellin angesprochen, was knapp zehn Kilometer von Gideons Haus entfernt liegt. Dann ist er uns wohl doch mit dem Auto gefolgt.

«Keine Ahnung», sagt Gideon. «Aber wenn man hier oben so einsam wohnt, braucht man eigentlich einen Wagen. Hier hält ja nicht einmal ein Bus.»

Da Steinhagen sich nicht blickenlässt, müssen wir unverrichteter Dinge wieder abziehen. Gideon setzt mich vor dem Haus ab und schärft mir ein, die Tür abzuschließen. Er muss noch etwas erledigen, verspricht aber, nicht lange wegzubleiben. Den nächsten Patienten hat er erst am frühen Nachmittag, doch so lange will er mich nicht allein lassen.

Ich gehe in die Küche und bereite mir einen Tee zu. Inzwischen kenne ich mich in Gideons Haus, zumindest in der unteren Etage, fast so gut aus wie in meiner eigenen Wohnung, und ich finde alles auf Anhieb.

Gerade als ich mich an den Tisch setze, klingelt mein Handy. Die Stimme meldet eine unbekannte Nummer. Mein Herz schlägt schneller.

«Ja?»

«Spreche ich mit Frau Lark?»

«Wer ist denn da?»

«Armin Dresen hier. Sie wollten mit mir über die Grabschändung reden.»

Der Reporter. «Oh, schön, dass Sie zurückrufen. Was können Sie mir über den Fall sagen?»

«Darf ich erst mal erfahren, wer Sie sind und warum Sie das interessiert?»

Diese Frage habe ich erwartet, die Antwort habe ich mir schon gestern zurechtgelegt. «Ich bin Psychologin. Ich arbeite an einer Studie zu Fällen von Grabschändung, zu den Motiven der Täter, der Art der Schändung und so weiter. Ich spreche normalerweise auch mit den Angehörigen, aber man hat mir gesagt, dass der Sohn psychisch labil ist, deshalb wollte ich es zunächst auf diesem Weg versuchen.»

«Da haben Sie recht. Der arme Junge.»

Die Formulierung irritiert mich. Kai Steinhagen ist über fünfzig. «Kennen Sie ihn?»

«Nein, nicht näher. Aber ich kenne seine Geschichte.»

Ich schnappe unwillkürlich nach Luft. «Was denn für eine Geschichte?»

«Nervenzusammenbruch, Dienstuntauglichkeit, und dann von einer Klinik in die andere.»

«Wissen Sie, warum er einen Nervenzusammenbruch hatte?»

«Ich dachte, Sie interessieren sich für das Grab der Eltern.»

«Die Person, die das Grab geschändet hat, wurde nicht ermittelt, oder?»

«Sie glauben doch nicht …»

«Es wäre nicht der erste Fall.» Ich habe nicht die geringste Ahnung, ob das stimmt, aber Dresen beißt an.

«Ist das wahr? Sie meinen, der Sohn könnte selbst das Grab seiner Eltern verunstaltet haben? Der Müll und der ganze andere Dreck? Na ja, wundern würde es mich nicht. Der Vater muss ein harter Hund gewesen sein. Soldat. Grenzbrigade Küste. Aus Überzeugung. Und sein Sohn sollte in seine Fußstapfen treten.»

Mir ist plötzlich schwindelig. «Vater und Sohn waren beide bei der Grenzbrigade?»

«Der Sohn bis 1987, bis zu seinem Zusammenbruch, der Vater bis zur Wende.»

Ich lasse den Kopf sinken und presse die Stirn auf die Tischplatte, um das Rauschen und Wirbeln in meinem Kopf unter Kontrolle zu kriegen. So gelingt es mir, noch eine kurze Weile mit Armin Dresen zu sprechen und die Fassade aufrechtzuerhalten. Er berichtet detailliert, auf welche Weise das Grab verschandelt wurde und wie wenig die Polizei unternommen hat, um den Übeltäter zu entlarven. Ich höre nur mit einem Ohr zu, brumme hin und wieder zustimmend und beende das Gespräch, sobald es möglich ist.

Als ich aufgelegt habe, massiere ich mir mit den Fingerspitzen die Schläfen. Kai Steinhagen und sein Vater hatten nicht nur den gleichen Namen, sondern auch den gleichen Beruf. Was, wenn die Person, die das Grab geschändet hat, gar nicht den Vater, sondern den Sohn meinte?

Als ich die Teetasse in die Spülmaschine stelle, klingelt mein Handy erneut. Diesmal ist es Gideon.

«Sorry, es wird später. Das Auto macht Stress.»

«Schon wieder?»

«Muss eine Serie sein. Zur Abwechslung ist es diesmal allerdings kein platter Reifen, sondern irgendwas mit dem Motor. Kommst du klar, ist alles okay bei dir?»

«Ja, mir geht es gut.»

«Meinen Patienten für heute Nachmittag habe ich abgesagt, aber ich habe niemanden für Finn. Würde es dir etwas ausmachen, im Haus auf ihn zu warten? Ich bin nicht sicher, ob ich es schaffe, zurück zu sein, wenn er aus der Schule kommt.»

«Kein Problem.»

«Danke.»

Ich sitze auf heißen Kohlen, ich will unbedingt mit Kai Steinhagen reden, ich bin sicher, dass er auf die eine oder andere Art der Schlüssel zu allem ist. Es muss einfach so sein. Da ich nicht viel anderes tun kann, recherchiere ich den Namen noch mal auf meinem Smartphone. Wieder kommt der Bericht über die Grabschändung, aber sonst finde ich nichts Brauchbares.

Es ärgert mich, dass ich so hilflos bin. Wenn ich sehen könnte, würde ich das Haus observieren, bis Steinhagen heimkommt, ich würde zur Zeitung fahren und im Archiv nach weiteren Artikeln suchen, die nicht im Internet zu finden sind. Vielleicht gibt es Todesanzeigen von den Eltern, die mir weiterhelfen würden. Oder Berichte über lokale Vorkommnisse, in denen ihr Name erwähnt ist. Oder etwas anderes, auf das ich gar nicht von allein komme. Es gäbe so viele Punkte, wo ich ansetzen könnte. Aber in meiner ewigen Dunkelheit sind mir diese Wege versperrt.

Eine Weile versuche ich, alle Ereignisse von damals bis heute aufzulisten und in eine logische Abfolge zu bringen: Der gescheiterte Fluchtversuch meiner Eltern und die Schüsse auf das Boot; meine Adoption durch Siris Eltern; die Grabschändung hier auf Rügen fast dreißig Jahre später; der Stalker in Berlin, der mir auf die Insel gefolgt zu sein scheint; der Überfall im Park, für den vermutlich auch der Stalker verantwortlich ist; Gideons Besuche in Berlin; Kai Steinhagens Wache vor Gideons Haus; Siris Unfall, der kein Unfall war, sondern ein grausamer Mord.

Doch egal wie ich sie drehe und wende, zusammen ergeben diese Vorfälle keinen Sinn. Es ist wie bei einem Puzzle, bei dem jemand falsche Teile dazwischengemogelt hat. Wenn ich nur wüsste, welche Teile nicht dazugehören!

Irgendwann klingelt es an der Tür. Ich fahre erschrocken zusammen, bis mir klarwird, dass es Finn sein muss.

Er stürmt ins Haus, wirft die Schultasche auf den Boden. «Keine Hausaufgaben, darf ich fernsehen?»

Ich muss lächeln. «Das sollte dein Vater entscheiden.»

«Aber er ist nicht da.»

Ich zögere. «Stimmt das mit den Hausaufgaben?»

Finn druckst herum.

«Na?»

«Nur Lesen üben, das ist keine richtige Hausaufgabe.»

Das sehe ich anders. «Du liest mir vor, was du üben sollst, dann darfst du fernsehen, bis dein Papa nach Hause kommt, okay?»

Finn brummelt vor sich hin, doch er holt sein Lesebuch

aus der Tasche. Wir machen ein Ratespiel daraus, Finn liest zwei Wörter, dann muss ich raten, was als Nächstes kommt. Er findet es so lustig, dass er den Text freiwillig ein zweites Mal liest. Danach mache ich ihm einen Kakao, den er sich vor den Fernseher mitnimmt.

Da ich nichts Besseres zu tun habe, leiste ich ihm Gesellschaft, und er beschreibt mir geduldig, was sich auf dem Bildschirm abspielt. Bis ich draußen etwas höre. Ein Auto hält vor dem Haus.

Ich denke, es ist Gideon, und will ihm entgegengehen, doch als ich die Tür öffne, drückt mir jemand ein Päckchen in die Hand.

Ich erstarre. «Für mich?»

«Sind Sie Jennifer Lark?»

«Ja.»

«Dann ist es für Sie.»

Benommen taumle ich zurück ins Haus.

«Ein Geschenk.» Finn hopst um mich herum. «Mach es auf!»

«Später.»

«Nein, du musst es sofort aufmachen.»

Ich taste das Päckchen ab. Das Papier ist glatt, der Inhalt weich. Keine Blumen, so viel ist sicher. Und auch keine Patrone.

«Los! Du musst es aufmachen», drängelt Finn.

Ich will das Päckchen wegräumen, Finn soll nicht dabei sein, wenn ich es öffne, aber er greift danach. Das Papier reißt.

«Oh», ruft er.

«Was denn?» Ich ertaste weichen Stoff.

«Es glitzert», sagt Finn.

Vorsichtig ziehe ich den Stoff ganz aus dem Paket.

«Es ist ein Kleid», ruft Finn. «Zieh es an.»

Meine Hände zittern. Würde der Stalker mir ein Kleid schicken? Warum sollte er das tun?

«Ist eine Karte dabei?», frage ich.

«Ja, hier, soll ich aufmachen?»

«Gib sie mir.» Ich ertaste das gleiche raue Papier wie gestern bei den Rosen. Marc! Meine Finger fliegen über die Buchstaben.

Für heute Abend. Freue mich! Marc.

Ich presse das Kleid an mein Gesicht. Der Stoff ist unglaublich zart und glatt.

«Du musst es anziehen, mach schon, Jenny», sagt Finn.

«Später.»

«Nein, jetzt», quengelt er.

«Also gut.» Ich schließe mich im Bad ein, ziehe meine Sachen aus, fahre wieder und wieder mit den Fingern über den Stoff, versuche mir vorzustellen, wie das Kleid aussieht. Es gibt keinen Reißverschluss, keine Ärmel, nur die schlichte fließende Form und einen tiefen Ausschnitt im Rücken. Leider kenne ich die Farbe nicht. Ich habe vergessen, Finn zu fragen, und mein Scanner liegt in der Laube.

Ich ziehe das Kleid über, es passt, als wäre es für mich geschneidert worden, der Stoff streichelt sacht über meine Haut. Ich krame in meiner Handtasche herum, finde ein paar Klammern, mit denen ich die Haare hochstecken kann. Ich brauche einige Versuche, bis die Frisur sich unter meinen Fingerspitzen halbwegs ordentlich anfühlt.

Dann schließe ich die Tür auf.

«Na endlich!» Finn scheint im Flur gewartet zu haben.

«Wie sehe ich aus?» Ich drehe mich im Kreis.

«Wie eine Prinzessin.»

«Übertreib nicht!»

«Er übertreibt nicht.»

Ich fahre herum. Gideon muss gekommen sein, während ich im Bad war.

«Kann ich mich so nach draußen wagen?»

«Du bist verabredet?»

«Ja.» Ich drehe mich um und raffe hastig meine Klamotten zusammen, die noch im Bad auf dem Boden liegen. «Alles in Ordnung mit deinem Auto?»

«Leider nicht. Ich musste mir einen Mietwagen nehmen. Finn sagt, ihr habt zusammen Hausaufgaben gemacht. Stimmt das?»

«Wir haben Lesen geübt», sagt Finn. «Deshalb darf ich fernsehen. Jenny hat es erlaubt.»

«Na, wenn Jenny es erlaubt hat, kann ich wohl nichts dagegen sagen.»

Finn verschwindet im Wohnzimmer.

«Ich weiß gar nicht, welche Farbe das Kleid hat», sage ich verlegen, das Klamottenbündel an mich gepresst.

«Es ist schwarz, und der Stoff glänzt im Licht. Wenn du dich bewegst, sieht es aus wie fließendes Wasser.» Er räuspert sich. «Noch Zeit für einen Kaffee vor deinem Date?»

Als Marc mich abholt, komme ich mir schrecklich egoistisch vor. Ich kriege kaum mit, wie er meine Wange küsst, mir die Wagentür aufhält. Meine Gedanken sind bei Gideon. Ich bin sicher, dass er am Fenster steht, ich spüre seinen Blick heiß in meinem Rücken.

Erst als Marc ein Stück gefahren ist und ich sicher sein kann, dass das Haus außer Sichtweite ist, beginne ich, mich auf den Abend zu freuen. «Wohin geht es?»

«Das wirst du gleich erfahren.»

«Immerhin scheinen keine sportlichen Leistungen von mir erwartet zu werden. Dann hättest du mir etwas anderes zum Anziehen geschickt.»

Marc lacht. «Hattest du Angst, dass ich dich auf eine Klettertour mitnehme?»

«Ich war nicht sicher.»

Er greift nach meiner Hand, küsst sie. «Beim nächsten Mal vielleicht. Aber dann schicke ich dir vorher das entsprechende Outfit.»

«Das wagst du nicht.» Ich schüttle den Kopf. Allmählich fällt die Anspannung von mir ab. Ich war nicht nur wegen Gideon nervös. Ich wusste nicht, ob zwischen Marc und mir noch alles so sein würde wie vor dem Krach, ich hatte Angst vor Verlegenheit und peinlichem Schweigen. Wie albern von mir, ich hätte es besser wissen müssen.

Die Fahrt dauert länger als erwartet. Marc fragt nach Siri, und mir wird klar, dass er noch gar nicht weiß, dass ihr Tod kein Unfall war. Er ist geschockt, als ich ihm von dem Brandbeschleuniger erzähle. Und für einen Moment verdunkelt sich meine Stimmung. Ich frage mich, wie ich auf den absurden Gedanken komme, mit einem Mann auszugehen, als wäre nichts geschehen, während Siris Mörder noch immer frei herumläuft.

Ich würde Marc gern fragen, was er über Kai Steinhagen denkt, aber dafür müsste ich ihm die ganze schreckliche Geschichte meiner Kindheit beichten, und dazu habe ich keine Lust. Nicht heute Abend. Heute möchte ich einfach nur ein paar unbeschwerte Stunden mit ihm verbringen. So unbeschwert zumindest, wie das unter den Umständen möglich ist. Wir haben alle Zeit der Welt, ich kann es ihm irgendwann erzählen. Vielleicht, wenn alles vorüber ist.

«Geht es dir gut, Jenny? Du bist so still.»

«Ich muss die ganze Zeit an Siri denken.»

«Natürlich. Wie grauenvoll. Ist es nicht möglich, dass die Polizei sich irrt? Dass deine Freundin das Terpentin selbst im Auto hatte?»

«Offenbar nicht.»

«Und die Ermittler glauben, es war der Mann, der dich überfallen hat?»

«Ich glaube das auch.»

«Komm mit mir zurück nach Berlin, Jenny. Die Vorstellung, dass dieser Irre hier auf der Insel herumläuft und dir auflauert, macht mich wahnsinnig.»

«Wenn er mir etwas hätte antun wollen, hätte er längst die Gelegenheit dazu gehabt.»

«Und wenn er auf einen besonderen Moment wartet? Ein spezielles Datum?»

Ich versteife mich. An diese Möglichkeit habe ich nicht

gedacht. Im Kopf gehe ich alle möglichen Daten durch. Unser Urlaub auf Rügen vor über dreißig Jahren, der Todestag meiner Familie, mein Geburtstag, doch diese Jahrestage sind alle bereits vorüber. Ich bin im April geboren, und meine Familie starb im August.

«Ich möchte heute Abend nicht daran denken», erkläre ich entschlossen.

«Umso besser. Aber überleg dir das mit Berlin. Okay?»

«Okay.»

Der Wagen biegt um eine Kurve. «Wir sind da.»

Es geht auf einen Parkplatz, Schotter knirscht unter den Reifen. Marc stellt den Motor ab und eilt um den Wagen herum, um mir beim Aussteigen zu helfen. Es ist mild, doch es geht ein kühler Wind. Ich hoffe, dass wir nicht irgendwo draußen sitzen werden, dafür wäre das Kleid zu dünn.

Marc nimmt meinen Arm und führt mich. Es geht durch eine Tür. Wo auch immer wir sind, ist es still, einzig ein leises Brummen erfüllt den Raum, eine Klimaanlage, ein Getränkeautomat, etwas in der Art. Eigentlich habe ich leise Stimmen erwartet, Gläserklirren, gedämpfte Musik. Doch das hier scheint kein Restaurant zu sein.

Es riecht auch nicht nach Essen, sondern seltsam süß und feucht.

«Hier entlang», sagt Marc. «Erschreck dich nicht.»

Es geht durch eine weitere Tür, und schlagartig ist es tropisch warm. Die Feuchtigkeit ist hier noch intensiver, ebenso der süße Duft, fast so, als wären wir in einem Gewächshaus mit Tausenden von Blumen.

Ich spüre eine Art Flirren in der Luft. Ich strecke die Hände aus, etwas streift sacht meinen Arm.

«Wo sind wir?» Unwillkürlich flüstere ich.

«Im Schmetterlingspark, einer riesigen Kuppel voller Blüten und Schmetterlinge. Der Park hat um diese Uhrzeit geschlossen. Ich habe uns einen privaten Besuch arrangiert. Wir sind ganz allein.»

«Wow.»

«Ich habe ein Picknick vorbereitet, ich hoffe, das ist okay für dich.»

«Es ist wunderbar.»

Wie eine blinde Alice im Wunderland laufe ich mit Marc durch die fremde, exotische Welt, streiche über Blätter und Blüten, ertaste ihre filigrane Form, rieche ihren Duft, spüre das lautlose Flattern der Schmetterlinge um mich herum. Einmal raschelt es sehr laut im Laub, und ich bilde mir ein, den Nachtgiger zu sehen, der mich mit rot glühenden Augen anfunkelt. Doch ich verbanne das Bild sofort aus meinem Kopf. Ich werde mir nicht von einem albernen Kinderschreck den wunderbaren Abend verderben lassen.

Wir erreichen eine Bank und setzen uns. Auf dem Boden steht der Picknickkorb bereit. Marc packt ihn aus: Champagner, Kaviar, Lachs, Sandwiches, Pastete und Salat. Wir stoßen an und essen, dabei plaudern wir über alles Mögliche, erzählen uns gegenseitig die Dinge, die man eigentlich beim ersten Date abhakt: der erste Kuss, Marc mit fünfzehn, ich mit dreizehn; Lieblingsfach in der Schule, Marc: Mathe, ich: Kunst; Lieblingsfarbe, Marc: rot, ich: blau; und das Lieblingstier, Marc: Adler, ich: Delfin.

Irgendwann will Marc wissen, welches der schönste Ort sei, den ich je besucht hätte. Ich antworte spontan, dass es dieser hier ist, genau in diesem Moment, und Marc legt den Arm um mich und küsst meine Schläfe. Dann erzählt er mir, dass es draußen inzwischen stockdunkel ist und man die Sterne durch die Glaskuppel sehen kann.

Ich lehne mich an seine Schulter, lasse mir von ihm die Sternbilder aufzählen, er scheint sie alle zu kennen. Nie in meinem Leben bin ich glücklicher gewesen. Es gibt nur einen Wermutstropfen, der diesen perfekten Augenblick mit seinem bitteren Gift trübt: Es ist keine Siri mehr da, der ich später davon erzählen kann.

FINSTERNIS

Mittwoch, 26. September

Am nächsten Morgen wollen Gideon und ich es wieder bei Kai Steinhagen versuchen. Ich bin noch ganz euphorisch von dem wunderbaren Abend mit Marc und fühle mich unbesiegbar. Bevor wir aufbrechen, ruft Gideon bei Kommissar Walbeck an, doch es gibt keine Neuigkeiten. Zumindest keine, die er uns mitteilen will.

Gerade als wir losfahren wollen, meldet sich die Autowerkstatt. Ich bekomme nicht mit, was der Mechaniker sagt, nur dass Gideon merkwürdig still hinter dem Steuer des Mietwagens sitzen bleibt, nachdem er das Telefongespräch beendet hat.

«Was ist los?», frage ich mit einem beklommenen Gefühl in der Magengrube.

«Ach nichts.»

«Bitte sag mir die Wahrheit.»

«Das Auto.» Er druckst herum, bevor er weiterspricht. «Jemand hat sich daran zu schaffen gemacht, hat Wasser in den Benzintank gegossen, deshalb bin ich gestern liegengeblieben.»

«Lieber Himmel!» Meine Gedanken schießen zu Kai Steinhagen. Ich habe geahnt, dass so etwas geschehen würde.

«Es ist schon das zweite Mal», fährt Gideon fort. «Bei der anderen Panne hat auch jemand nachgeholfen. Die Werkstatt hat fünf Schrauben im Reifen gefunden.»

«Jemand hat Schrauben in den Reifen gebohrt?»

«Sieht so aus.»

«Gütiger Gott!» Ich fasse mir an die Kehle. «Wie gut, dass nichts passiert ist! Du hättest …»

«Nein, es ist unwahrscheinlich, dass mir irgendwer ernsthaften Schaden zufügen wollte. Beides war nicht wirklich gefährlich. Es hat nur den Wagen fahruntauglich gemacht. Jemand will mich ärgern oder aus dem Weg haben, aber nicht umbringen.»

Ich ahne, wen er mit «jemand» meint. Er war gestern Abend noch auf, als ich nach Hause kam. Er hat nicht gesagt, dass er sich Sorgen gemacht hat, doch ich weiß, dass er Marc nicht traut.

Sein Verdacht ist lächerlich. Marc hat es nicht nötig, Löcher in Gideons Reifen zu bohren. So etwas würde er nicht tun, selbst wenn er eifersüchtig wäre. Ich bin sicher, dass Kai Steinhagen dahintersteckt. Umso wichtiger, dass wir ihn so bald wie möglich mit unserem Verdacht konfrontieren.

Wir reden nicht weiter über das Thema, fahren schweigend die kurze Strecke bis zu Steinhagens einsam gelegenem Haus.

«Und?», frage ich, als Gideon den Motor abgestellt hat.

«Sieht genauso aus wie gestern.»

«Kein Auto vor der Tür?»

«Nein.»

«Wir schauen trotzdem nach.»

«Wie du willst.»

Die Wegplatten sind glitschig und feucht vom Morgentau. Gideon klopft an die Haustür und ruft Steinhagens Namen. Ich höre keine Antwort aus dem Haus, aber dafür ein Knarren.

«Merkwürdig, die Tür ist offen», sagt Gideon.

«Dann sollten wir nachsehen. Womöglich ist etwas passiert.»

Gideon macht einen Schritt nach vorn und ruft erneut. Diesmal verhallt seine Stimme im Inneren des Hauses. Niemand antwortet.

«Also gut», sagt er. «Sehen wir nach. Aber halte dich hinter mir.»

Ich folge ihm nach drinnen. Süßlich-fauliger Gestank schlägt mir entgegen, der den typischen muffigen Geruch alter Häuser überdeckt. Die Härchen in meinem Nacken stellen sich auf.

«Hier stimmt was nicht», sage ich mit gesenkter Stimme.

«Bleib stehen, ich schaue mich um.» Gideon bewegt sich von mir weg, eine Tür wird geöffnet und wieder geschlossen, noch eine, dann knarren Treppenstufen. Wieder ruft Gideon vergeblich nach Steinhagen.

Ich kann nicht länger untätig herumstehen. Vorsichtig taste ich mich ein Stück die Wand entlang, stoße auf eine weitere Tür, die von der geöffneten Haustür halb verdeckt ist, und drücke die Klinke. Nicht verschlossen. Langsam schiebe ich sie auf und mache einen Schritt in den Raum. Der Gestank, der mir entgegenschlägt, raubt mir den

Atem, ein Sirren von Dutzenden kleinen Körpern erfüllt die Luft. Sie schwirren um meinen Kopf, lassen sich auf meinem Gesicht nieder. Entsetzt schlage ich um mich.

Dabei stoße ich an etwas Weiches, das vor mir in der Luft zu schweben scheint und durch meine Berührung hin und her zu pendeln beginnt. Ich stöhne entsetzt auf, stolpere einen Schritt rückwärts, atme einige Male hechelnd durch den Mund ein und aus, um die Übelkeit zu unterdrücken. Ich sammle meinen Mut und strecke erneut die Hände aus. Noch bevor ich das Weiche genauer ertaste, ahne ich, was es ist.

Trotzdem greife ich vorsichtig danach. Meine Finger berühren rauen Stoff, eine feuchte Stelle, einen Gürtel, dann kalte nackte Haut. Wieder taumle ich rückwärts, bis ich hart gegen den Türrahmen pralle.

«Gideon», flüstere ich, dann lauter: «Gideon! Hier drin.»

Er kommt die Treppe hinuntergerannt, bleibt hinter mir stehen. «Fuck.»

«Es ist Steinhagen, nicht wahr?»

«Ja», sagt Gideon tonlos. «Er hat sich am Deckenbalken erhängt.»

Eine halbe Stunde später wimmelt es auf dem Grundstück von Polizisten. Obwohl ich sie nicht sehe, habe ich von unzähligen Fernsehkrimis Bilder im Kopf von Männern in weißen Schutzanzügen, die überall Schilder mit Nummern aufstellen, Fotos machen und Beweismittel in akkurat beschriftete Tüten verpacken.

Dabei ist der Fall klar. Gideon hat mir erzählt, dass unter Kai Steinhagens Leiche ein umgekippter Hocker lag, und auf dem Boden daneben ein Zettel. *Ich ertrage es nicht länger, es tut mir leid.*

Es gibt also keinen Zweifel, dass Kai Steinhagen sich selbst erhängt hat. Er hat die Last der Schuld nicht mehr ausgehalten. Sein Suizid ist ein Geständnis und für mich der letzte Beweis dafür, dass er hinter allem steckte, was passiert ist.

Ich sollte erleichtert sein und bin es auch. Aber zugleich bin ich wütend. Mit seinem Selbstmord hat Steinhagen mir die Möglichkeit zur Aussprache genommen. Ich werde ihn nie mit dem konfrontieren können, was er getan hat, werde manche Details womöglich nie erfahren.

Dabei gibt es so vieles, das ich gern von ihm gewusst hätte. Warum hat er mir die Blumen geschickt? Woher wusste er, wie sehr meine Mutter Maiglöckchen liebte? Hatte sie in jener Nacht ihren Parfümflakon dabei? Warum musste Siri sterben? Hat sie ihn in Berlin gesehen, durfte er nicht riskieren, ihr wieder zu begegnen?

Ich hätte das Puzzle gern komplett zusammengesetzt, um das Bild betrachten und verstehen zu können, warum was geschehen ist. So werden einige Leerstellen bleiben, mit denen ich für den Rest meines Lebens werde klarkommen müssen.

Ich sitze mit Gideon im Auto. Die Polizisten haben uns gebeten, noch eine Weile vor Ort zu bleiben. Dirk Walbeck und seine Kollegin sind aus Stralsund unterwegs hierher und wollen mit uns reden.

«Bist du okay?», fragt Gideon.

«Ja, geht schon.»

«Der arme Kerl.»

«Der arme Kerl war ein Mörder!»

«Natürlich.» Gideon nimmt meine Hand. «Er hat deine Familie getötet. Aber das war kein kaltblütiger Mord, und ich glaube, er hat es aus tiefstem Herzen bereut.»

«Ich rede nicht von meiner Familie, sondern von Siri.»

«Glaubst du wirklich, dass er das war?»

«Wer denn sonst?»

Gideon antwortet nicht.

«Er muss es gewesen sein», beharre ich trotzig. «Eine andere Erklärung gibt es nicht.»

«Möglich», räumt Gideon ein, doch ich spüre, dass er das nur sagt, um mich zu beruhigen.

Er glaubt nicht, dass Steinhagen Siri ermordet hat. Wenn er recht hat, gibt es einen zweiten Mörder. Dann ist es noch nicht vorbei. Dann werde ich weiter Präsente bekommen, dann wird …

«Da tut sich was», unterbricht Gideon meine Gedanken. Er stößt die Wagentür auf. «Sie scheinen etwas gefunden zu haben. Im Schuppen, wie es aussieht. Ich schaue mal, was ich in Erfahrung bringe.»

«Ich komme mit.»

Wir steigen aus. In dem Moment hält ein Wagen hinter uns.

«Und da sind unsere Freunde», sagt Gideon. «Genau im richtigen Augenblick.»

Türen knallen. Schritte knirschen.

«Frau Lark, Herr Mahler.» Kommissar Walbeck greift nach meiner Hand.

Während ich sie schüttle, lege ich den Kopf schief, um die Geräusche um mich herum besser einordnen zu können. «Ist Ihre Partnerin nicht dabei?»

«Sie ist sofort hinters Haus gegangen, um mit den Kollegen von der Kriminaltechnik zu sprechen.» Er lässt meine Hand los. «Ich frage besser nicht, was Sie hier wollten.»

«Ihre Männer scheinen etwas gefunden zu haben», sage ich, ohne auf seine Andeutung einzugehen.

«Ach ja?»

«Im Schuppen», sagt Gideon. «Sie sind alle darin verschwunden.»

«Warten Sie hier.» Walbeck entfernt sich.

«Kannst du etwas erkennen?», frage ich Gideon, als der Kommissar sich entfernt hat.

«Leider nicht.»

Ich lehne mich ans Auto, trommle unruhig mit den Fingern gegen das Metall. Einerseits bin ich neugierig, will wissen, was die Polizisten entdeckt haben. Andererseits hat es für meinen Geschmack genug unangenehme Überraschungen für einen Tag gegeben.

«Ich möchte nach Hause.»

«Bald», verspricht Gideon. «Wir reden kurz mit Walbeck, und dann sage ich, dass du dich ausruhen musst.»

«Danke.» Ich strecke die Hände nach ihm aus, er nimmt mich in den Arm.

«Es ist bald vorbei», flüstert er mir ins Ohr.

Wir müssen noch eine ganze Weile warten. Gideon versucht herauszufinden, was los ist, wird aber nach wenigen Schritten abgefangen.

Endlich kehrt Walbeck zu uns zurück. «Wir haben ein Fahrzeug im Schuppen entdeckt, einen alten VW Polo. Nicht angemeldet, aber fahrtüchtig.»

Ich verstehe nicht sofort, worauf er hinauswill. «Und? Was bedeutet das?»

«Es gibt frische Unfallspuren an der Karosserie. Wir müssen uns das noch genauer anschauen, aber es sieht sehr danach aus, als hätten wir das Fahrzeug gefunden, mit dem Ihre Freundin von der Straße abgedrängt wurde.»

Als wir zu Hause sind, telefoniere ich als Erstes mit meiner Adoptivmutter. Siris Leichnam wurde freigegeben, die Beerdigung soll am kommenden Montag sein. Ein guter Anlass für mich, nach Berlin zurückzukehren. Schließlich gibt es auf Rügen nichts mehr für mich zu tun. Was ich über den Tod meiner Familie und den Mord an Siri herausbekommen konnte, habe ich herausbekommen. Eine Reihe Fragen werden offenbleiben, die Antworten wird Kai Steinhagen mit ins Grab nehmen. Das kann ich nicht ändern.

Ich erzähle Cornelia, dass ein Tatverdächtiger ermittelt wurde, der sich umgebracht hat. Sie ist erleichtert, auch darüber, dass er tot ist.

«Das erspart uns einen Gerichtsprozess», sagt sie, «bei dem die ganzen Details auf den Tisch kommen und wir alles noch einmal durchleben müssen.»

Als Nächstes rufe ich Marc an. Er ist froh, dass ich nicht mehr in Gefahr bin, und schlägt vor, mich nach Berlin mitzunehmen. Wir machen aus, dass wir am Freitag, also übermorgen, gemeinsam aufbrechen.

Gideon sagt nichts, als ich ihm davon erzähle, und dafür bin ich ihm dankbar. Aber ich spüre seine Missbilligung in dem aufgeladenen Schweigen, mit dem er die Nachricht entgegennimmt.

Im Laufe des Nachmittags kommt Wind auf. Finn ist früher nach Hause zurückgekehrt, weil das Fußballtraining ausgefallen ist, und Gideon und er wollen Finns neuen Drachen steigen lassen. Erst freue ich mich darauf, etwas Zeit für mich zu haben, doch dann entscheide ich im letzten Moment, die beiden zu begleiten.

Es ist tatsächlich sehr windig, ich muss mir ein Gummi in die Haare machen, damit sie mir nicht ins Gesicht fliegen. Als der Drache nach einigen Fehlversuchen endlich in der Luft ist, drückt Gideon mir die Schnur in die Hand. Es fühlt sich gut an, den Drachen zu halten, die Kraft zu spüren, mit der der Wind an ihm zerrt, und ihr zu trotzen.

Es erinnert mich an einen Nachmittag vor vielen Jahren, als Siri und ich am Fahrlander See selbst gebaute Drachen haben steigen lassen. Siri hatte ein feuerspeiendes Ungeheuer mit stacheligen Flügeln gebastelt, ich eine Art Phönix, einen bunten Vogel, dessen Federn im Wind flatterten.

Richtig gut geflogen sind unsere Drachen nicht, aber wir hatten trotzdem riesigen Spaß, gaben unseren Fabelwesen Namen, dachten uns Geschichten für sie aus und ließen sie in blutigen Schlachten gegeneinander antreten.

Ob Finns Drache ebenso wild und bunt ist, kann ich nicht sagen, jedenfalls fliegt er deutlich besser. Viel zu schnell wird es dämmrig, und wir müssen aufbrechen. Erschöpft und glücklich kehren wir drei nach Hause zurück. Nachdem wir Finn ins Bett gebracht haben, öffnet Gideon eine Flasche Wein, wir machen es uns im Wohnzimmer bequem und stoßen auf das Ende des Schreckens an.

«Ich bin so froh, dass es vorbei ist», sagt er. «Auch wenn ich noch immer nicht ganz glauben kann, dass Kai Steinhagen deine Freundin kaltblütig ermordet hat. Woher wusste er überhaupt, wer sie war? Und wie hat er herausgefunden, dass sie in der Nacht herkommen wollte?»

Ich denke daran, wie oft Steinhagen vor Gideons Haus gestanden hat, wie er durch eine Lücke im Zaun in den Garten geschlichen sein muss, um mir den Umschlag unter der Tür durchzuschieben. Bestimmt hat er nicht nur dieses eine Mal draußen vor der Laube gestanden. An dem Abend, als Siri aufbrach, muss er mein Telefonat mit ihr belauscht haben. Deshalb wusste er, dass sie kommen würde.

Aber anstatt meinen Verdacht laut auszusprechen, sage ich nur: «Ich hätte gern die Gelegenheit gehabt, ihn all das zu fragen.»

«Ich auch. Ich habe ihn vollkommen falsch eingeschätzt. Ein toller Psychologe bin ich.»

«Du hast dich doch gar nicht näher mit ihm befasst. Hast du überhaupt je ein Wort mit ihm gewechselt?»

«Nein. Aber –»

«Na also. Mach dir keine Vorwürfe. Es ist vorbei, das ist alles, was zählt.»

«Ja, es ist vorbei.» Er klingt plötzlich traurig, und ich begreife, dass er nicht von Kai Steinhagen spricht.

Ich taste nach dem Couchtisch und stelle mein Weinglas ab. «Wir bleiben in Kontakt.»

«Natürlich.» Es hört sich nicht so an, als würde er daran glauben.

«Ich meine es ernst. Ich möchte nicht, dass ihr beide, du und Finn, einfach so wieder aus meinem Leben verschwindet. Ich habe mich an euch gewöhnt, ich würde euch vermissen.»

«Das ist schön.»

Mir ist klar, dass er sich mehr erhofft hat. Ich möchte ihm sagen, dass er bestimmt jemanden finden wird, der besser zu ihm passt als ich. Aber ich weiß, wie abgeschmackt sich das anhören würde. Also taste ich nach seiner Hand und drücke sie. «Ohne dich hätte ich das nicht durchgestanden.»

«Ohne mich hättest du das gar nicht durchstehen müssen.»

«Fang nicht wieder so an.»

«Aber es ist die Wahrheit.»

«Papperlapapp.»

«Ist das dein letztes Wort in der Angelegenheit?» Er lacht leise.

«Allerdings ist es das.» Ich strecke die Hand nach meinem Weinglas aus.

Gideon ist schneller, er drückt es mir in die Hand.

«Ich habe meine beste Freundin verloren», sage ich. «Aber ich habe einen Freund gefunden. Dafür bin ich dankbar.»

«Auf die Freundschaft», sagt Gideon mit kratziger Stimme.

«Auf die Freundschaft.»

Die Gläser klirren.

Ich nippe an meinem Wein und fühle mich geborgen wie lange nicht mehr.

Donnerstag, 27. September

Am folgenden Vormittag holt Marc mich für einen Ausflug nach Binz ab. Wir wollen gemeinsam einkaufen, er soll mir helfen, ein Abschiedsgeschenk für Finn auszusuchen. Danach wollen wir zu Mittag essen.

Gideon hat von morgens an Patienten, deshalb sehe ich ihn nur kurz, bevor ich aufbreche. Am frühen Nachmittag muss er seinen Wagen von der Werkstatt abholen und dann noch etwas erledigen. Finn geht nach der Schule zu seinem Freund Leon und kommt erst am Abend nach Hause.

Ich finde schnell ein Geschenk für Finn, einen echten Lederfußball, um den Babyball in seinem Zimmer zu ersetzen. Marc versichert mir, dass er perfekt ist, genau so einen hätte er sich als Junge auch gewünscht. Ich lasse ihn einpacken, und dann spazieren wir durch die Straßen, bevor wir einen ruhigen Ecktisch in einem kleinen Restaurant ergattern.

Nachdem wir bestellt haben, ergreift Marc meine Hände. «Es muss eine ungeheure Erleichterung für dich sein, dass der Mann, der dir das alles angetan hat, nicht mehr da ist.»

«Das alles?», flüstere ich erschrocken.

Hat Marc auch die andere Hälfte meiner Vergangenheit irgendwo in den Tiefen des Internets aufgestöbert? Weiß er Bescheid über meine Familie?

«Der Überfall, der, hm, Unfall deiner Freundin ... das war er doch, oder?»

«Ja», antworte ich erleichtert. «Sieht so aus.»

«Stimmt etwas nicht, Jenny?»

Es ist an der Zeit, sagt eine mahnende Stimme in mir, du musst es ihm erzählen. Du hast dir doch vorgenommen, es zu tun, sobald alles hinter dir liegt, sobald der Täter gefasst ist.

«Was ist denn los, Jenny?», hakt Marc nach. «Habe ich etwas Falsches gesagt?» Er streicht über meine Finger. «Möchtest du nicht darüber reden?»

«Doch, aber ...»

«Aber was?»

«Ich bin froh, dass es vorbei ist, aber ich bin auch wütend, dass er tot ist, weil ich so ... weil ich so auf manche Fragen nie eine Antwort erhalten werde.»

«Auf welche Fragen denn?»

Ich hole tief Luft. «Dieser Mann hat nicht nur meine Freundin umgebracht, sondern auch meine Familie.»

«Was sagst du da?»

«Es ist über dreißig Jahre her. Es war ein kalter, verregneter Sommer, und ich war sieben Jahre alt.» Stockend erzähle ich von unserem Urlaub in der kleinen Dachwohnung, von meinem Streit mit Tommy an jenem schrecklichen Tag. Nach und nach werden meine Worte flüssiger, bis endlich alles aus mir heraussprudelt: wie ich jahrzehntelang dachte, dass ich schuld am Tod meiner Familie sei, wie ich erst hier von Gideon erfahren habe, was wirklich geschehen ist und dass der Mann, der mich stalkte, der Mörder meiner Eltern und meines Bruders war.

Marc hört schweigend zu, lässt mich in meinem Tempo erzählen, stellt keine einzige Zwischenfrage. Nur als ich auf Gideons Rolle in jener Unglücksnacht zu sprechen komme, versteifen sich seine Finger.

«Ist das wahr? Dieser Dreckskerl hat –»

«Er war ein Kind, kaum älter als ich.»

Marc antwortet nicht, aber ich höre ihn schwer atmen.

«Alles okay», sagt er nach einer Weile mit gepresster Stimme. «Entschuldige die Unterbrechung. Sprich weiter, bitte.»

Ich erzähle den Rest der Geschichte, wie ich von Siris Eltern adoptiert wurde, wie Siri von meiner besten Freundin zu meiner Schwester wurde, wie glücklich wir zusammen waren. Bis der Mörder meiner Eltern und meines kleinen Bruders mir auch die Schwester nahm.

Als ich fertig bin, drückt Marc fest meine Hand. «Mein armer Engel, ich hatte ja keine Ahnung. Das muss furchtbar für dich gewesen sein.»

«Aber jetzt ist es vorbei. Und ich muss sehen, was ich aus diesem Scherbenhaufen mache, der mein Leben sein soll.»

«Es wäre schön, wenn da irgendwo ein Platz für mich wäre.»

«Ganz bestimmt.»

Zwei Stunden später setzt Marc mich vor dem Haus ab. Er hat sich jede abfällige Bemerkung über Gideon verkniffen, doch ich bin sicher, dass die Vorbehalte, die er ohnehin schon hatte, durch meine Erzählung nicht gerade aus dem Weg geräumt wurden. Er mag Gideon nicht, und jetzt hat er einen guten Grund dafür. Immerhin scheint er zu akzeptieren, dass ich keinen Groll hege. Gideon hat das getan, was man ihm als richtig beigebracht hat, an seiner Stelle hätte ich höchstwahrscheinlich genauso gehandelt.

«Dann also morgen um neun», sagt Marc. «Brauchst du Hilfe beim Packen?»

«Das hätte gerade noch gefehlt.» Ich strecke meine freie Hand nach ihm aus, berühre seine Schulter. «Bis morgen.»

Er fasst mich im Nacken, zieht mich zu sich heran und küsst mich. Seit unserem Streit vor vier Tagen ist es der erste richtige Kuss. Selbst im Schmetterlingspark hat er sich zurückgehalten, obwohl ich die ganze Zeit darauf gewartet habe. Vielleicht hatte er Angst, erneut zurückgewiesen zu werden, und nun ist der Bann endlich gebrochen.

Oder Marc weiß, dass Gideon uns beobachtet.

Als ich die Wagentür öffnen will, hält er mich zurück.

«Warte.»

«Was denn noch?»

«Ich muss dir etwas sagen.»

Unwillkürlich versteife ich mich.

«Wenn du es schon erfahren musst, dann wenigstens von mir. Außerdem hast du mir von deiner Vergangenheit erzählt, also ist es nur fair, dass ich dir ebenfalls vertraue.»

Ich nehme die Hand vom Türgriff. Sie zittert ein wenig. Marcs Tonfall ist so ernst, dass er mir Angst macht. «Wovon redest du?»

«Dein Freund Gideon zieht Erkundigungen über mich ein.»

«Das ist nicht wahr.» Dabei glaube ich ihm, ich bin nur so geschockt, dass ich es nicht wahrhaben will.

«Doch, es stimmt. Ich bin hier aufgewachsen, und ich habe Freunde, die es mir erzählt haben. Er hört sich überall nach mir um. Versucht, irgendwelche schlimmen Dinge über mich auszugraben.»

«Das wusste ich nicht.»

«Es ist okay. Ich habe ja auch Informationen über ihn gesammelt, und du … ja na, irgendwie hat wohl jeder über jeden etwas herauszufinden versucht.»

Ich beiße mir auf die Lippe, denke daran, wie ich Siri beauftragt habe, sich Marc im Internet anzusehen.

«Jedenfalls möchte ich, dass du es von mir hörst.»

«Du lieber Himmel, was denn?»

«Ich habe ja schon angedeutet, dass ich eine ziemlich beschissene Kindheit hatte.»

«Ich erinnere mich, ja.»

«Meine Eltern wollten mich nicht haben, die genauen Gründe kenne ich nicht, ich schätze, sie waren zu sehr mit sich selbst beschäftigt. Oder ich war nicht so, wie sie es sich ausgemalt hatten. Jedenfalls kam ich zu Pflegeeltern, als ich noch ganz klein war, und die haben mich später adoptiert. Allerdings hatte ich nicht so viel Glück wie du.» Er verstummt.

Ich halte mich an der Tüte mit Finns Geschenk fest, spüre den Ball unter meinen Fingern.

«Meine Stiefmutter war eigentlich in Ordnung, aber sie war schwach, und mein Stiefvater hat mich verprügelt, mit allem, was ihm in die Finger kam. Am schlimmsten war es, wenn er getrunken hatte, was ziemlich häufig der Fall war.»

«Es tut mir so leid.»

Marc berührt kurz meine Schulter. Ich verstehe. Er will nicht unterbrochen werden.

«Ich habe mich geschämt, habe versucht zu verbergen, was bei uns zu Hause los war. Auf dem Schulhof habe ich mich bei jedem Anlass geprügelt, bis keiner mehr mit mir spielen wollte. Nicht nur, um meinen Frust abzulassen. Wer sich in den Pausen danebenbenahm, wurde vom Sportunterricht ausgeschlossen, der musste auf der Bank sitzen und zusehen. Ich saß meistens auf der Bank. So musste ich mich nicht vor den anderen ausziehen.»

Eine Woge von Mitgefühl überrollt mich. Ich möchte ihn in den Arm nehmen und trösten, umklammere stattdessen den Ball fester.

«Meine Lehrerin merkte trotzdem, dass etwas nicht in Ordnung war. Sie war nett, der einzige Mensch, der ehrlich versuchte, mir zu helfen. Sie sprach mit meinen Eltern, aber das machte es nur schlimmer. Dann sorgte sie dafür, dass ich einen Termin bei einem Psychiater bekam.»

Ein Gedanke schießt mir durch den Kopf. «War es Rolf Fahrenbach?»

«Ich erinnere mich nicht, wie er hieß, ich war auch nur

ein einziges Mal dort. Er redete mir ins Gewissen, forderte mich auf, mich besser zu benehmen und meinen Stiefeltern nicht so viel Kummer zu machen. Ich sollte ihnen dankbar sein, weil sie mich bei sich aufgenommen hatten. Nach dem Besuch fühlte ich mich noch elender als zuvor.»

«Lieber Gott! So etwas hätte er nicht sagen dürfen, es war grausam und unprofessionell.»

«Aber das wusste ich als kleiner Junge nicht.»

«Das konntest du nicht. Du warst ihm schutzlos ausgeliefert. Leider gibt es immer wieder schwarze Schafe, die den Schaden größer machen, anstatt zu helfen.»

«Ich hoffe, du kannst jetzt nachvollziehen, warum ich deinem Freund Gideon gegenüber so große Vorbehalte habe. Ich bin sicher, er macht einen guten Job, aber …»

«Schon okay, das verstehe ich.»

«Jedenfalls könnte es sein, dass er dir erzählt, was für ein aggressives Problemkind ich war.»

«Das soll er nur tun. Dann kriegt er die passende Antwort. Was ist aus deinen Adoptiveltern geworden? Hast du noch Kontakt zu ihnen?»

«Meine Adoptivmutter starb vor zwei Jahren an Krebs. Mein Vater lief wenige Monate später im Suff vor ein fahrendes Auto. Er war sofort tot.»

«Wie furchtbar.»

«Irgendwie passt sein Tod zu seinem Leben. Das klingt vielleicht zynisch, aber ich konnte kein Mitleid für ihn empfinden. Ich hoffe, du verurteilst mich nicht dafür.»

«Natürlich nicht.»

Marc verändert seine Sitzposition. «Ein Auto hält genau vor uns.»

«Gideon?»

«Ich bin nicht sicher. Ein Junge steigt aus.»

«Das ist bestimmt Finn, er war mit einem Freund verabredet.»

«Er hat uns entdeckt. Achtung, ich lasse die Scheibe runter.»

Ein elektronisches Surren ertönt neben meinem Ohr, kühle Luft strömt herein.

«Jenny, wer ist der Mann?»

«Ich bin Marc, hallo, du musst Finn sein.»

«Warum bist du nicht bei Leon, Finn?», frage ich.

«Seine Mutter hat einen Termin beim Arzt. Ich habe ihr gesagt, dass meine neue Mama zu Hause ist und auf mich aufpassen kann.»

Ich erstarre. «Finn, ich ...»

«Ich glaube, ihr müsst da etwas klären», sagt Marc. Seine Stimme ist neutral, doch ich höre die Anspannung darin.

«Warte vor der Haustür, Finn», sage ich.

«Ich habe Durst.»

«Ich komme in einer Minute nach.»

Ich lausche seinen Schritten, dann dem Surren der Scheibe, als Marc sie wieder hochfährt. «Es ist eine fixe Idee von ihm, seit ein paar Tagen redet er davon. Ich weiß, ich hätte ihm direkt Einhalt gebieten sollen, aber ich habe es nicht übers Herz gebracht.»

«Es wird nur schlimmer, wenn du es hinauszögerst.»

«Ich weiß.»

«Dann los.»

«Du bist nicht sauer?»

«Hätte ich einen Grund?»

«Nein.»

«Gut, mehr wollte ich nicht wissen. Ich melde mich später bei dir.»

Ich koche uns Kakao, wir setzen uns an den Küchentisch. Finn hat die Tüte entdeckt und will unbedingt wissen, was darin ist. Aber erst muss ich mit ihm reden. Während ich in das heiße Getränk puste, lege ich mir Worte zurecht, aber sie kommen mir alle feige und hohl vor.

«Hattest du eine schöne Zeit mit Leon?», frage ich, um Zeit zu gewinnen.

«Hm.»

«Was ist los?»

«Ist Marc dein Mann?»

«Wie kommst du denn darauf?»

Finn schweigt.

«Hat dein Papa das gesagt?»

«Hm.»

Mir wird heiß und kalt gleichzeitig. «So was in der Art, Finn.»

«Kannst du trotzdem meine Mama sein?»

O Gott, o Gott. Ich springe auf und wende mich der Spüle zu, damit ich unauffällig die Tränen wegwischen kann. Ich muss an Marc denken, den seine Eltern nicht haben wollten. Aber das hier ist etwas anderes, ich bin nicht Finns Mutter, ich bin zu nichts verpflichtet. Allerdings hat der Junge ein Recht darauf, dass ich ehrlich zu ihm bin.

Ich drehe mich zu ihm um. «Ich kann nicht deine Mama sein, Finn. Leider nicht. Obwohl ich das wunderbar fände. Aber ich wäre gern deine Freundin. Ist das okay?»

Er rührt sich nicht, mein Herz hämmert wild.

Plötzlich spüre ich magere Arme, die sich um meine Hüften schlingen. Finn presst seinen Kopf an meinen Bauch. «Das ist voll okay, Jenny.»

Eine Weile stehen wir so da, halten einander fest, dann sage ich Finn, dass er in der Tüte nachschauen kann. Er macht sich los, es knistert, Papier reißt, dann stößt er einen Jubelschrei aus und hüpft in der Küche herum.

«Ist der wirklich für mich?»

«Ja.»

«Warte.»

Ich höre, wie er die Treppe hinaufstürmt. Meine Knie sind ganz zittrig, ich setze mich, nippe an meinem lauwarmen Kakao.

Es dauert eine Weile, bis Finn zurück in die Küche kommt. Er drückt mir ein Päckchen in die Hand, ein Geschenk für mich, ungeschickt in mehrere Lagen dickes Papier gewickelt. Ich hoffe, er hatte keine Seiten aus einem Buch gerissen, um es zu verpacken.

«Mach auf», drängt er ungeduldig.

Ich wickle das Papier auseinander, ertaste die unverkennbare Form eines Taschenmessers. Zwei unterschiedlich große Klingen, eine Schere.

«Das soll für mich sein?», frage ich unsicher.

«Es hat Papa gehört, als er ein Junge war. Er hat es mir gegeben, aber ich darf es nur benutzen, wenn er dabei ist.»

«Aber wenn es von deinem Papa war, möchtest du es doch bestimmt gern selbst behalten.»

«Du kannst es besser gebrauchen als ich. Wenn dich noch einmal ein böser Mann angreift, kannst du ihn damit vertreiben.»

Schlagartig wird mir klar, dass Finn in den vergangenen Tagen mehr mitbekommen haben muss, als Gideon und ich geahnt haben. Ich frage mich, wie viel genau er weiß, doch jetzt ist nicht der Zeitpunkt, ihn auszufragen.

«Danke Finn», sage ich mit einem beschämten Grummeln im Bauch. «Das ist ein ganz wunderbares Geschenk. Das beste, was ich je bekommen habe.»

Wir spielen hinter dem Haus Fußball. Damit es fair ist, steckt Finn für mich ein dreimal so großes Tor mit Stöcken ab wie für sich selbst. Ich schaffe sogar einen Treffer, der bei uns beiden begeisterten Jubel auslöst.

Ich merke erst, dass Gideon heimgekommen ist, als ich ihn verwundert rufen höre: «Was ist denn hier los?»

«Wir spielen Fußball. Jenny hat schon ein Tor geschossen!»

«Und was ist das für ein Ball?»

«Von Jenny, ist der nicht cool?»

«Ja, sehr. Geh bitte rein und wasch dich, es gibt gleich Essen.»

«Aber wir haben doch –»

«Kein Aber. Sofort, Finn.»

«Ich hoffe, du bist nicht sauer, dass ich ihm den Ball gekauft habe», sage ich, als Finn weg ist. «Es ist mein Abschiedsgeschenk.»

«Kein Problem.»

«Gut. Dann gehe ich mich am besten auch schnell etwas frisch machen vor dem Essen.»

«Das kann warten, ich muss mit dir reden.»

Jetzt ahne ich, warum er so barsch ist. Ich verschränke die Arme. «Wenn es mit Marc zu tun hat …»

«Es gibt Dinge, die du nicht über ihn weißt.»

«Du hast ihm hinterherspioniert.»

«Ich möchte nicht, dass dir jemand weh tut.»

«Danke, aber ich kann auf mich allein aufpassen. Außerdem hat Marc mir alles erzählt.»

«Ach ja, was denn?»

«Dass er von seinen Eltern verlassen und adoptiert wurde, dass sein Stiefvater ein Schläger und Säufer und er selbst aus diesem Grund ein aggressives Kind war.»

«Auch dass er deswegen bei Rolf Fahrenbach in Behandlung war?»

«Er konnte sich nicht an den Namen des Arztes erinnern, nur noch daran, dass der ihm nicht helfen wollte.»

Gideon schnaubt verächtlich. «Das habe ich anders gehört.»

«Natürlich.» Ich seufze. Ich will mich nicht streiten, nicht an unserem letzten Abend. «Fahrenbach hat bestimmt nicht rumerzählt, dass er dem Jungen gesagt hat, er solle dankbar sein, dass ihn überhaupt irgendwer adoptiert hat.»

«Das hat er getan?» Gideon scheint für einen Augenblick aus dem Konzept geraten zu sein.

«Wenn sonst nichts weiter ist, würde ich mich jetzt gern in die Laube zurückziehen. Ich muss packen.»

Doch Gideon ist noch nicht fertig. «Hat Marc dir auch erzählt, was der konkrete Anlass dafür war, dass er zu Fahrenbach gebracht wurde?»

Ich wende mich ab, ich will es nicht hören.

«Er leidet unter Blutphobie.»

Ich erstarre. «Blutphobie?»

«Er hat sich im Werkunterricht in den Finger geschnitten und ist in Ohnmacht gefallen. Daraufhin wurde der Notarzt gerufen. Es stellte sich heraus, dass er beim Anblick von Blut anfängt zu hyperventilieren, dass ihm schwindelig wird, bis hin zu Bewusstlosigkeit.»

Ich drehe mich langsam zu Gideon um. Ich würde ihm gern in die Augen schauen, in ihnen lesen, um zu verstehen, warum er das tut. «Ich weiß, was Blutphobie ist. Ungefähr drei Prozent der Menschen leiden darunter. Was bitte ist daran so schlimm?»

«Manchmal kann ein traumatisches Ereignis die Ursache sein.»

«Und davon gab es in Marcs Leben einige, genau wie in meinem und in deinem.»

«Aber ich –»

Gideons Handy klingelt.

«Ich will doch nur sagen, dass er schwere Probleme hat, dass er unberechenbar ist, dass er …»

Das Handy klingelt noch immer.

«Willst du nicht rangehen», frage ich.

«Ich möchte das erst mit dir klären.»

«Du bist doch nur eifersüchtig.»

«Ach, glaubst du das?»

Das Klingeln hat aufgehört, dafür fängt mein Telefon jetzt an. «Ja, das glaube ich.»

«Das ist doch Quatsch. Du bist dabei, dich an einen Mann zu binden, den du so gut wie gar nicht kennst, der Gott weiß was mit dir vorhaben könnte.»

«Das ist lächerlich. Hör dir mal selbst zu.» Das Handy macht mich wahnsinnig. Ich ziehe es aus der Tasche. «Ja? Was ist denn?»

«Frau Lark?» Kriminalhauptkommissar Walbeck. «Alles in Ordnung bei Ihnen?»

«Ja, worum geht es denn?»

«Ich habe gerade schon versucht, Ihren Kollegen zu erreichen.»

«Der steht neben mir.»

«Umso besser. Wäre es möglich, ihn mithören zu lassen?»

«Meinetwegen.» Ich nehme das Telefon vom Ohr und stelle auf laut. «Was gibt es?»

«Es geht um Kai Steinhagen.»

Mein Herzschlag setzt aus. «Was ist mit ihm?»

«Wir hatten gestern schon den Eindruck, dass etwas an der Auffindesituation nicht stimmt, dass der Suizid inszeniert sein könnte. Das hat sich inzwischen bestätigt. Ich wollte nur, dass Sie es wissen.»

«Inszeniert? Was soll das heißen?», fragt Gideon, noch bevor ich den Mund öffnen kann.

«Der Hocker unter dem Toten war zu niedrig. Das ist der erste Punkt. Steinhagen wäre gar nicht mit dem Kopf durch die Schlinge gekommen, wenn er darauf gestanden hätte.»

Die Hand, in der ich das Telefon halte, fängt an zu zittern. Gideon greift danach, legt seine Finger um meine, hält sie fest.

«Außerdem liegen die Strangmarken fast waagerecht um den Hals, doch bei einer Strangulation in hängender Position müssten sie schräg verlaufen.»

«Und was bedeutet das?», flüstere ich.

«Ich fürchte, zum jetzigen Zeitpunkt müssen wir davon ausgehen, dass ihn jemand erdrosselt und dann aufgehängt hat, um die Tat zu vertuschen.»

«Er wurde ermordet?»

«Sieht so aus, ja.»

Mir wird schwindelig, in meinem Schädel beginnt es zu dröhnen. «Aber wer ...?», frage ich über den Lärm in meinem Inneren hinweg.

«Keine Ahnung. Aber ich habe fest vor, es herauszufinden, Frau Lark, das können Sie mir glauben.»

Zehn Minuten später liege ich auf einen Berg Kissen gebettet auf Gideons Sofa und schlürfe heißen, süßen Tee. Nach Walbecks Anruf bin ich offenbar auf dem Rasen zusammengeklappt. Ich erinnere mich nicht. Ich weiß nur noch, dass ich in Gideons Armen wieder zu mir gekommen bin, als er mich gerade ins Haus trug.

Finn ist oben in seinem Zimmer, er hat zum Glück

nichts mitbekommen. Gideon kocht, steckt aber alle fünf Minuten seinen Kopf zur Tür herein und schaut nach, ob es mir gut geht.

Eigentlich hätten wir nach Stralsund kommen sollen für eine weitere Befragung und um unsere offizielle Aussage zum Auffinden von Steinhagens Leiche zu machen, doch angesichts der besonderen Umstände sind Walbeck und seine Kollegin auf dem Weg hierher.

Ich fühle mich noch immer aus der Bahn geschleudert. Alles war gut, auch wenn «gut» vielleicht nicht das passende Wort ist. Der Mörder meiner Eltern, meines Bruders, meiner besten Freundin war tot. Es war vorbei, und nun das. Mit einem Schlag ist alles wieder offen, und Dutzende Fragen drehen sich in meinem Kopf im Kreis.

Wer hat Steinhagen umgebracht und warum? Hat es mit dem Tod meiner Eltern zu tun? Ist Steinhagen überhaupt mein Stalker? Oder der Mörder von Siri? Aber wer könnte es sonst sowohl auf sie als auch auf mich abgesehen haben?

Mein Handy klingelt. Ich habe keine Lust auf weitere Hiobsbotschaften, dennoch greife ich danach. Es ist Marc.

«Wie war es mit Finn?»

«Oh, okay.»

«Wirklich? Du klingst so bedrückt.»

«Ich habe gerade schlechte Nachrichten erhalten.» Ich erzähle vom Ergebnis der polizeilichen Ermittlungen.

«Um Himmels willen, was bedeutet das?», fragt Marc mitfühlend.

«Ich weiß es nicht. Nur eins ist sicher, es gibt mehr als

einen Mörder. Den meiner Familie und den, der den Mörder meiner Familie umgebracht hat.»

«Weißt du denn genau ...» Er verstummt.

«Was? Sprich es aus.»

«Weißt du denn genau, dass dieser Steinhagen deine Familie erschossen hat?»

«Wie meinst du das?»

Marc räuspert sich. «Ich möchte niemandem etwas unterstellen.»

Ich setze mich auf. «Wem willst du *was* nicht unterstellen?»

«Du hast nur Gideons Wort, was seine Version der Ereignisse von damals angeht, ist das korrekt?»

«Ja», sage ich gedehnt.

«Also gibt es keinen Beweis dafür, dass deine Eltern so gestorben sind, wie er es erzählt hat. Außer seinen Beteuerungen, meine ich.»

«Es gibt Unterlagen. Die Polizei wird sie finden.»

«Und wenn nicht?»

«Warum hätte er lügen sollen?» Ich senke die Stimme, da ich nicht weiß, ob Gideon nicht schon wieder auf dem Weg zu mir ist, ob er womöglich gerade an der Tür lauscht, weil er mitbekommen hat, dass ich mit Marc telefoniere. «Er hat sich doch quasi selbst beschuldigt, indem er mir das erzählt hat.» Ich denke an die Nacht in der Laube, wie viel es Gideon gekostet hat, mir zu gestehen, was passiert ist. Nein, ich habe nicht den geringsten Zweifel, dass er die Wahrheit gesagt hat.

«Keine Ahnung, warum er das hätte tun sollen», räumt

Marc ein. «Ich wollte nur zu bedenken geben, dass nichts wirklich mit absoluter Gewissheit feststeht. Dass es keine Beweise gibt.»

«Was du da unterstellst, ist ungeheuerlich.»

«Ich behaupte ja nicht, dass Gideon gelogen hat. Aber vielleicht hat er etwas missverstanden. Einen Namen falsch gehört. Oder im Laufe der Jahre die Fakten durcheinandergebracht. Du sagtest doch, dass er noch ein Kind war. Wie alt war er denn?»

«Er muss ungefähr zehn gewesen sein.»

«Na also.»

Mir ist schon wieder schwindelig. Ich höre die Küchentür. Dann Schritte.

«Ich muss Schluss machen, ich melde mich später.» Hastig schiebe ich das Telefon in die Hosentasche, fest davon überzeugt, dass Gideon mir mein schlechtes Gewissen ansehen wird, sobald er den Raum betritt.

Doch offenbar ist er mit seinen Gedanken ganz woanders. «Rate mal, wer gerade angerufen hat.» Er setzt sich zu mir aufs Sofa. «Christa Steele, ihr ist etwas eingefallen.»

«Und was?», frage ich erleichtert.

«Eigentlich spielt es jetzt keine Rolle mehr, wir haben andere Sorgen …»

«Gideon, spuck's aus.»

«Rolf Fahrenbach hatte eine Garage gepachtet, in der er einen Teil seiner Unterlagen aufbewahrt hat.»

«Und das fällt ihr jetzt ein?»

«Offenbar hat er nach der Wende alle alten Akten aus DDR-Zeiten in Kartons verpackt und dorthin geschafft.

Mir war schon aufgefallen, dass die Kartons, die ich im Haus gefunden habe, nur Unterlagen ab 1990 enthalten.»

«Und du warst dir sicher, dass die Bilder des Jungen aus genau dem Jahr stammen.»

«Weil es zu Fahrenbachs Ordnungssystem passte und weil sie in einem Karton waren, in dem ausschließlich Akten aus diesem Zeitraum lagen.»

«Der Karton, der umgefallen war.»

«Genau.»

«Und was bedeutet das jetzt?»

«Das erste Bild, das auf anderem Papier gemalt ist, könnte älter sein. Vielleicht ist die dazugehörige Akte in dieser Garage.»

«Aber die ist doch sicher längst leer geräumt und weiterverpachtet worden.»

«Steele meint, es könnte noch alles da sein. Ihr Chef hatte für mehrere Jahre im Voraus bezahlt.» Gideon steht auf. «Na ja. Ist nicht wichtig. Du hast wirklich andere Sorgen. Vielleicht gehe ich der Sache nächste Woche in Ruhe nach.»

«Ich weiß nicht.»

«Was weißt du nicht?»

Die Idee formt sich erst in meinem Kopf, während ich sie ausspreche. «Was, wenn doch alles zusammenhängt?»

«Was meinst du?» Gideon setzt sich wieder, ich spüre seine Hand durch die Wolldecke auf meinen Beinen.

«Alles. Der Tod meiner Eltern, der Stalker, der Junge mit den Bildern. Fahrenbachs Tod. Siris Tod. Die Grabschändung. Steinhagens Tod.»

«Ich glaube, ich kann nicht folgen.»

«Wann genau hast du das Bild gefunden? Das erste, meine ich.»

«Vergangenes Jahr. Im Sommer.»

«Geht es genauer?»

«Ich bin nicht sicher. Mai. Juni.»

«Genau zu der Zeit ging es bei mir mit dem Stalker los.»

«Aber –»

«Warte, lass mich den Gedanken zu Ende bringen. Hast du mit jemandem über das Bild gesprochen?»

«Klar. Mit einem Kollegen, der unmittelbar nach Fahrenbachs Tod einen Teil von dessen Patienten übernommen hat. Ich wollte herausfinden, ob es eine Akte zu dem Bild gibt. Und ich habe mich nach einem Experten umgehört.»

«Hast du im Dorf darüber gesprochen?»

«Möglich, dass ich eine Andeutung gemacht habe.»

«Also könnte der Mann, der als Junge das Bild gemalt hat, davon etwas mitbekommen haben.»

«Theoretisch ja.»

«Stell dir Folgendes vor: Der Junge – ich nenne ihn so, auch wenn er inzwischen erwachsen ist – wird durch irgendein Ereignis an das Trauma seiner Kindheit erinnert. Wodurch genau, wissen wir noch nicht. Aber das Trauma muss irgendwie mit dem zusammenhängen, was mit meiner Familie geschah. Er kontaktiert den Therapeuten, der ihm damals helfen sollte, es aber nur schlimmer machte. So wie bei Marc. Vielleicht hat Fahrenbach diesem Jungen ebenfalls gesagt, dass er sich nicht so anstellen soll. Doch jetzt ist der Junge erwachsen. Er ist nicht mehr so wehrlos wie damals. Und er ist wütend. Es kommt zum Streit. Fahrenbach kriegt es mit der Angst zu tun, er will für eine Weile verreisen, um aus der Schusslinie zu sein. Doch bevor er seine Pläne in die Tat umsetzen kann, steht der Junge wieder vor der Tür. Diesmal endet der Streit tödlich. Vielleicht ist es ein Unfall, vielleicht auch Vorsatz. Der Junge nimmt seine Akte mit, bemerkt jedoch nicht, dass ihm dabei ein Blatt herausrutscht, das Bild, das du später findest. Als er ein Jahr später mitbekommt, dass der Nachfolger von Fahrenbach Fragen stellt, muss er handeln. Und diesmal nimmt er alle Menschen aufs Korn, die direkt oder indirekt mit der Sache von damals zu tun haben. Dich, mich, Kai Steinhagen.»

«Aber mir hat er doch gar nichts getan.»

«Irgendwer hat dein Auto sabotiert, und zwar gleich zwei Mal.»

«Aber er hat mich dadurch nicht unmittelbar in Lebensgefahr gebracht.»

«Dann war es eine Warnung, genau wie das Stalken bei mir.» Meine Kehle ist plötzlich eng. «Vielleicht war sogar Siris Tod eine Warnung an mich.»

Gideon steht vom Sofa auf. Ich höre ihn hin und her laufen. «Das würde bedeuten, dass es noch eine Person gibt, die damals dabei war.»

«Könnte es sein, dass du nicht allein auf den Klippen warst? Dass da noch ein Junge war?»

«Selbst wenn», sagt Gideon. «Warum sollte er die überlebenden Beteiligten dreißig Jahre später umbringen?»

«Vielleicht, weil er zum Schweigen verdonnert wurde,

weil er es verdrängen musste, aber nicht konnte. So wie du.» Ich stehe auf. «Jedenfalls sollten wir uns diese Garage ansehen.»

«Jetzt?»

«Hast du etwas anderes vor?»

Es klingelt.

«Ich fürchte, wir haben beide etwas anderes vor. Das dürften Walbeck und Brunn sein.» Gideon geht zur Tür. «Bringen wir das erst mal hinter uns.»

«Und danach fahren wir zu der Garage.»

«Wenn du darauf bestehst.»

Das Gespräch mit den beiden Polizisten bietet nicht viel Neues. Wir müssen noch einmal haarklein berichten, wie wir die Leiche entdeckt haben und wo wir überall im Haus und auf dem Grundstück waren. Außerdem wollen die beiden wissen, wann und wo wir Kai Steinhagen vor seinem Tod gesehen haben.

Judith Brunn tippt alles in ihren Laptop. Am Ende setzen Gideon und ich eine Art elektronische Unterschrift unter unsere Aussagen, wobei Kommissarin Brunn mir vorher alles noch einmal Wort für Wort vorlesen muss.

Einmal kommt Finn rein und verlangt sein Abendessen. In dem Augenblick merke ich, dass ich ebenfalls Hunger habe. Es duftet herrlich vom Herd her, Gideon hat einen Eintopf gekocht. Er verfrachtet Finn mit einer Portion vor den Fernseher, dann geht es weiter.

Gerade als die beiden Polizisten ihre Sachen zusammenpacken, fällt mir etwas ein. Ich schlage mir vor den Kopf, weil ich nicht früher daran gedacht habe. «Hatte Steinhagen eigentlich Familie?»

«Warum wollen Sie das wissen?», fragt Judith Brunn schnippisch zurück.

«Es interessiert mich.»

«Er hat mit knapp zwanzig geheiratet und einen Sohn namens Paul», sagt Walbeck. «Die Ehe ging in die Brüche, als der Junge noch ganz klein war.»

«War das nach dem … dem Vorfall mit meinen Eltern?»

Überraschtes Schweigen, dann Papierrascheln, ein Notizblock.

«Immer vorausgesetzt, die Geschichte stimmt so, wie Herr Mahler sie uns erzählt hat», sagt Walbeck, «ließen sich Steinhagen und seine Frau ein knappes Jahr nach dem Ereignis scheiden.»

«Was soll das heißen?», fährt Gideon ihn an. «Glauben Sie etwa, ich habe mir das ausgedacht?»

«Das heißt nur, dass wir bisher keine Unterlagen gefunden haben, die Ihre Version bestätigen.»

«Aber es ist die Wahrheit.»

Ich muss daran denken, dass Marc ähnliche Zweifel geäußert hat. Aber darüber will ich jetzt nicht diskutieren. «Wie alt war Paul damals?»

«Fünf.»

Etwas Kaltes rieselt durch meine Adern. «Dann war er genauso alt wie Tommy.»

«Ihr kleiner Bruder?»

«Ja.» Ich reibe mir über die Unterarme, weil ich plötzlich friere. «Steinhagen hat einen Jungen erschossen, der genauso alt war wie sein eigener Sohn. Er muss immerzu daran gedacht haben, dass es auch sein Kind hätte sein können. Kein Wunder, dass er nicht darüber hinweggekommen ist.»

Eine halbe Stunde später haben wir gegessen und sind auf dem Weg zum Auto. Gideon hat Finn einen Film angemacht und ihm eingeschärft, niemandem die Tür aufzumachen und uns anzurufen, wenn irgendwas nicht in Ordnung ist. Er hat es versprochen und es sich glücklich mit einer Tüte Gummibärchen und seinem neuen Ball auf dem Schoß auf dem Sofa bequem gemacht.

Die Garage, die Fahrenbach gepachtet hat, ist etwa zwanzig Minuten Autofahrt entfernt. Je nachdem, was uns erwartet, werden wir mindestens eine Stunde weg sein. Darüber ist Finn besonders glücklich, denn das bedeutet, dass er bis weit nach seiner üblichen Schlafenszeit aufbleiben darf. Wenigstens einer, der sich freut, dass in Zeiten wie diesen die Regeln nicht gelten.

«Paul Steinhagen muss der Junge sein, der die Bilder gemalt hat», sage ich, während Gideon den Wagen wendet. «Es passt alles ganz genau. Er muss mitbekommen haben, was geschehen ist. Bestimmt hat er gehört, wie seine Eltern darüber gesprochen haben. Und uns gibt er die Schuld daran, dass sie sich getrennt haben. Wer weiß, wie schlimm es ihm danach ergangen ist.»

Gideon antwortet nicht, er scheint in seine eigenen Gedanken versunken zu sein. Vermutlich hadert er damit, dass die Polizei ihm nicht so recht glaubt. Das muss schrecklich für ihn sein. Wie bei einem Missbrauchsopfer, das nach Jahren den Mund öffnet, nur um zu hören, dass es sich alles nur eingebildet hat.

Gideon hat den Besitzer des Garagenhofs vor unserer Abfahrt angerufen. Er erwartet uns, als wir aussteigen.

«Sind Sie Herr Mahler?»

«Ja, und das ist meine Kollegin Jennifer Lark.»

Ich nicke in die Richtung, aus der ich die Stimme gehört habe.

«Kommen Sie.» Der Mann geht los. «Mir hat keiner gesagt, dass der Pächter tot ist. Der Vertrag läuft noch bis nächstes Jahr.»

«Und Herr Fahrenbach hat alles im Voraus bezahlt?»

«War ja nicht viel. Gucken Sie sich doch hier um. Nichts los. Da kann man froh sein, wenn man überhaupt ein bisschen Geld dafür bekommt.»

«Wie sieht es denn hier aus?», frage ich Gideon.

«Ein einsam gelegener Hof, Ställe, Scheunen und eine Reihe Garagen mit Flachdächern.» Der Vermieter muss wohl fragend geschaut haben, denn Gideon fügt hinzu: «Meine Kollegin ist blind.»

Der Mann brummt etwas, Schlüssel klimpern. Ich versuche mir die Umgebung vorzustellen, den alten Hof, vermutlich früher einmal die gemeinschaftlichen Gebäude einer LPG, umgeben von Feldern und kleinen Waldstücken. Das Meer ist von hier aus bestimmt nicht zu sehen, zumindest rieche ich es nicht.

Ein Tor wird knarrend geöffnet, die beiden Männer stoßen überraschte Laute aus.

«Was ist los?»

«Die Garage ist voller Kartons», sagt Gideon. «Die meisten wurden durchwühlt. Überall auf dem Boden liegen Ordner und einzelne Blätter herum.»

«Jemand war vor uns hier.»

«Sieht so aus.»

«Das Schloss war unversehrt», wendet der Besitzer ein.

«Aber es ist alt und nicht besonders schwer zu knacken. Man kann es mit einer Nadel öffnen und nachher wieder zuschnappen lassen, ohne dass irgendwer etwas merkt.»

«Und nun?» Ich schlinge die Arme um den Oberkörper, es ist kühl hier draußen, ich hätte meine Jacke mitnehmen sollen.

«Ich glaube nicht, dass es viel Sinn macht, genauer nachzusehen», sagt Gideon. Er klingt resigniert. «Die Akte, die wir suchen, ist bestimmt weg. Und selbst wenn sie noch irgendwo in diesem Durcheinander steckt, könnte es Stunden dauern, sie zu finden.»

Ich mache einen vorsichtigen Schritt in die Garage, meine Füße stoßen gegen etwas, ich bücke mich, fühle einen Stapel Papier unter meinen Fingern, daneben die Kante eines Aktenordners. Ich taste weiter. Überall liegen Ordner herum, manche sind aufgeklappt, die Papiere herausgerissen. Gideon hat recht. Hier finden wir so schnell nichts, zumal ich ihm beim Sichten der Unterlagen keine Hilfe wäre.

Ich erhebe mich. «Immerhin wissen wir jetzt, dass es etwas zu finden gab.»

«Wir wissen nur, dass jemand etwas gesucht, nicht, ob er es auch gefunden hat. Und das hilft uns nicht weiter.»

«Ich denke, es wird Zeit, Kai Steinhagens Sohn einen Besuch abzustatten.»

«Aber nicht mehr heute.»

«Ich reise morgen ab.»

«Das hast du noch immer vor? Obwohl –» Er bricht ab.

Bestimmt lässt sich der Vermieter kein Wort von unserem Gespräch entgehen.

Ich taste mich nach draußen. «Fahren wir erst mal nach Hause. Dann sehen wir weiter.»

Unterwegs fängt es an zu regnen, dicke Tropfen trommeln auf das Wagendach, erst vereinzelt, dann immer mehr und immer schneller.

Ich denke darüber nach, warum jemand Rolf Fahrenbachs Lager durchwühlt hat und ob das etwas mit den Bildern seines kleinen Patienten zu tun haben könnte. Wollte der Unbekannte die Krankenakte des Jungen verschwinden lassen? Vielleicht hat er zuerst in der Garage danach gesucht, nichts gefunden, weil die Akten nur bis 1989 reichen. Oder er war nicht sicher, ob nicht auch im Haus noch Unterlagen sind, und war deshalb auch in Gideons Anbau. Der umgekippte Karton, von dem Gideon erzählt hat. Ich bin inzwischen davon überzeugt, dass das kein Zufall war. Jemand muss auch dort nach der Akte gesucht haben.

Dieser Jemand muss, nach allem, was wir bisher wissen, Kai Steinhagens Sohn Paul gewesen sein. Es war seine eigene Patientenakte, nach der er gesucht hat. Eine andere Erklärung fällt mir nicht ein. Oder übersehe ich etwas? War doch alles ganz anders?

Das Einzige, was in diesem Szenario keinen rechten Sinn ergibt, sind die Zeichnungen. Dass ein einzelnes Blatt aus dem Ordner gerutscht ist, mag ich noch glauben. Zumal das mit der ersten Zeichnung unmittelbar nach Fahrenbachs Tod geschehen sein muss. Und wenn Gideons Vorgänger wirklich ermordet wurde, war der Täter womöglich in Panik. Aber die vier zusätzlichen Bilder, die Gideon im Anbau gefunden hat, erklärt das nicht. Wer auch immer die Kartons durchwühlt hat, hat doch nicht zufällig ausgerechnet diese vier Blätter aus der Akte verloren.

Fast kommt es mir so vor, als hätte irgendwer die Bilder absichtlich so platziert, dass Gideon sie finden musste. Doch wer sollte das getan haben? Und aus welchem Grund?

Ich zwinge mich, die Grübelspirale zu unterbrechen, und lehne mich im Autositz zurück. Draußen tobt ein regelrechter Wolkenbruch. Die Tropfen hämmern so laut auf den Wagen, dass ich Gideon kaum verstehe, als er nach minutenlangem Schweigen den Mund aufmacht.

«Es ist schon fast wieder dunkel», sagt er mit erhobener Stimme, um den Lärm zu übertönen. «Verfluchtes Wetter.»

Er ist mit keinem Wort darauf zurückgekommen, dass ich morgen abreisen will – obwohl Kai Steinhagen ermordet wurde und dadurch alles wieder offen ist. Ich bin ihm dankbar dafür. Ich muss eine Entscheidung treffen, das ist mir klar, aber ich kann das nicht sofort. Ich brauche Zeit.

«Finn wird enttäuscht sein, dass wir so schnell zurück sind und sein Fernsehabend so früh endet.»

«Ich bin froh, dass wir ihn nicht allzu lange allein lassen mussten.»

Mir wird klar, warum Gideon nicht noch zu Paul Steinhagen fahren wollte. Dass ich nicht früher daran gedacht habe! Ich bin nicht gewöhnt, für ein Kind Verantwortung zu tragen, es in meine Entscheidungen einzubeziehen.

Auf dem kurzen Weg vom Wagen zum Haus werden wir völlig durchnässt. Im Flur schütteln wir uns wie die Hunde, Gideon drückt mir ein Handtuch in die Finger.

«Finn scheint hoch in sein Zimmer gegangen zu sein», sagt er. «Ich schaue eben nach ihm, dann mache ich den Kamin im Wohnzimmer an. Oder willst du sofort nach hinten gehen?»

«Nein. Kamin klingt toll.»

Ich höre ihn auf der Treppe, dann die Tür zu Finns Zimmer. Ich rubble mir die Haare trocken, deshalb bekomme ich nicht sofort mit, dass Gideon schon wieder unten ist.

«Ich muss noch mal weg», sagt er mit gepresster Stimme.

«Lieber Himmel, was ist los?»

«Finn ist irgendwo da draußen.»

«Aber wieso …» Ich lasse das Handtuch sinken. «Was macht er denn jetzt noch draußen? Ist es nicht schon dunkel?»

«Noch nicht ganz, aber es dauert nicht mehr lang. Keine Ahnung, was in ihn gefahren ist. So was würde er normalerweise nicht tun.»

«Vielleicht ist er nur im Garten», sage ich hoffnungsvoll.

«Nein, ist er nicht.»

Ich höre, wie die Haustür aufgeht, das Regenrauschen, das hier drinnen nur ganz leise zu hören war, wird schlagartig lauter. Unvermittelt überrollt mich eine Welle von Angst.

«Warte, ich komme mit.»

«Du kannst mir nicht helfen.»

«Das weiß ich auch. Aber ich will nicht allein im Haus zurückbleiben.»

Gideon sagt nicht sofort etwas, dann greift er nach meinem Arm. «Komm. Beeil dich.»

Erst als wir im Auto sitzen und Gideon in halsbrecherischem Tempo über den Sandweg brettert, wage ich, weitere Fragen zu stellen. «Hast du eine Idee, wo Finn hingegangen sein könnte?»

Der Wagen rumpelt durch ein großes Schlagloch, ich kralle mich am Türgriff fest.

«Er hat mir einen Zettel hinterlassen. *Bin im Geheimversteck.*»

Ein Schauder läuft mir über den Rücken. «Was denn für ein Geheimversteck?»

«Das ist eine Stelle im Wald, wo ich früher als Kind meine Schätze versteckt habe.»

«Dort, wo du …» Meine Kehle ist plötzlich eng.

Bilder tauchen in dem grauen Nichts vor meinen Augen auf, von einem Abend wie diesem, an dem es ebenfalls geregnet hat, von aufgewühlter See und einem kleinen Schlauchboot, das auf den Wellen auf und ab tanzt, die Familie darin in geduckter Haltung, der Vater kämpft mit den Rudern, die Mutter versucht das Kind zu beruhigen, das nicht aufhören will zu schreien.

«Genau dort.» Gideon lenkt den Wagen auf eine befestigte Straße, und ich entspanne mich ein wenig. «Ich habe ihm den Ort einmal gezeigt, auch den hohlen Baumstumpf, in dem ich meine Schätze versteckt hatte. Seither ist er besessen davon, dass es auch sein Geheimversteck sein soll. Aber er ist noch zu klein, ich habe ihm verboten, dort oben auf den Klippen zu spielen.»

«Du warst kaum älter.»

«Willst du das etwa vergleichen?»

An seinem Ton merke ich, wie angespannt er ist. Wieder biegt der Wagen ab, und es wird erneut uneben. Gideon fährt irgendwelche Schleichwege, um schneller am Ziel zu sein.

«Bestimmt geht es ihm gut.»

Gideon antwortet nicht. Das Auto rumpelt über Steine und durch Schlaglöcher, wir werden durchgeschüttelt. Einmal drehen die Räder im Matsch durch, und Gideon flucht, bis sie endlich wieder greifen und wir weiterfahren können.

Ich habe jegliche Orientierung verloren, aber eine vage Vorstellung von der Lage des Dorfes im Kopf und von der schmalen Landzunge, die in östlicher Richtung ins Meer hineinragt. Ein lang gestreckter, mit Wald bedeckter Felsrücken, der nach zwei Seiten hin steil in die Ostsee abfällt. Kein Spielplatz für einen Zweitklässler. Vor allem nicht bei Dunkelheit und Wolkenbruch.

Endlich hält der Wagen. Der Regen hämmert hier nicht ganz so heftig aufs Dach, wir sind anscheinend im Wald.

Gideon stellt den Motor aus. «Ab hier geht es nur zu Fuß weiter», sagt er. «Aber es ist nicht mehr weit. Bleib im Wagen. Ohne dich komme ich schneller voran.»

Die Vorstellung, allein in einem Auto mitten im dunklen Wald zu sitzen, behagt mir ganz und gar nicht, aber ich verstehe, dass Gideon so schnell wie möglich zu seinem Sohn will.

«Okay», sage ich. «Ich warte hier.»

«Du bist klatschnass. Auf der Rückbank ist eine Wolldecke. Wickel dich darin ein. Ich komme so schnell wie möglich zurück.» Mit diesen Worten steigt er aus, die Wagentür knallt zu.

Einen Moment lang sitze ich einfach nur da und lausche. Ich höre Gideon nicht weggehen, der Regen ist selbst hier unter den Bäumen tausendmal lauter als seine Schritte. Dann merke ich, wie durchgefroren ich bin. Ich löse den Gurt und knie mich auf den Sitz, um die Decke von der Rückbank zu angeln.

Sie liegt zusammengefaltet hinter dem Fahrersitz, der Wollstoff ist rau unter meinen Fingern. Als ich daran ziehe, fällt etwas zu Boden. Ich merke es kaum, der Gegenstand streift nur für den Bruchteil einer Sekunde meinen Arm, bevor er im Fußraum landet. Ich schiebe mich zwischen die Sitze und bücke mich danach.

Erst ertaste ich ein Bonbonpapier, dann ein Spielzeugauto, dem ein Rad fehlt, und als Letztes, halb unter dem Fahrersitz verborgen, eine Puppe aus Stoff.

Ich stutze. Mein Herz schlägt mit einem Mal wie ein Presslufthammer. Das Atmen fällt mir schwer.

Ich muss meinen ganzen Mut zusammennehmen, um mit den Fingern vorsichtig über das Gesicht der Puppe zu fahren, über die riesigen Augen und die winzige Knubbelnase, über die Halskrause aus Wollfäden und über den kleinen Körper, über die drei Knöpfe auf dem Bauch. Ich kann sie nicht sehen, aber ich weiß, dass sie rot, gelb und grün sind.

Endlose wertvolle Sekunden knie ich reglos auf dem Sitz, starr vor Entsetzen, unfähig, auch nur einen einzigen Finger zu rühren.

Gideon ist der Stalker. Er ist der Mörder. Wieso habe ich das nicht früher bemerkt? Es war doch so offensichtlich. Wie dumm und verbohrt ich war!

Während mein Körper versteinert ist, spielt meine Phantasie verrückt. Ich stelle mir vor, wie Gideon neben dem Wagen steht und mich durch die Scheibe beobachtet. Er hat das mit der Decke absichtlich gesagt, damit ich die Puppe finde, meine Puppe, meinen Pittiplatsch, den der Stalker aus meiner Wohnung entwendet hat.

Bestimmt lässt er sich keine Regung entgehen. Er weiß, dass er mich in der Falle hat. Er kann es genießen. Aber er muss es heute noch durchziehen. Denn morgen ist es zu spät.

Ich dumme Kuh, warum habe ich darauf beharrt, morgen früh abzureisen! Damit habe ich ihn in Zugzwang gebracht und mein eigenes Todesurteil gesprochen. Er musste improvisieren, mich heute noch aus dem Haus locken.

Vielleicht war schon die Fahrt zu der gepachteten Garage ein Versuch gewesen, mich an einen einsamen Ort zu locken. Aber aus irgendeinem Grund ist er den lästigen Vermieter nicht losgeworden.

Also ist er unter dem Vorwand, seinen Sohn zu suchen, mit mir in den Wald gefahren. Bestimmt liegt Finn friedlich schlafend in seinem Bett und ahnt nichts von dem, was gerade geschieht. Wenn Gideon will, kann er mich die ganze Nacht quälen, bevor er mich umbringt. Im Dunkeln und dazu noch bei diesem Wetter wird ihn keiner stören. Außerdem kennt wohl niemand die Klippen hier oben so gut wie er.

Endlich erwache ich aus meiner Erstarrung. Ich darf nicht kampflos aufgeben. Und ich darf Gideon nicht damit durchkommen lassen. Hastig fummle ich mein Handy aus der Hosentasche und suche Marcs Nummer. Hoffentlich gibt es hier Netz!

Als das Freizeichen ertönt, kommen mir die Tränen. Ich rechne jeden Augenblick damit, dass Gideon die Wagentür aufreißt und mir das Telefon wegnimmt. Aber nichts geschieht. Dafür dauert es ewig, bis Marc sich meldet.

«Jenny?»

Es tut so gut, seine Stimme zu hören, dass ich vor Erleichterung aufschluchze.

«Lieber Himmel, Jenny, was ist denn los?» Im Hintergrund rauscht es, der allgegenwärtige Regen.

«Du … du musst mir helfen!» Meine Stimme zittert so sehr, dass ich die Worte kaum über die Lippen bringe.

«Was ist passiert?»

«Gideon … er … bitte komm her! Hilf mir!»

«Wo bist du?»

«Im Wald auf den Klippen. Es muss in der Nähe der Stelle sein, von wo er damals meine Familie gesehen hat. Leider weiß ich nicht, wo genau das ist. Ich sitze im Auto, und er ist irgendwo da draußen.»

«Okay. Ich fahre sofort los. Keine Sorge, ich finde dich. Verriegle die Türen und warte. Ich komme, so schnell ich kann.»

Als ich aufgelegt habe, drücke ich die Verriegelung der Türen runter. Danach fühle ich mich etwas besser, obwohl Gideon den Wagen bestimmt von außen mit seinem Schlüssel öffnen kann. Ich überlege kurz, den Notruf zu wählen. Aber das ist mir zu riskant. Wenn Gideon Sirenen hört, ist er vorgewarnt und verschleppt mich irgendwohin, wo niemand mich rechtzeitig findet.

Bestimmt bereitet er den Ort gerade vor. Er weiß wohl nichts von dem Handy in meiner Hosentasche, hat nur gesehen, dass ich meine Handtasche in der Eile im Flur vergessen habe. Deshalb hat er mich unbewacht hier zurückgelassen, fest davon überzeugt, dass ich ihm nicht weglaufen kann. Meine nutzlosen Augen sind das perfekte Gefängnis.

Während ich warte, versuche ich zu verstehen, wie ich mich so sehr täuschen konnte. Solange ich nachdenke, schaffe ich es vielleicht, die Angst in Schach zu halten und nicht durchzudrehen. Ich bin noch immer fassungslos. Trotz der vielen Ungereimtheiten, der vielen Lügen habe ich Gideon bis zum Schluss vertraut. Dabei wusste ich, was geschehen war und wie traumatisiert er sein muss.

Jetzt endlich begreife ich. Es gab keinen zweiten Jungen auf den Klippen in jener Nacht. Und auch Kai Steinhagens Sohn hat mit alldem nichts zu tun. Gideon war der einzige Zeuge hier oben im Wald, das einzige Kind, das traumatisiert wurde. Und wenn Marc mich nicht rechtzeitig findet, bin ich ihm hilflos ausgeliefert.

Angstvoll horche ich auf Geräusche, doch außer dem Regen höre ich nichts. Ein Gedanke schießt mir durch den Kopf, der so entsetzlich ist, dass ich laut aufstöhne. Was, wenn Gideon mich lebendig verbrennen will, so wie Siri? Wenn er bereits draußen ums Auto schleicht und Benzin über das Dach schüttet?

Panisch taste ich nach dem Türgriff. Doch dann stocke ich. Wenn ich kopflos wegrenne, bin ich erst recht nicht sicher. Ich könnte abstürzen, ich habe ja keine Ahnung, in welcher Richtung die Steilküste liegt. Und Marc hätte keine Chance, mich zu finden.

Nein, ich muss ausharren.

Ich zwinge mich, ruhig sitzen zu bleiben und meine Gedanken zu fokussieren, zu begreifen, was ich übersehen habe. Eins ist jedenfalls klar. Gideon ist der Junge, der die Bilder gemalt hat. Alles passt ganz genau: Das Ungeheuer in der Mitte ist er selbst. Die drei Gestalten am Rand, Vater, Mutter und Kind, die nach und nach aus den Bildern verschwinden, sind die Menschen, die seinetwegen starben. Und das Dreieck soll das Boot symbolisieren. Das viele Rot steht nicht nur für unterdrückte Wut, sondern auch für das Blut, das in jener Nacht geflossen ist.

Warum bin ich nicht längst darauf gekommen? Es ist

mein Fachgebiet, ich hätte es merken müssen. Aber ich war doppelt blind, weil es um meine eigene Vergangenheit ging. Deswegen habe ich das Offensichtliche nicht erkannt.

Und da ist noch etwas. Gideon hat die Wahrheit nicht aus einem belauschten Gespräch erfahren. Er muss zu seinem Beobachtungsposten zurückgerannt sein, nachdem er im Dorf Alarm geschlagen hatte, und den Mord an meiner Familie mit eigenen Augen gesehen haben. Deshalb lassen ihn die Bilder nicht los.

Gideon hat die Konsequenzen seines Handelns auf grausamste Weise vor Augen geführt bekommen. Er hat zugeschaut, wie drei Menschen durch seine Schuld starben. Das Gewehrfeuer. Das Blut. Die Schreie. Die erdrückende Stille danach.

Bestimmt verfolgen ihn die Geschehnisse noch heute nachts im Schlaf.

Ein Krachen lässt mich zusammenfahren. Ich schreie, rutsche vom Sitz und kauere mich in den Fußraum. Etwas ist mit einem lauten Knall auf dem Auto gelandet. Ein Ast? Ein Tier?

Oder ist Gideon zurückgekehrt?

Ich presse die Hand auf mein wild schlagendes Herz und mache mich bereit.

Doch nichts geschieht. Offenbar ist wirklich nur ein Ast aufs Auto gefallen. Und nach einer Weile höre ich noch etwas über das Trommeln des Regens hinweg. Erst bin ich nicht sicher, doch dann vernehme ich deutlich Motorengeräusche.

Marc! Endlich!

Ich entriegle den Wagen und stolpere nach draußen. Sofort peitscht mir der Regen ins Gesicht, aber das ist mir egal.

«Marc? Bist du das?»

Eine Autotür knallt. «Jenny, bist du okay?»

Ich stolpere seiner Stimme entgegen. «Du bist da, du bist da!»

«Ja, ich bin da.» Er fasst mich bei den Schultern, doch nur kurz. Dann macht er sich sofort wieder los. «Du hast ja nicht einmal eine Jacke an.»

«Es ging alles so schnell.» Ich erzähle ihm stockend von Finns angeblichem Verschwinden, von der Fahrt hierher und von meiner Entdeckung im Auto.

«Dieser Dreckskerl», stößt Marc hervor. «Wo steckt er?»

«Irgendwo in der Nähe. Vielleicht beobachtet er uns.»

«Und der Junge?»

«Finn? Ich weiß es nicht. Vielleicht ist er zu Hause, aber …»

«Er könnte auch hier draußen sein?»

«Ja.»

«Dann müssen wir ihn finden.»

«Aber wie?» Ich wäre viel lieber mit Marc weggefahren, doch er hat recht. Wir müssen sicherstellen, dass Finn nicht in Gefahr ist. Wenn Gideon durchdreht, könnte er seinem Sohn Gott weiß was antun.

«Hier ist ein Trampelpfad. Gib mir deine Hand.»

«Ist es nicht schon dunkel? Kannst du überhaupt genug sehen?»

«Es ist dämmrig. Aber noch reicht das Licht.» Er klingt grimmig.

Ich stolpere hinter Marc her, eine Hand halte ich schützend vors Gesicht, mit der anderen klammere ich mich an ihn. Zweige peitschen mir über die Arme, nasse Blätter streifen meine Stirn.

Plötzlich bleibt Marc stehen. Im gleichen Moment höre ich es auch. Neben uns im Unterholz knackt es.

Marc legt mir den Finger auf die Lippen und schiebt mich weiter. Ich höre jetzt noch etwas anderes, das mit jedem Schritt lauter wird, bis es den Regen, den Wind und auch das Knacken in unserer Nähe fast völlig übertönt. Die Brandung. Wir müssen ganz dicht an der Felskante sein.

Dann wird der Regen schlagartig kräftiger, und ich weiß, dass wir den Wald verlassen haben.

Marc hält mich zurück, als ich weiterlaufen will. «Bleib stehen.» Seine Stimme klingt gepresst. «Er ist hier, keine zehn Meter entfernt.»

«Jenny?», höre ich Gideon rufen. «Was machst du hier? Was ist los?»

«Wir wollten Ihnen helfen, Ihren Sohn zu finden», ruft Marc über das Grollen der Brandung hinweg.

«Ach ja? Und wofür ist die Waffe gut?»

«Was für eine Waffe?», frage ich verwirrt.

«Ein Wagenheber. Ich wollte deinem Kollegen nicht unbewaffnet gegenübertreten.»

«Wo ist Finn?», rufe ich Gideon zu.

«Frag deinen Freund. Er weiß es bestimmt. Was haben Sie mit meinem Sohn gemacht, Marc?»

«Lassen Sie die Spielchen. Es ist vorbei. Sie können die Maske fallenlassen. Jenny weiß Bescheid über Sie.»

«Sie weiß Bescheid? Ist das so?»

Etwas knackt, kommt näher.

Marc bewegt sich von mir weg, dem Geräusch entgegen. Ich bleibe zitternd vor Angst und Kälte zurück, presse die Hände vor den Mund.

Einer der Männer ruft etwas, das ich nicht verstehe. Ein dumpfer Aufprall ertönt, dann höre ich Kampfgeräusche. Die beiden ringen miteinander. Ich würde Marc gern helfen, ich würde gern irgendwas Sinnvolles tun, statt nur blöd herumzustehen. Ich fühle mich so nutzlos, dass ich schreien könnte.

Einer der beiden stößt einen jaulenden Schmerzenslaut aus, der mir durch Mark und Bein geht. Ich taste meine Taschen ab. Ich muss Hilfe rufen, die Polizei, das hätte ich längst tun sollen, in dem Moment, als Marc zu mir stieß. Doch das Handy habe ich anscheinend im Wagen vergessen. Stattdessen ertaste ich das Messer, das Finn mir geschenkt hat.

Noch bevor ich es aus der Tasche ziehen kann, ertönt wieder ein Schrei, diesmal lang gezogen und seltsam verzerrt, Steine geraten ins Rutschen und poltern in die Tiefe.

Dann ist es unvermittelt still, die Kampfgeräusche sind verstummt, und ich höre wieder nur das niemals endende Tosen der Brandung, das Heulen des Windes und das monotone Rauschen des Regens.

Erstarrt vor Angst lausche ich, die Hand noch immer in der Hosentasche, das Messer umklammert. Einer der Männer ist die Klippe hinuntergestürzt, einer steht hier oben bei mir. Und ich habe keine Ahnung, wer von beiden es ist.

«Marc?», flüstere ich, viel zu leise, um das Grollen der Naturgewalten zu übertönen. «Marc? Bist du da?» Meine Zähne klappern, mein ganzer Körper bebt.

Ein Stöhnen rechts von mir. Dann eine Stimme. «Verflucht, dieser Dreckskerl hätte mir beinahe den Schädel eingeschlagen.»

«Marc! O Gott, o Gott, Marc, du lebst!»

«Klar lebe ich. Glaubst du, ich lasse mich von diesem Wurm fertigmachen?» Er klingt überdreht, als wäre er high, es muss das Adrenalin sein.

«Ist Gideon … ist er tot?»

Marc tritt näher, er atmet schwer, sein Gang klingt schleppend, als wäre er verletzt. «Ich fürchte, da kommt jede Hilfe zu spät. Er ist in den Abgrund gestürzt, mindestens dreißig Meter tief. Ich glaube nicht, dass er das überlebt hat.»

Aus unerfindlichen Gründen versetzen mir seine Worte einen schmerzhaften Stich ins Herz. Ich fasse mir an die Brust. Die Vorstellung, dass Gideon mit zertrümmerten Knochen am Fuß der Klippe liegt, ist beinahe unerträglich.

Zugleich spüre ich mit jeder Faser meines Körpers, dass die Gefahr noch nicht vorüber ist. Etwas stimmt nicht. «Bist du sicher?», frage ich. «Siehst du ihn?»

«Von hier aus nicht, und ich möchte nicht zu nah an die Kante treten, da ist alles aufgeweicht und brüchig.»

Ich umschlinge meinen Oberkörper mit den Armen. Es ist vorbei, aber ich spüre keine Erleichterung. Ich denke an Finn, der nun auch noch über den Verlust seines Vaters hinwegkommen muss, und an Siri, die so völlig sinnlos gestorben ist. Und an Gideon, den ich trotz all der schrecklichen Dinge, die er getan hat, nicht hassen kann.

Ganz im Gegenteil, sein Tod hat ein riesiges Loch in mein Herz gerissen, und ich verstehe nicht, warum.

«Jenny?» Marc steht plötzlich unmittelbar vor mir.

«Ach Marc.» Ich strecke ihm die Arme entgegen.

Er zieht mich an sich, ich schmiege mein Gesicht an seine Brust.

Und erstarre.

Der Geruch. Leder, Gras, Holzrauch und Putzmittel.

Erinnerungsfetzen rasen durch meinen Kopf. Der Park, der maskierte Angreifer, das Gebüsch, das kalte Messer an meiner Kehle.

Entsetzt mache ich mich los. «Du?»

Marc lacht. Es ist ein hässliches Lachen ohne jede Freude. «Ich wusste doch, dass die Jacke deinem Gedächtnis auf die Sprünge helfen würde.»

«Du bist … du hast …» Mein Kinn zittert, sodass ich kaum sprechen kann.

Gleichzeitig passiert etwas Merkwürdiges. Das graue Nichts vor meinen Augen fängt an zu flimmern. Es gerät in Bewegung, formt sich zu Schatten und verschwommenen Umrissen.

«Ja, Jenny. Ich habe dich beobachtet, dich gestalkt und dich im Park überfallen. Jetzt weißt du es endlich. Aber leider kommt die Erkenntnis zu spät.»

Die schwarz-weißen Konturen vor meinen Augen hören nicht auf zu flackern. Ich bin nicht sicher, ob sie nur eine Übersprungsreaktion meines Gehirns auf den Schock sind, ein Feuerwerk von Halluzinationen, oder ob ich wirklich etwas sehe.

«Und Siri?», frage ich tonlos. «Warst du das auch?»

«Die dumme Pute hätte sich nicht einmischen sollen.»

Ich stöhne entsetzt auf. «Aber warum das alles? Was willst du von mir?»

Die Puzzleteile, die ich eben noch glaubte zusammengesetzt zu haben, fliegen wild durcheinander. Meine Gedanken schießen zu Gideon, der mit zerschmettertem Körper am Fuß der Klippen liegt.

O Gott, was habe ich getan?

Marc schnaubt verächtlich. «Das fragst du ernsthaft? Weißt du es wirklich nicht? Hast du noch immer nicht begriffen?»

Ich glaube, ihn zu erkennen, zumindest sehe ich eine schemenhafte Gestalt, die sich vor dem Grau meiner Schattenwelt dunkel abzeichnet. Gleichzeitig sehe ich den Nachtgiger. Er sieht wieder so aus wie in meiner Kindheit, ein schwarzes konturloses Wesen mit einer großen Kapuze auf dem gesichtslosen Kopf. Er tippt sich mit der Hand an die Stelle, wo die Stirn sein müsste, und deutet eine Verbeugung an. Ein Abschied. Ich brauche ihn nicht mehr. Dann ist nur noch der andere Schatten da, den ich für Marc halte. Doch ich schaue absichtlich daran vorbei. «Sag es mir, Marc, bitte.»

«Weil du schuld bist.»

«Aber an was denn?»

«An allem, an der ganzen Scheiße, die mir passiert ist. Du allein bist schuld, *Schwesterherz.*»

Ich schnappe nach Luft. «Was sagst du da?»
«Na was wohl?»
«Tommy?»
«Ja, Jenny, ich bin's. Dein kleiner Bruder, den du vor über dreißig Jahren in den Regen hinausgejagt hast. Damit hat alles angefangen. Während du gemütlich im warmen, trockenen Zimmer gesessen hast, habe ich mir vor Todesangst in die Hose gemacht, habe ich hilflos zusehen müssen, wie unsere Eltern erschossen, wie ihre Körper von Kugeln zerfetzt wurden. Ihr Blut ist mir ins Gesicht gespritzt, Jenny. Ich war fünf Jahre alt. Kannst du dir vorstellen, wie sich das angefühlt hat?»
«O Gott, Tommy, es tut mir so unendlich leid.»
«Blödsinn!»
«Ich wünschte, ich könnte –»
«Schnauze, ich will nichts davon hören. Ich habe lange genug mit dir gespielt. Süß, wie einfach du zu manipulieren warst, wie leicht dazu zu bringen, mir blind zu vertrauen. Im wahrsten Sinne des Wortes. Du warst sogar ein bisschen in mich verknallt, stimmt's? Ich habe mit mir selbst gewettet, dass ich das hinkriege. Und ich gebe zu, es hat Spaß gemacht. Aber jetzt ist Schluss. Wir sind dort, wo es angefangen hat, und hier wird es auch enden.»
Die Erkenntnis trifft mich wie ein Schlag. «Du hast die Bilder gemalt. Und du hast dafür gesorgt, dass Gideon sie findet.»
«Wie schlau du doch bist, meine schlaue große Schwester. Ich habe sogar die Treffer in seiner Internet-Suchmaschine manipuliert, damit er auch bestimmt auf dich

stößt. Da wusste ich allerdings noch nicht, welche Rolle er beim Tod unserer Eltern gespielt hat, ich wollte ihn nur dazu benutzen, dich nach Rügen zu locken.»

«Und der Überfall im Park …»

«Ich dachte, du wärst leichter davon zu überzeugen, deinen Kollegen auf Rügen zu besuchen, wenn du dich von einem Angriff erholen musst und unbedingt für ein paar Tage aus Berlin rauswillst. Außerdem wollte ich einmal ausprobieren, wie es sich anfühlt. Ich konnte ja nicht ahnen …»

«Meine Erblindung hattest du nicht einkalkuliert.»

«Eine Weile habe ich gedacht, du würdest simulieren, um mich in die Falle zu locken. Ich habe dich getestet, bin sogar zweimal in deiner Wohnung gewesen, habe dich beobachtet. Bis ich überzeugt war, dass du wirklich nichts mehr sehen kannst.»

Mir ist übel, die Nässe ist mir an jeder Stelle meines Körpers bis auf die Haut gekrochen, und mir ist so kalt, dass ich meine Fingerspitzen kaum noch spüre, doch ich reiße mich zusammen. «Warum hast du nie versucht, mich zu kontaktieren?»

«Sie haben mir verboten, darüber zu reden, über meine Schwester, über das, was geschehen ist. Sie haben gesagt, dass ich mir alles nur einbilden würde. Bis ich es fast selbst geglaubt habe.»

«Die Geschichte über deinen Stiefvater …»

«Das war nicht gelogen. Er war ein Säufer und Schläger. Und er ist vor ein Auto gelaufen, allerdings habe ich ein wenig nachgeholfen.»

«Oh nein. Tommy, ich … bitte lass uns in Ruhe darüber reden. Wir finden eine Lösung.»

Der Schatten bückt sich, als würde er etwas vom Boden aufnehmen. Der Wagenheber, schießt es mir durch den Kopf. Er kommt auf mich zu, ich muss mich beherrschen, um nicht zurückzuzucken. «Du wirst jetzt deinem Geliebten in den Tod folgen. Niemand wird daran zweifeln, dass ihr beide auf der Suche nach dem kleinen Finn ins Meer gestürzt seid. Die Lüge hat schließlich schon einmal funktioniert.»

Ich schiebe die Hand in die Hosentasche und umfasse das Messer mit meinen eisigen Fingern. «Bitte, tu das nicht, Tommy.»

«Nenn mich nicht so. Ich heiße Marc Jessen. Tommy Lark starb vor einunddreißig Jahren zusammen mit seinen Eltern, er existiert nicht mehr.»

Ich drehe mich weg, damit er nicht sieht, wie ich das Messer aus der Hosentasche ziehe und die größere der beiden Klingen aufklappe. Dabei tue ich so, als wüsste ich nicht genau, wo er steht.

Ich strecke die linke Hand aus. «Tommy?»

Er bewegt sich weiter auf mich zu. Ich mache einen Schritt zur Seite, versuche, es zufällig aussehen zu lassen. Noch immer sehe ich nur verschwommene Schemen, aber ich bin sicher, dass ich sie mir nicht einbilde. Ich erkenne Tommy mit einem länglichen Gegenstand in der Hand und dahinter die verwaschenen Konturen des Waldes.

Ich mache mich bereit. Ich stehe mit dem Rücken zum Abgrund, keine gute Ausgangsposition. Aber immerhin weiß Tommy nicht, dass ich ihn genau im Blick habe. Das ist mein Vorteil, und ich kann ihn nur ein einziges Mal nutzen.

Wieder macht Tommy einen Schritt auf mich zu. Er ist jetzt noch etwa einen Meter entfernt. Ich taste weiter mit der linken Hand in der Luft herum, als würde ich nach ihm suchen.

Unvermittelt schießt er auf mich zu.

Im letzten Moment ducke ich mich unter seinen Armen hindurch und ramme ihm das Messer in den Bauch.

Er schreit auf in einer Mischung aus Überraschung und Schmerz, lässt den Wagenheber fallen und presst die Hände auf den Unterleib.

Selbst die große Klinge von Finns Taschenmesser ist winzig, ich kann froh sein, dass sie überhaupt durch den Stoff seines Hemdes gedrungen ist. Wäre die Jacke zugeknöpft gewesen, hätte es nicht funktioniert.

Blut sickert zwischen Tommys Fingern hervor. «Scheiße», keucht er. «Verfluchte Scheiße.»

Er nimmt die Hände von der Wunde, starrt sie ungläubig an. Der Regen wäscht das Blut von seinen Fingern, aber nicht schnell genug. Tommy beginnt hektisch zu atmen, sein Brustkorb hebt und senkt sich im raschen Wechsel. Dann wankt er auf mich zu.

Ich springe zur Seite, er taumelt weiter vorwärts, stolpert über einen Stein und schreit auf. Ich will zupacken, ihn vom Abgrund wegziehen, doch noch bevor ich meinen Arm ausstrecken kann, ist er verschwunden.

Ich sinke auf die Knie, vergrabe mein Gesicht in den Händen. Eiskalter Schlamm sickert durch den Stoff meiner Jeans, doch ich merke es kaum, ich bin ohnehin völlig durchnässt. Mein Hirn kann noch immer nicht verarbeiten, was gerade geschehen ist. Mein kleiner Bruder ist tot. Von der Klippe gestürzt. Aber nicht vor über dreißig Jahren. Sondern gerade eben, vor meinen Augen.

Ich habe ihn fallen sehen, ich habe es gesehen. Ich habe mein Augenlicht zurück. Aber um welchen Preis?

Ich habe meinen Bruder zurückbekommen und sofort wieder verloren. Eigentlich habe ich ihn gar nicht wiedergefunden, denn der Mann, der sich Marc nannte, war nicht mehr mein Bruder, er war der Mensch, zu dem Tommy nach dem Tod unserer Eltern geworden ist, ein Fremder, der nichts mit dem Tommy gemeinsam hatte, den ich als Kind kannte.

Ich habe Siri verloren, meine beste Freundin, meine Schwester. Ich habe Gideon verloren, auch er ist tot. Bitterkeit steigt in mir auf, Tränen laufen mir über die regennassen Wangen. Gideon starb durch meine Schuld. Armer Finn, was wird jetzt aus ihm?

Ich stocke. Finn? Wo steckt er? Was ist mit ihm? Wenn Gideon mich nicht hergelockt hat, sondern Tommy, dann war auch nicht gelogen, dass Finn fort ist.

O Gott, Tommy. Was hast du mit ihm gemacht?

Ich nehme die Hände vom Gesicht. Der Regen ist schwächer geworden. Ich muss zum Auto zurücklaufen, mein Handy finden, die Polizei alarmieren. Ich muss Finn suchen.

Ich versuche, mich aufzurichten, doch meine Glieder sind so steif und durchgefroren, dass es mir nicht auf Anhieb gelingt. Beim zweiten Versuch höre ich etwas, das mir den Atem stocken lässt.

Von der Klippe her knackt es, kleine Steine kullern den Abgrund hinunter, jemand atmet schwer.

Tommy? Hat er den Absturz überlebt?

Ich muss mich in Sicherheit bringen, mich irgendwo im Wald verstecken oder, noch besser, so schnell es geht, zum Auto zurücklaufen, um Hilfe zu rufen. Doch ich bin starr vor Angst, kann den Blick nicht von der Klippe lösen, obwohl ich kaum etwas erkenne in der Dunkelheit.

Die Klettergeräusche sind jetzt deutlich vernehmbar, ein Schatten wuchtet sich über die Kante und bleibt schwer atmend auf dem Boden liegen.

Endlich richtet die Gestalt sich auf. Sie wischt sich die Hände an der Hose ab, sieht sich um. «Jenny?»

Gideon! Er hat überlebt. Dem Himmel sei Dank!

«Ich bin hier!»

«Du lebst!» Gideon stürzt zu mir, kniet sich neben mich in den Schlamm. «Geht es dir gut? Bist du verletzt?»

«Ich bin okay. Aber was ist mit dir? Wie hast du …»

«Ich bin auf einem Vorsprung gelandet, nur wenige Meter unterhalb der Felskante. Aber ich muss eine Weile bewusstlos gewesen sein. Was ist mit Marc?»

«Nicht Marc. Tommy. Er ist abgestürzt.»

«Tommy?»

«Mein Bruder. Er hat damals überlebt.»

«Gütiger Himmel! Dann war er … Und ich dachte

immer …» Gideon reibt sich den Kopf. Dann ergreift er meine Hände. «Ich muss Finn suchen. Er war nicht im Geheimversteck.»

«Na los, worauf warten wir?» Ich lasse mir von ihm aufhelfen.

«Ich bringe dich zum Auto», sagt er, während wir loslaufen. «Dann kannst du die Polizei alarmieren, während ich weiter nach Finn suche.»

«Ich helfe dir.»

«Das ist zu gefährlich.»

Ich bleibe stehen, zwinge ihn, mir in die Augen zu sehen. Sein Gesicht ist nur ein Schatten, in dem die Augen wie zwei helle Punkte leuchten. Trotzdem bilde ich mir ein, den Ausdruck der Überraschung zu erkennen.

Er berührt meine Wange. «Du … du kannst …»

«Ja, ich glaube, es kommt langsam zurück.»

«Verdammt, Jenny, das ist wunderbar.» Er zieht mich in seine Arme, drückt mir einen Kuss aufs Haar.

Ich mache mich los. «Wir haben keine Zeit für Sentimentalitäten, wir müssen Finn finden.»

Der Weg zurück ist viel kürzer, als er mir vorkam, während ich hinter Tommy hergestolpert bin. Schon nach wenigen Minuten taucht der Waldweg mit den beiden Autos auf. Tommy hat seine dunkle Limousine quer hinter Gideons Kombi geparkt, um ihm den Fluchtweg abzuschneiden.

Ich laufe zur Beifahrerseite des Kombis und reiße die Tür auf. Das Handy liegt im Fußraum. Während ich den Notruf wähle und so knapp wie möglich erkläre, was geschehen ist, nimmt Gideon Tommys Auto unter die Lupe. Als er an der Fahrertür rüttelt, ertönt aus dem Kofferraum ein dumpfes Poltern.

«Finn!», ruft Gideon.

Ich halte die Luft an.

Wieder ein Poltern.

Finn! Er lebt! Vor Erleichterung knicken mir die Knie weg, und ich muss mich an der Motorhaube abstützen.

«Warte, Finn, ich hole dich da raus.» Gideon öffnet den Kofferraum seines Kombis und wühlt darin herum. «Hier war doch irgendwo ein Schraubenzieher ...» Er findet ihn und läuft hinüber zu Tommys Wagen. «Vorsicht, Finn. Ich öffne jetzt die Klappe.»

Es dauert noch fast zwei endlose Minuten, bis Gideon endlich das Schloss aufgehebelt hat und seinen Sohn in die Arme schließt.

Eine Stunde später hat der Regen aufgehört, und die Sanitäter haben uns mit Decken und heißem Tee versorgt. Tommy hatte Finn gefesselt und geknebelt, bevor er ihn in den Kofferraum einschloss, aber zum Glück war der Junge unverletzt. Er hat uns erzählt, dass Tommy ihn überredet habe, die Notiz an seinen Vater zu schreiben. Es wäre ein Spiel, eine Art Schnitzeljagd. Da der Mann ein Freund von mir war, hat Finn ihm vertraut.

Die Polizei hat Strahler aufgestellt, die das Gelände erleuchten, und sucht nach Spuren. In ihrem grellen Licht schaffe ich es schon ziemlich gut, meine Umgebung zu erkennen. Auch wenn noch immer alles unscharf ist, habe ich das Gefühl, dass ich von Minute zu Minute besser sehen kann. Eben ist Kriminalhauptkommissar Dirk Walbeck aufgetaucht, und ich war überrascht, dass er schlank und hochgewachsen ist und überhaupt nicht so aussieht, wie ich ihn mir vorgestellt habe.

Tommys Leiche ist vor zwanzig Minuten am Fuß der Klippe geborgen worden und wird gerade von der Feuerwehr hochgehievt. Ich habe Finn erzählt, dass sein Messer mir das Leben gerettet hat, und er war mächtig stolz, hat sich dreimal erzählen lassen, wie ich den bösen Mann damit verletzt habe, obwohl Gideon missbilligend die Stirn gerunzelt hat. Er meint, der Junge sei auch so schon traumatisiert genug. Doch ich bin sicher, es tut ihm gut zu wissen, dass er dazu beigetragen hat, dass alles gut ausgegangen ist. Inzwischen schläft er in den Armen seines Vaters, der neben mir auf einem Baumstamm sitzt. Vorher hat er jedoch ungefähr zwei Dutzend Mal getestet, ob ich wirklich wieder sehen kann, indem er mir Finger zum Zählen vor die Nase gehalten und lustige Grimassen geschnitten hat.

Kommissar Walbeck tritt zu uns. «Ich denke, Sie können bald nach Hause fahren. Ich brauche dann morgen Ihre ausführliche Aussage.»

«Ist Tommy … Marc … ist er wirklich …?» Ich bringe die Worte nicht über die Lippen.

«Wir haben einen männlichen Leichnam gefunden. Er wird gerade hergebracht.»

Tatsächlich tauchen genau in dem Moment zwei Sanitäter mit einer Trage auf dem Pfad auf. Ich kann plötzlich nicht schlucken, mein Hals ist ganz eng.

«Darf ich zu ihm?», frage ich heiser.

«Natürlich.»

Walbeck hat erst nicht glauben wollen, dass ich wieder sehen kann. Es scheint ihn noch immer zu verwirren, obwohl Gideon ihm erklärt hat, dass so etwas durch einen großen Schock passieren kann. Genau wie die Blindheit durch einen Schock ausgelöst wurde, wurde sie durch einen zweiten Schock wieder überwunden.

Ich lege die Decke weg und folge Walbeck zu den Sanitätern.

«Einen Augenblick bitte», sagt er.

Die Männer bleiben stehen. Walbeck schlägt die Plane zurück, mit der der Leichnam abgedeckt ist, und macht mir Platz.

Ich trete neben die Trage und erblicke im kalten Licht der Scheinwerfer zum ersten Mal verschwommen das Gesicht des Mannes, der mich beinahe umgebracht hätte. Er sieht wirklich ein bisschen aus wie Philipp Amery, aber sein Kinn ist kantiger und der Blick in seinen Augen kälter. Doch das mag daran liegen, dass der Tod die Gesichtszüge härter macht.

Ich muss an die Zeit denken, die ich mit Tommy verbracht habe, all die schönen Dinge, die er mit mir unternommen hat, die Bootsfahrt, der Strandspaziergang, das Picknick im Schmetterlingspark. War das alles vorgetäuscht, nichts als kalte Berechnung?

Er hat mich manipuliert, hat mit meinen Gefühlen gespielt und versucht, mich zu verführen. Er wollte, dass ich mich in ihn verliebe. Je mehr ich für ihn empfand, desto größer wäre der Schock, wenn ich am Ende die Wahrheit erfuhr.

Mein Bruder war ein Psychopath, daran habe ich keinen Zweifel. Die Anlage dazu war schon in der Kindheit vorhanden, das ist mir inzwischen klargeworden. Es war nicht nur das traumatische Ereignis, das einen eiskalt berechnenden Mörder aus ihm werden ließ.

Ich weiß, dass es die Wahrheit ist, auch wenn ich gern glauben möchte, dass es nicht so war. Dass Tommy kein von Grund auf schlechter Mensch war, dass er mich nicht nur gehasst hat. Ich jedenfalls hasse ihn nicht. Trotz allem, was er getan hat. Ich kann es nicht. Denn ich erkenne in ihm auch den kleinen Jungen, der zuschauen musste, wie seine Eltern erschossen wurden, der nicht um sie trauern, ja nicht einmal über sie sprechen durfte. Der den Rest seiner Kindheit in der Gewalt eines brutalen Adoptivvaters verbringen musste, bis er sich nur noch zu helfen wusste, indem er zurückschlug.

Ich streiche mit dem Finger über Tommys Wange, über die ein blutiger Kratzer verläuft, wo er an einem Felsen entlanggeschabt sein muss. Ansonsten ist sein Gesicht erstaunlich unversehrt. Dann beuge ich mich vor und küsse seine Stirn.

«Leb wohl, Tommy», sage ich. «Ich hoffe, dort, wo du jetzt bist, findest du deinen Frieden.»

LICHT

Montag, 1. Oktober

Gideon hat darauf bestanden, mich zu Siris Beerdigung zu begleiten. Gestern sind wir endlich von Rügen aufgebrochen, haben Finn in der Obhut der Eltern seines Freundes Leon zurückgelassen. Ich musste ihm dreimal versprechen, so bald wie möglich zu Besuch zu kommen, und ich habe es fest vor.

Viele Menschen sind auf den Friedhof gekommen, die Kapelle ist zum Bersten gefüllt. Siris kleine Schützlinge haben einen Kranz aus Papierblumen gebastelt und singen ein Lied, und ich muss Rotz und Wasser heulen und bin froh, dass Gideon Taschentücher dabeihat.

Mittags gehen wir in einem kleinen Lokal auf der Kantstraße essen. Eigentlich dachte ich, dass ich kaum einen Bissen herunterbekommen würde, doch als ich die Speisekarte in die Hand nehme, merke ich, dass ich doch Appetit habe. Ich sehe noch immer nicht ganz scharf, und hin und wieder verschwimmt die Welt vor meinen Augen, doch ich schaffe es, die Karte zu entziffern. Inzwischen war ich beim Arzt, und der hält es für möglich, dass ich in einigen Wochen meine Sehkraft vollständig wiedererlangt haben werde.

Am Samstag hat Kriminalhauptkommissar Walbeck uns

über die neuesten Ermittlungsergebnisse informiert. Offenbar hatte Tommy seine Rache bis ins Detail geplant und nichts dem Zufall überlassen. Die Kriminaltechniker haben eine Ortungssoftware auf meinem Handy gefunden, sodass er immer wusste, wo ich war. Außerdem hatte er eine Wanze in das Gerät eingebaut. So konnte er all meine Gespräche mithören. Er hatte auch einen Peilsender an Gideons Wagen angebracht und sich in sein WLAN gehackt.

Aus den Unterlagen, die in Tommys Hotelzimmer gefunden wurden, ging zudem hervor, dass er sowohl von der Garage wusste, die Rolf Fahrenbach als Aktenlager gepachtet hatte, als auch von den Akten in Gideons Anbau. Es gibt also kaum noch Zweifel, dass er in beide Gebäude eingebrochen ist, um seine eigene Akte zu stehlen und gleichzeitig die Bilder zurückzulassen, damit Gideon mich kontaktiert.

Was genau Tommy geplant hatte, lässt sich nur noch erraten. Ich vermute, dass der Tod seiner Adoptivmutter die verschütteten Erinnerungen an seine Kindheit freigelegt hat. Das war der Auslöser für seinen Rachefeldzug, dessen Höhepunkt mein Tod sein sollte. Ich sollte exakt so sterben wie er offiziell einunddreißig Jahre zuvor, durch einen Sturz von den Klippen ins Meer.

Vorher sollten offenbar alle anderen Menschen bestraft werden, denen er eine Mitschuld an seinem Schicksal gab. Als Erstes sein brutaler Adoptivvater, den er vor ein Auto stieß. Dann Rolf Fahrenbach, weil er ihn zu seinem Peiniger zurückschickte, statt ihm zu helfen. Den Schützen, der unsere Eltern ermordete, hielt er für tot, deshalb schändete er dessen Grab. Erst als er von mir erfuhr, dass der wahre Mörder dessen Sohn war, brachte er Kai Steinhagen um und ließ es wie Selbstmord aussehen.

Gideon war in dem ursprünglichen Plan wohl nur die Aufgabe des Lockvogels zugefallen. Doch als Tommy klarwurde, welche Rolle Gideon damals gespielt hatte, beschloss er, ihn ebenfalls zu töten.

Das Perfideste an seinem Plan war, mich dazu zu bringen, Gideon für den Stalker zu halten. Er muss die Pittiplatsch-Puppe aus meiner Wohnung gestohlen und in Gideons Wagen deponiert haben, wahrscheinlich, während er in der Werkstatt war, vielleicht aber auch schon früher. Sie hat wohl unter der Decke gelegen, deshalb fiel sie niemandem auf.

Und ich war so idiotisch, darauf hereinzufallen, habe völlig panisch reagiert, anstatt wenigstens einen Augenblick lang darüber nachzudenken, ob es vielleicht noch eine andere Erklärung für die Puppe auf der Rückbank geben könnte.

Was Marc mir über seine Kindheit erzählt hat, entspricht den Tatsachen, zumindest soweit es sich rekonstruieren lässt. Er war der unbeliebte Außenseiter, der zu Hause verprügelt wurde und sich so dafür schämte, dass er sich niemandem anvertraute, erst recht nicht, nachdem Fahrenbach ihm nicht geholfen hatte.

Inzwischen sind tatsächlich Unterlagen über den Tod unserer Eltern aufgetaucht, allerdings sind viele Details geschwärzt worden. Immerhin scheinen sie Gideons Darstellung der Ereignisse zu bestätigen. Kai Steinhagen hat ein ganzes Magazin auf meine Familie abgefeuert, aber wie durch ein Wunder wurde Tommy nicht verletzt. Er kam nach dem Vorfall kurz in ein Heim, wo er von den anderen Kindern isoliert wurde, damit er nicht über das sprechen konnte, was geschehen war, und dann zu Adoptiveltern. Bestimmt waren sie linientreu und eingeweiht gewesen.

Warum Tommy und ich getrennt wurden, kann ich nur raten. Vermutlich wollte man nicht, dass ich erfahre, was wirklich geschehen war. Deshalb erzählte man mir, er sei tot. Und ihm redete man ein, er habe nie eine Schwester gehabt.

Vielleicht wäre alles anders gekommen, wenn ich gewusst hätte, dass mein kleiner Bruder noch lebt, und ihn kontaktiert hätte. Vielleicht hätten Siris Eltern ihn ebenfalls aufgenommen. Dann wäre all das nicht passiert.

Ich lege die Speisekarte weg und sehe Gideon an.

An der Art, wie er rasch den Kopf senkt, erkenne ich, dass er mich beobachtet hat.

«Was ist?», frage ich.

«Ich könnte dich stundenlang ansehen.»

«Das ist mein Text. Ich bin diejenige, die gerade erst ihr Augenlicht wiedererlangt hat.»

Er lacht, wird aber sofort wieder ernst. «Ich hoffe, du kannst den Anblick ertragen.»

Ich zeichne mit dem Finger die Konturen seines Gesichts nach. «Es tut mir leid, dass ich so blind war. Im doppelten Sinn.»

Nach dem Essen macht sich Gideon auf den Heimweg. Er hat Finn versprochen, am Abend wieder zu Hause zu sein, außerdem brauchen seine kleinen Patienten ihn.

«Wir warten auf dich», sagt er, als wir neben seinem Wagen stehen.

«Ich werde kommen, schneller, als euch lieb ist.»

«Ich kann es kaum erwarten.» Er umfasst mein Gesicht mit den Händen. «Pass gut auf dich auf, Jenny.»

«Du auch. Und sag Finn, dass er mir noch eine Revanche schuldet. Und zwar mit zwei gleich großen Toren. Er soll sich warm anziehen. Denn diesmal sehe ich den Ball.»

«Ich werde es ihm ausrichten.» Er beugt sich vor, küsst mich sanft auf den Mund. «Ich vermisse dich jetzt schon. Du kannst dir gar nicht vorstellen, wie sehr.»

Ich blicke dem Wagen hinterher, bis er nicht mehr zu erkennen ist. Dann drehe ich mich um, betrachte die Straße, die Häuser mit den Imbissbuden und Ladenlokalen im Erdgeschoss, die Autos, die herbstgelben Bäume, die in dicke Mäntel gepackten Menschen, die mit gesenktem Kopf an mir vorbeieilen. Ich nehme all das in mich auf, als würde ich es zum ersten Mal sehen. Der Anblick der Farben, der Formen und der Bewegungen erscheint mir noch immer wie ein kleines Wunder.

Gleichzeitig habe ich das Gefühl, nicht mehr hierherzugehören. Unvermittelt verspüre ich einen Stich in der Brust und stelle überrascht fest, dass ich Heimweh habe nach Rügen, nach dem Haus am Waldrand, nach Finns Lachen und seiner kleinen Hand in meiner. Und nach Gideon.

Vor allem nach Gideon.

Plötzlich frage ich mich, was ich hier mache. Wie ich hier an ein Leben anknüpfen soll, das nicht mehr meins ist. Ohne den Mann, dessen Schicksal unauflöslich mit dem meinen verwoben ist, den ich liebe, auch wenn ich es beinahe zu spät erkannt hätte.

Kurzentschlossen ziehe ich das Handy aus der Tasche.

Er meldet sich sofort. «Jenny, hast du etwas vergessen?»

«Nimm mich mit.»

«Was?»

«Nimm mich mit. Bitte. Also, natürlich nur, wenn du mich noch willst.»

Eine Sekunde lang ist es still. Mein Herz schlägt bis in den Hals, meine Finger sind feucht und kribbelig.

«Ist das dein Ernst?»

«Ja.»

«Rühr dich nicht von der Stelle, ich bin in einer Minute bei dir.»

Ich stecke das Telefon zurück in die Tasche, schaue ungeduldig in die Richtung, in die Gideon vor wenigen Minuten verschwunden ist, und als der Wagen am Ende der Straße auftaucht, renne ich ihm entgegen.

MIX
Papier aus verantwortungsvollen Quellen
FSC® C083411

Das für dieses Buch verwendete Papier ist FSC®-zertifiziert.